o Lírio e a Quimera

TOMO II

A IMPERATRIZ DO CAFÉ

ROMARIC S. BÜEL

o *Lírio e a Quimera*

TOMO II

A IMPERATRIZ DO CAFÉ

Tradução de
MARIA DE FÁTIMA OLIVA DO COUTTO

EDITORA RECORD
RIO DE JANEIRO • SÃO PAULO

2007

CIP-Brasil. Catalogação-na-fonte
Sindicato Nacional dos Editores de Livros, RJ.

Büel, Romaric S., 1953-
B939i O lírio e a quimera, t. 2: a imperatriz do café / Romaric S. Büel;
t.2 tradução de Maria de Fátima Oliva Do Coutto. – Rio de Janeiro: Record, 2007.

Tradução de: Le lys et la chimère, tome II
ISBN 978-85-01-06722-7

1. Romance francês. I. Coutto, Maria de Fátima Oliva Do. II. Título. III. Título: A imperatriz do café.

CDD – 843
07-1268 CDU – 821.133.1-3

Título original em francês:
LE LYS ET LA CHIMÈRE – TOME II

Imagens de capa:
Françoise – Jeanne – Caroline – Raphaële de Bourbon – Bragance, princesse du Brésil, princesse de Joinville in 1843 (1824-1898), de Franz Xaver Winsterhater (1806-1873)
Châreux de Versailles et de Trianon © Photo RMN *Carregadores de cafe*, Frederico Guilherme Briggs (Coleção Geyer)

Impresso no Brasil

ISBN 978-85-01-06722-7

PEDIDOS PELO REEMBOLSO POSTAL
Caixa Postal 23.052
Rio de Janeiro, RJ – 20922-970

A Regina Duarte

Sumário

Capítulo I

O cardeal e o diabo coxo

Paris.

21 de junho de 1863, dia de meu trigésimo quarto aniversário, primeiro dia do verão, foi dia de baile no palacete de Miry, rua de Babylone.

O verão começaria e algumas pessoas da corte acompanhariam, em breve, o imperador Napoleão III à estação de curas termais em Plombières, enquanto outras se exilariam em seus castelos em Poitou ou na Borgonha, como eu, até o outono. Havia várias semanas o belo palacete de meu falecido pai se transformara num enorme canteiro de obras. Refugiei-me nos pequenos apartamentos do entressolho que só costumava usar, assim como mamãe no passado, quando me encontrava em Paris durante os meses de inverno.

Uma atividade intensa tomara conta de todos os meus serviçais, tanto os franceses quanto os brasileiros. Meu intendente, Fallois, e Keita, o africano, formavam uma dupla das mais estranhas. Divertia-me com seu hibridismo lingüístico que às vezes me fazia rir. Entretanto, o entendimento entre eles era admirável, marcado pelo respeito mútuo e por uma dedicação à minha pessoa que os aproximava, sem que o ciúme atrapalhasse sua surpreendente relação de simpatia.

Fiz construir no jardim uma enorme tenda coberta de tecido dourado, um prolongamento dos salões térreos. Talvez por ser, aos olhos dos meus patrícios, uma estrangeira, resolvi transformar essa festa de solstício num acontecimento capaz de rivalizar com os bailes da quarta-feira de Cinzas da princesa Mathilde e com os que o duque Tascher de la Pagerie oferecia em seu palacete de Albe. Não sei, mas em minhas estadas parisienses nos anos 1860 gastava sem medir as despesas, chegando ao limite da extravagância. Temos de reconhecer que o gosto da época tendia ao exagero. Nada, nesses tempos de esplendor, parecia excessivo. Especialmente para os estrangeiros: Rimsky Korsakoff, a divina princesa de Maeterlinck e eu podíamos nos dar ao luxo dos excessos mais extraordinários sem sermos objetos de piadas sistemáticas ou críticas implacáveis. Entretanto, na realidade, não poupávamos, mas a insuportável condessa Castiglione, que após um longo eclipse havia retornado a Paris, não teve a mesma sorte.

Sua aparição em fevereiro de 1863, num baile a fantasia nas Tulherias, vestida de rainha da Etrúria, lhe foi fatal. Ela trajava um vestido reto, uma espécie de túnica vaporosa, presa apenas por uma única mas suntuosa fivela de pedrarias. Seus abundantes cabelos, de um louro acinzentado, escapavam de um diadema de ouro. Calçava sandálias douradas e os braços estavam descobertos. Na verdade, estava acima de escândalos, pois sua reputação e amizades imperiais e reais a protegiam, mas seus inimigos, aqueles que haviam obtido seu afastamento em 1857, quando o imperador, ao sair da casa dela, na avenida Montaigne, às três horas da madrugada, havia escapado de um atentado, ficaram com o coração repleto de alegria. A embaixatriz da Áustria, que tomava o partido da imperatriz, insinuou que a famosa túnica tinha uma fenda até a cintura que, dependendo dos movimentos, deixava entrever-lhe a perna de alto a baixo. Ouvi mesmo a senhora Baroche dizer, com desprezo, que ela estava quase despida, os braços nus, os pés descalços com anéis nos dedos. Vilipendiava-se até a infeliz Raynald de Choiseul Praslin, que a seguia por todo lado, por ocasião do famoso baile, fantasiada de negrinha, balançando um guarda-sol de tafetá rosa.

Um baile digno desse nome devia ser a fantasia, um baile de máscaras. Na ocasião, o carnaval triunfava durante todo o ano. Formávamos um pequeno grupo de mulheres elegantes: a senhora de Pourtales, a condessa de Persigny, a duquesa de Morny, a senhora Walewska, a correr a Maison Worth, assim que uma festividade era anunciada. Entregávamo-nos a um inacreditável jogo de esconde-esconde, feito de espionagem, ciúmes e maledicência. Até o dia do baile, permanecíamos trancafiadas em nossos salões de provas, tentando subornar aprendizes de costura e camareiras sem sucesso, pois elas conheciam o castigo que o estilista Worth lhes reservava — a demissão — se descobrisse uma traição.

Depois, finalmente, de todos esses esforços, das dez horas da noite até a meia-noite, chegariam a nossos hotéis, num incrível desfile, "as vítimas da moda" que ilustrariam o jornal *L'Illustration* em sua próxima edição. Aqueles que em minha casa confundiram a senhora Rimsky Korsakoff, "a Vênus Tártara" fantasiada de Salambô, com a Castiglione afastaram-na para sempre da Corte, confinando-a em um enclausuramento do qual não mais saiu desde então, a não ser nas fotografias dos célebres Pierson e Meyer. Ela as enviava ao rei Emmanuel da Itália, ao duque de Morny, ao general Estancelin ou ao conde de Nieuwerkerke, amante da princesa Mathilde, mórbidas testemunhas de uma decadência da qual escapavam ainda essas imagens surpreendentes de uma triste beleza em declínio.

Assim como a imperatriz Eugênia, eu tinha verdadeira paixão pelos trajes das infelizes princesas de 1789 e fantasiada de madame de Lambelle acolhi, naquela noite, à entrada dos salões, vários duques de Guise, dois Henrique IV, uma Maria de Médicis que, por trás de sua máscara de cetim, devia esconder a bela Lady Corlay, embaixatriz da Inglaterra.

Fiquei ligeiramente surpresa ao ver um dominó ladeado por quatro mosqueteiros, espada na bainha. Todos haviam reconhecido a fantasia do imperador, sempre a mesma, que, galante e apressado, me havia informado no último jantar de quarta-feira, na casa de sua prima, que me daria a honra de comparecer ao baile.

Em contrapartida, não reconheci a pessoa que se escondia sob a aparência perfeita do cardeal Richelieu. Tanto o cavalheiro Bayard parecia ter cedido os traços ao conde de Nieuwerkerke, quanto Philippe de Champaigne podia estar orgulhoso de haver emprestado à máscara vermelha os traços exatos daquele que imortalizou a púrpura cardinalícia. Ele me deixou ainda mais intrigada do que aquele Mefisto coxo, com uma capa de veludo negro forrada de seda vermelha, que passava de um salão a outro à procura de não sei que presa. Confesso ter sentido medo, muito medo, quando o encontrei rindo com meus filhos João e Pedro, os gêmeos que haviam nascido sete meses após o trágico e estranho desaparecimento de meu marido João Pedro, barão de Santa Maria, no incêndio da chácara que se debruçava sobre nossa casa-grande de Santa Maria.

Os gêmeos, que haviam completado doze anos, não conheceram o pai. Eu os havia criado cultuando aquele que num dia de outubro de 1846 havia me perturbado e depois socorrido, após uma queda enquanto caçava nos bosques de Mortagne, na casa de meu tio Curcourt.

— Senhora, que noite extraordinária!

Estremeci. Muito próximo, alisando os bigodes com uma mão enluvada vermelha, deparei-me com a máscara do cardeal. Tentava mudar a voz, mas não o suficiente para dissipar a dúvida que me invadiu. Essa voz me era conhecida, mesmo familiar; ela remontava a um tempo distante de minha história, mas a conhecia bem.

Uma Maria Stuart rodeada por pequenos pajens negros, vestidos de branco, aproximou-se. Trazia um colar de pérolas digno das princesas da Índia. A jóia se enrolava em camadas compridas de mais ou menos oito voltas, em torno de seu pescoço apertado numa gola pregueada engomada. Ela me afastou do desconhecido.

— Chantal! — disse, feliz ao reconhecer minha amiga, sob os traços da rainha da França e da Escócia.

— Quem é esse cardeal que parecia esquecer os costumes eclesiásticos para te fazer a corte?

— Pobrezinho. Tu não lhe deste tempo para cortejar-me! Tentava descobrir de quem era a voz que se esconde por trás da máscara quando tua ridícula escolta de anões me afastou!

— Como sou idiota! Mas era preciso. Fallois pergunta se podes encontrá-lo na tenda. Está tudo organizado para o balé.

Atravessei a bela construção efêmera onde dançaríamos a valsa. A decoração tinha me consumido dias e semanas de esforços, mas o resultado valera a pena. Era uma representação exata, idêntica, do grande salão gótico do castelo da Pena de Sintra. Arquitetos, operários, marceneiros e pintores haviam se revezado, sem repouso, para construir no jardim, protegida por uma grande tela em branco e dourado, a reprodução do que o senhor von Eschwege imaginara para o rei de Portugal, D. Ferdinando VI. Sabia que o imperador ficaria satisfeito com minha idéia extravagante pois havia comentado com ele, várias vezes, em Compiègne, em Fontainebleau e nas Tulherias, sobre a beleza do castelo construído graças ao capricho do príncipe alemão cujo casamento com a rainha Dona Maria II o havia enraizado no lugar, na parte mais baixa da Europa, perto da África, última parada antes do longo caminho para o hemisfério Sul ao qual eu agora pertencia.

O imperador, sempre cercado de seus mosqueteiros, não estava longe; em sua humilde capa negra, conversava com Nieuwerkerke, desajeitado, numa falsa armadura medieval de ferro branco. Falavam sem cessar do castelo de Pierrefonds que Sua Majestade fizera construir, sob a direção de Viollet-le-Duc, perto de Compiègne. Luís Napoleão era, como Nieuwerkerke, apaixonado pela Idade Média, pelas armaduras, seteiras e muralhas... de quimeras!

— Madame! Que belo palácio mandou construir pelo único prazer da "evocação histórica", essencial a meus olhos.

— *Sire*, jamais conseguirei, com as palavras limitadas de meu vocabulário, descrever a Vossa Majestade o charme e o mistério do castelo da Pena. Antes que a imperatriz viaje este verão, gostaria de oferecer uma exposição sumária sobre os lugares que Sua Majestade só conhecerá ao voltar, por meio do relato e das aquarelas do rei Ferdinando. Preciso pedir sua autorização para me afastar.

— Por favor, condessa, fique à vontade. Terei ocasião mais tarde de importuná-la. Além do mais, quem sou eu esta noite senão um dominó que a senhora tomou pelo imperador?

— É que preciso fazer cessar a valsa e tomar parte no balé...

— Não se justifique, madame, corra a dar as ordens e conduza a festa como achar que deve ser feito.

Tudo começou mal. O marquês de Galliffet fantasiado de... marquês de Galliffet, já que era uma caricatura de si mesmo, provocava o barão de Meyendorff, travestido de Baco. O barão havia se identificado de tal forma com a fantasia que estava havia bastante tempo ébrio de champanhe. Foi necessário separá-los antes que Galliffet encontrasse uma luva para atirar-lhe no rosto! Felizmente Richelieu tudo observava e com a ajuda de Fallois, o intendente, conseguiu fazer com que Baco se dirigisse aos bastidores do teatro às pressas. Lá, as figuras campestres terminavam de se preparar para um quadro vivo representando Maria Antonieta e suas damas como fazendeiras no vilarejo de

Versalhes. Não havia, nessa época abençoada, uma festa em Paris sem um "quadro vivo". Sabia que haviam sido transportados dos lupanares, por nossos belos senhores do *faubourg*. A arte consistia em substituir as moças de vida alegre por suas próprias filhas, herdeiras do império, essas moças inocentes que eram as únicas — bem como suas mães — a ignorar ou fingir ignorar a origem desses jogos inocentes.

Meu tio Louis, grande mestre-de-cerimônias, havia feito instalar um palco logo acima da orquestra. Ele surgiu numa roupa cintilante que o marquês Dreux-Brézé trajava na abertura dos Estados Gerais na Salle des Menus Plaisirs do Castelo de Versalhes e me procurou com os olhos para que a ele me reunisse. Com a bengala, fez sinal aos músicos para que cessassem a valsa e pediu silêncio. Nesse exato momento, escutou-se um riso alto, estridente, como se partisse da escuridão de uma caverna. Fiquei petrificada. Entretanto todos, inclusive o imperador, acreditaram tratar-se de um artifício da encenação. Não era. Meu tio, surpreso mas com muita desenvoltura, deu ordem à orquestra para começar a tocar a bela melodia de Gluck e esquecemos rapidamente a estranha impressão causada por esse riso de mau gosto.

Eu ocupava um lugar no quadro, mas o encanto havia sido quebrado. De súbito, julguei ridículas as poses sofisticadas. Desejei que todos se fossem de imediato! O riso me obcecava... Não dançaria o minueto que se seguiria. As imagens de João e Pedro me vieram ao espírito como um raio. Onde estariam no momento? Tive medo, como no passado, quando Maria Regina, a maldita tia de João Pedro, rondava a Fazenda de Santa Maria. Mal conseguia me conter, cometendo erro atrás de erro e o efeito provavelmente foi cômico pois o público começou a rir. Louis deve ter se apiedado, pois fez baixar a cortina e comandou à orquestra recomeçar as valsas e as mazurcas.

Uma princesa de Lambelle com ar bestificado corria no jardim, em direção à casa, incomodada pelos saltos altos, acabando por quebrar um deles. Eu devia ter a aparência de uma louca ao entrar no salão do mezanino, segurando um sapato na mão e trajando um vestido com avental. Meus filhos lá estavam, adormecidos nos sofás, lindos em suas fantasias douradas de Castor e Pólux. Dormiam, velados por Joaquina, tendo aos pés, todo enroscado, o pug "Japão", irmão de "Chinês", o cachorro da princesa Mathilde. Soltei um suspiro de alívio e fui para meu quarto sem nada dizer.

Tão logo cheguei à porta aberta, o perfume, seu perfume feito de bergamota e lavanda, me inebriou. Por pouco não desmaiei. Então ele estava ali, perto de mim, escondido sob uma máscara e um disfarce e devia ter passado por ele várias vezes aquela noite. Precisava deitar, me sentia sufocar... Ao me aproximar do leito, pensei estar tendo uma visão. Como no passado em Mortagne, um envelope com uma caligrafia que reconheceria entre mil, em tinta violeta, havia sido depositado sobre o travesseiro. Ele estava vivo, como sempre soube. Mas por que subitamente retornava depois desses longos anos de ausência, em que fui forçada a lutar até o incrível dia, quando, sem jamais poder imaginar, sem jamais querer, tornei-me a mulher mais rica do império do Brasil, mais rica até que o próprio imperador D. Pedro? Aquela diante da qual as pessoas se curvavam à passagem? Aquela que o soberano, cansado de esperar que o marido reaparecesse, havia nomeado condessa de Santa Maria? Aquela que todos no Rio chamavam, com temor, de Imperatriz do Café?

Aproximei-me trêmula e estendi a mão para pegar o espesso envelope.

Nesse exato momento, bateram levemente na porta entreaberta do quarto. Tive um sobressalto ao me virar e ver, entre a sombra e a luz, uma grande mancha vermelha. Gritei e em seguida desmaiei balbuciando:

— Seu fantasma, é o fantasma de Maria Regina.

O desmaio deve ter durado pouco. O tempo de Joaquina, sempre à espreita, se precipitar no quarto para encontrar um cardeal com uma princesa do outro século, desmaiada em seus braços...

— O que o senhor faz aqui?

Joaquina, num francês cada vez mais aprimorado, bloqueava a porta com o pequeno corpo frágil, prestes a atacar.

— Não me interprete mal. Eu havia batido na porta...

— Leve a senhora para o canapé.

Ainda em seus braços murmurei

— Onde estou?

— Pediria que o senhor se retirasse.

— Posso...?

— Saia.

Joaquina dava palmadinhas na minha mão direita.

— Ou então faça algo de útil. Vá buscar água e um pouco de conhaque.

O mantô do cardeal desapareceu.

— Madame, ele fez mal à senhora? Fale, a senhora sente alguma dor?

— Não, não, Joaquina, tive medo, só isso. Como se todo o meu passado tivesse vindo a meu encontro aqui esta noite.

— Como assim, madame?

— Veja sobre o leito o envelope que João Pedro ou uma de suas criaturas deixou... e depois essa voz, a voz do cardeal, eu a reconheci... sim, é isso, é a mesma, claro que é ele, é Joachim.

Voltei a desmaiar.

Quando voltei a mim, estava estendida no leito. Tinham tirado a impressionante peruca e o vestido de avental.

— Senhor, por favor, não insista, madame está muito mal. É preciso que eu cuide dela.

— Joaquina — chamei com voz fraca.

— Madame.

— Deixa entrar Monsieur de Dollberg.

Ela hesitou e eclipsou-se para deixar-me com o homem vestido de vermelho.

Ele também havia retirado a peruca, mas deixara os bigodes de cardeal que deviam, na verdade, ser seus. Apesar dos anos, a fisionomia permanecia praticamente inalterada. Os traços estavam mais marcados do que antes; algumas rugas formavam sulcos na fronte, mas a aparência geral, dissimulada pelo amplo traje, parecia elegante. Seria ainda tão esbelto como antes? Teria engordado, começado a encurvar-se?

— O que dirá seu tio, o cardeal de Dollberg, ao vê-lo assim vestido?

Onde encontrei forças para essa ponta de ironia?

— Ah, a senhora me reconheceu!

— Claro, Joachim.

— Estou desolado por tê-la assustado. Juro que não queria forçar sua porta.

— Não precisa pedir desculpas.

— Vi quando corria no jardim; parecia tão desamparada...

— O que aconteceu com o senhor, meu querido Joachim? Soube que após a proclamação do Império esteve numa guarnição em Nancy. Chantal me disse que depois recebeu uma condecoração em Solferino, em Sebastopol.

— Hoje sou coronel de um regimento de blindados em Rambouillet.

— Está casado?

— Não, mas descanse. Se me permitir, posso retornar amanhã, ao final da tarde? — Parecia triste.

— Com prazer, com muito prazer.

Nesse exato momento, a orquestra tocou a marcha de aniversário de Waldteufel. Um coro respondia à orquestra. Sem dúvida, uma surpresa de meu tio. Quem sabe se não havia bolo, velas, presentes? Era preciso me controlar, talvez me vestir e descer novamente.

— Joaquina, rápido, minha grande capa azul, a peruca e meu escarpim.

Já não era sem tempo! Na grande escadaria, o dominó e os mosqueteiros subiam ao meu encontro, munidos de violões, conduzidos por Louis, impecável como um marquês empoado com um tricórnio empenachado branco.

— Tome meu braço, madame — disse o imperador. — Vamos cumprimentar seus convidados que reclamam a presença da senhora e a aclamam.

Teria ele percebido em minha fisionomia embaraçada que debaixo de minha capa eu trazia outra roupa? Imaginaria que eu vestia uma camisa de seda por baixo de meu corpete? De qualquer forma, apertou com força minha mão e disse:

— Madame, as Tulherias ficam bem perto. De bom grado refarei o caminho amanhã antes da hora do jantar.

— Que fa...

— Desculpe, madame.

A palavra escapou sem que eu o quisesse de minha boca ressecada.

— Majestade, não posso eu fazer-lhe uma visita?

Ele voltou a apertar minha mão e a sacudiu em sinal de reprovação.

— Não se sente honrada com a deferência que lhe ofereço?

— Eu... eu... estou confusa.

Ao penetrar na desordem do jardim, lembrava-me do dia de minha partida de Paris em junho de 1848, na confusão que antecedera minha fuga; a mesma que essa noite voltava a armar um complô contra mim. Havia muito acreditava ter me afastado desse perverso teatro da vida, em que alguns lastimáveis atores entram pelo pátio portando as máscaras do drama e outros, pelo jardim, com as máscaras da comédia. Acreditava ser poderosa o suficiente para ser dona de meu próprio destino, longe da "farsa", essa desagradável peça que havia há tanto tempo me dado o papel principal.

Havia sobre a mesa arrumada às pressas um enorme bolo e quanto mais nos aproximávamos, o dominó e eu, melhor eu distinguia a extravagante sobremesa: tratava-se de uma pirâmide de aproximadamente dois metros, feita de centenas de repolhos*, tendo no topo, de uma maneira estranha, incongruente, uma coroa condal. Meu tio estendeu-me uma bonita faca de cobre e, soltando alguns dos repolhos unidos por caramelo, ofereci à máscara imperial o primeiro pedaço de bolo sob os aplausos da multidão de grandes senhores do presente, fantasiados de outros senhores e damas do passado. Finalmente poderia desaparecer, retirar-me para o quarto, ler o que João Pedro havia escrito, ao abrigo desse mundo ávido de mexericos, de escândalos, que chamam — para torná-lo mais aceitável para as vítimas — de crônica mundana. Um dia um, outro dia outro, todo mundo passa por isso, dos mais sábios aos mais velhacos.

— Louis, não posso mais, vou me deitar, cuide de nossos amigos, preciso repousar.

— O que tens, minha filha? Sinto que estás tensa, mais pálida sob teu pó-de-arroz.

— Louis, poderia o senhor amanhã, por volta do meio-dia, vir com meus filhos me fazer uma visita no pequeno salão de mamãe?

— Tu me deixas inquieto. Quem...

— Até amanhã, e se o senhor encontrar Dollberg, diga-lhe...

— Mas não vejo Joachim desde...

— Ele está aqui esta noite, fantasiado de cardeal Richelieu. Se tiver partido, faça com que o encontrem amanhã de manhã. É importante, eu lhe suplico. Diga-lhe para não me visitar, como havíamos combinado.

Um grupo de máscaras já me cercava, levando-me para longe de meu tio, para longe de minha casa. Havia uma Lucrécia que ria tão alto que teria me incomodado em qualquer outra circunstância, um pierrô cuja indumentária desbotada nessa hora tardia tornava sua magra fisionomia ainda mais triste. Os volantes de renda de seus punhos pareciam margaridas desfolhadas, e a gola, que havia perdido a goma, não tinha forma alguma. Escondendo-se

*O bolo em forma de repolho é ainda hoje muito utilizado em doces, e era muito apreciado pela realeza e reinava nos banquetes, especialmente os oferecidos por Luís XIV. (*N. da T.*)

atrás de dois senhores feudais, o Mefisto coxo, sempre acompanhado de dois gigantes que não se afastavam, me olhava fixamente através da máscara. No entanto, me era impossível ver seus olhos. Por diversas vezes tentei escapar do grupo de mascarados, mas a farândola animada pela ária de polca tocada pela orquestra me mantinha prisioneira. Se a chuva não começasse a cair forte, imprevista, nas aléias do jardim iluminado por lanternas chinesas multicoloridas, se Keita, fantasiado de eunuco otomano, não me tivesse raptado, acho que ainda lá estaria!

No quarto, Joaquina havia preparado o leito. Sem uma palavra, tirou minha capa azul-rei, pisoteada e rasgada, minha camisa e depois desfez os nós do corpete. Conduziu-me nua em direção à sala de banho, instalou-me de pé na grande bacia de cobre em forma de tamanco e depois, calma, concentrada, despejou a água morna sobre meus cabelos e depois sobre todo o corpo. Finalmente, como havia feito no Rio pela primeira vez, em Laranjeiras, no solar de meus sogros, cobriu-me com sal grosso e depois derramou em meu corpo a água que tomara o cuidado de salgar. Sem precisar perguntar o que devia fazer a seguir, me virei silenciosa, escutando atenta, apesar do sono, as estranhas rezas salmodiadas em voz baixa.

Ruídos subiam dos salões e do jardim: uma mistura de copos de cristal quebrados, gargalhadas, música e voz alta de homens. Continuava imóvel em frente ao toucador, sem me enxugar, como exige o rito, olhando meu corpo de mulher madura. O que havia entre essa silhueta cujo espelho refletia a imagem e aquela que havia quinze anos um outro espelho refletia no Brasil?

Estafada, apavorada diante da idéia do que podia se suceder à festa, do que a carta me faria conhecer, inquieta com os incidentes da noite, escrutando minha imagem à luz dos dois castiçais presos de cada lado do espelho, examinava meu corpo. Passei a mão em meus seios ainda belos. Minha cintura certamente estava mais larga e, ao me aproximar do espelho, percebi algumas rugas em torno dos olhos e da boca, mas meus cabelos nunca tinham sido tão esplêndidos, meu sorriso ainda resplandecente, sem que o esmalte nem o marfim tivessem sido destruídos, como acontece com tanta freqüência. Por que experimentei esse momento de vaidade, nua, ainda molhada pela água salgada que secava lentamente na noite que a chuva tornara mais úmida e fresca? Por quê?

— Madame...

Joaquina falava comigo baixinho, me repreendendo:

— Coloquei a carta na gaveta de sua mesinha-de-cabeceira.

— Obrigada, obrigada... Não vou lê-la agora, não tenho forças. Se pudesse ao menos dormir... não pensar em nada, nada. Compreendes?

— Madame dormirá rapidamente. Pode ter certeza...

— Deus te ouça... passa minha camisola.

— O diabo do baile...

— Qual diabo do baile? — interrompi.

— É o senhor barão.

— O que sabes a respeito?

— De qualquer forma, foi ele quem colocou a carta no quarto da senhora.

— Ai meu Deus! Tenho medo...

— Não queria alarmar a senhora, deveria esperar até amanhã, mas é preciso que a senhora compreenda por que Keita quer velar a senhora esta noite.

— Tu crês que ele ...

— Madame...

Bateram na porta.

— Quem é? — perguntou Joaquina.

— O marquês de Dreux-Brézé.

— Louis? — perguntei.

— Sim, estou com Keita, que tenta em vão me fazer compreender que não devo forçar tua porta.

— Não posso recebê-lo, é verdade, já estou preparada para a noite...

— Coloque um *robe de chambre*! Preciso lhe falar.

— Eu também gostaria, Louis, mas não estou em condições, nem vestida para tal.

— Tranqüiliza-me... Dollberg está fantasiado de cardeal Mazarin?

— Não, não, mil vezes não! Já lhe disse que está vestido de cardeal, mas de Richelieu. Mas por que a pergunta?

— Cometi, querida, o mais grave erro de minha pretensa carreira de homem do mundo. Anunciei a um homem que não era Dollberg que não deveria visitá-la amanhã no final da tarde.

— Ah! Que confusão, meu querido Louis. É preciso que encontre Dollberg amanhã. O imperador colocou na cabeça que virá me visitar antes do jantar.

— O imperador! Como pudeste aceitar?

— Não me acuse e encerremos essa conversa de confessionário. Eu o escuto mal.

— Então quem é esse Mazarin?

— Não quero mais pensar sobre isso, Louis, estou morta de sono... Amanhã é outro dia.

Capítulo II

O diabo coxo

O barulho das gotas de chuva caindo sobre as lonas estendidas no jardim executava uma espécie de sinfonia, num ritmo ora regular, ora irregular. A casa parecia adormecida, profundamente silenciosa. Um estranho torpor havia substituído os barulhos da festa. Que horas seriam? Estava acordada? Quantas horas havia dormido?

Não distinguia, na semi-obscuridade do quarto, a hora que o pêndulo marcava. Teria Joaquina ou Fallois dado ordens estritas de não acordar a patroa? Como o extremamente fraco senhor de Tricquet, preceptor de meus filhos, conseguira reter os dois leõezinhos, habituados a correr e a gritar ao longo dos andares da casa e do jardim?

Não queria, mal tendo despertado e embalada pela chuva, pensar nisso. Era preciso prolongar o doce momento dos sonhos e do sono, prolongar o efeito calmante do banho ritual da noite que havia feito com que eu esquecesse de João Pedro, de Dollberg e do imperador. Eles só voltavam à minha lembrança bem lentamente; não mais me preocupava com eles. João Pedro, cuja ausência havia atormentado tantos anos de minha vida e que todos os indícios me anunciavam o retorno, me confirmava sua existência, emergindo com dificuldade das brumas da noite.

No entanto, muito tempo atrás, amorosa, apaixonada, grávida, havia visto desaparecer meu marido na noite de São João, no incêndio da casa do sítio dos senhores da Fazenda de Santa Maria. Nunca mais quis reconstruir o pavilhão. Hoje, quando as cinzas se dispersaram aos quatro ventos e a natureza voraz dos trópicos invadiu as ruínas, permanece escondido, intacto, quinze anos após o drama, o segredo de seu desaparecimento assim como o candelabro de prata que encontrei derretido, retorcido e abandonado nos escombros. Ainda lá está, imagino, enegrecido, enterrado no húmus, raro vestígio daquela noite terrível. Quem teria levado João Pedro? Eu o revejo louco de dor, berrando, titubeando, fugindo com o candelabro na mão. Teria ele incendiado o lugar? Teria se ferido? Para onde teria ido?

Durante semanas fiz revirarem o campo, procurarem nos escombros, tentando encontrar o menor sinal de vida ou de morte — por vezes pouco importava! Precisava compreender, dissipar a dúvida. Quem não viveu com essa dor insuportável de não saber o que aconteceu com um ente querido não pode compreender o sentido de minhas palavras.

Estaria vivo? Onde estaria? Estaria morto? Ferido? Mas então onde estava o corpo? Noite e dia, sem poder colocar o luto pelo ausente, me atormentei, revirando-me no leito sem trégua, sono ou repouso. Keita e Joaquina acompanharam passo a passo essa Ofélia de camisola que, os cabelos ao vento, fizesse dia ou noite, chovesse, na poeira ou no frio do inverno, estupefata, aos prantos, chamava em vão o nome do amado. Os escravos, respeitosos, ajoelhavam-se à sua passagem.

Por vezes na madrugada, acordava em nosso grande quarto gritando por João Pedro....

— Joaquina, tu o viste?

— Acalme-se, repouse. Não tem nada, ninguém — respondia, invariavelmente.

— Diga-me, era ele?

Depois me deixava cair em lágrimas, revoltada, incrédula, o coração partido.

Na grande casa, no meio da madrugada, o barulho do assoalho que estala, dos relógios que marcam o tempo que passa, pesado, espesso, tão lento que desespera os mais pacientes, me afligia.

— Estou aqui e Keita também, atrás da porta. Ele impedirá qualquer um de entrar.

Então eu repetia:

— Ela está aqui, Maria Regina não deixou a casa desde aquela noite maldita. Estou segura de que perambula pelos corredores...

— Seja razoável, madame. A senhora não confia em Keita?

— Confio, claro que confio, mas o que tem isso a ver?

— Bem, ele e seus homens mais fiéis revistaram os lugares mais recônditos da senzala, os cantos mais escuros da capela, dos sótãos, dos porões. Madame, não há nada nem ninguém.

Quantas vezes, em plena madrugada, Joaquina, com sua paciência de anjo, com essa gentileza que nunca a abandonou, repetiu para acalmar-me que nem João Pedro nem Maria Regina estavam em Santa Maria.

Plic, plic, plic... Do teto, da goteira do teto, gotas mais grossas do que as que caíam sobre a lona compunham uma outra frase melódica, um outro ritmo, mais lento, mais harmonioso. Tive, de súbito, necessidade de música, de canto. Afastei os lençóis, peguei meu *robe de chambre* e fui até as janelas para abrir as cortinas e empurrar os postigos. Foi então que soube a hora: sete e vinte da manhã. No entanto, não tinha mais sono. Dormira pouco; mais sem dúvida do que Joaquina que, como um gato, dormia enroscada no grande canapé. Ela devia estar muito cansada para não ter despertado, minha muito querida Ju, que com os cuidados de uma mãe havia zelado por mim durante meses e anos. Nessa manhã do dia 22 de junho, exausta, ela tirava, sem desejar, uma pequena revanche, bem merecida, bem inocente.

Sem dúvida, em consideração a ela, eu deveria ter renunciado a meu egoísta projeto de música, mas desejava percorrer com os dedos o teclado, escutar outras notas, outros sons além daqueles compostos pelas gotas de chuva. Lentamente levantei a tampa do piano, abri a partitura que esperava, ajuizadamente, desde a última aula dos gêmeos, e no silêncio de uma manhã chuvosa, no dia posterior à festa, princípio de uma nova prova, Chopin, elegíaco, triste, talentoso retomava vida por meio de meus dedos. Toquei com fervor, concentração, absorvida pela beleza da sonata. Pianíssimo e a chuva, com seus mil pequenos estalidos, dialogava misteriosamente com os sons do piano. Sem que eu tivesse percebido, João, meu filho, estava a meu lado e virava as páginas, os olhos cheios de sono, de camisola de dormir, os cabelos desalinhados. Ele não estava só: sentado quieto, em meu genuflexório, Pedro, seu gêmeo, escutava com um sorriso de beatitude. Não podia quebrar o encanto; era preciso tocar e saborear esse maravilhoso momento, intenso e raro.

João era apaixonado por música como o pai, mas por certo não cantava tão bem. Pedro, bom pianista, como se fosse proposital, completava-o nesse ponto. Eles eram minha alegria, e vê-los ali, tão próximos, silenciosos, respeitosos — quem sabe felizes — enchia-me de orgulho maternal.

Eu conhecia a partitura quase de cor. Quando as lágrimas me vieram aos olhos, quando fechei as pálpebras, deixei fluir minha emoção, minha felicidade e minha tristeza! Senti a mão de meu filho, afetuosamente, pousar sobre meu ombro. Era preciso tocar, lutar contra o tempo que escapa, aprisioná-lo e mergulhar assim na doçura e ternura de um momento roubado à eternidade... o máximo de tempo possível.

Depois minhas mãos pararam; o silêncio se instalou, pontuado somente pela música da chuva que continuava a cair lá fora.

Nenhum de nós ousou falar, esperando, sem dúvida, prolongar o momento de doçura que acabávamos de viver. Foi, no entanto, Joaquina que sabiamente tomou a si a responsabilidade de romper a magia.

— João, Pedro, agora vocês precisam deixar sua mãe fazer a toalete. Seu tio Louis irá buscá-los na sala de estudos, por volta do meio-dia, e vocês virão encontrar madame no salão.

Joaquina tinha falado em português, com seu tom de voz calmo e pausado. João suspirou; Pedro levantou-se. Apresentaram sua fronte a meu beijo e sem reclamar, sem resmungar, saíram, pés descalços, em direção ao quarto.

Um tantinho cerimoniosa, Joaquina foi buscar na gaveta da mesinha-de-cabeceira o espesso envelope. Sem nada dizer, a fisionomia inquieta, avançou a passos lentos até o piano.

— Não, agora não, ainda não, posso esperar mais. Já esperei tanto que agora é a vez dele esperar um pouco... Põe os travesseiros ali. Sim, isso mesmo, ajeita-os... mais baixo. Ficarei mais confortável para ler no canapé.

— Quer que a deixe, madame?

— Como podes ser, por vezes, tola! Fica, pega teu bordado e instala-te no banco. Aproxima-o... mais perto, isso.

Eu não tinha a menor vontade de ficar sozinha. Sorri, olhando esse rosto que emanava uma verdadeira humanidade que tudo transforma. Peguei seu rosto em minhas mãos, acariciei-o com minhas mãos salgadas.

— Minha espátula. Não, essa não, me desculpa. Procura em meu escritório, lembra-te daquela de mamãe? Aquela que utilizávamos antigamente para abrir escondido as cartas de João Pedro? Ah, bravo, é essa mesmo! Onde teria ficado escondida?

Abri o envelope com a ponta da lâmina, depois cortei a parte de cima para soltar o papel que, por razões de segurança, havia sido colada. A letra violeta de outrora havia mudado, perdera muito de sua graça. Sem ser ilegível, era preciso por vezes esforçar-me para decifrar as garatujas, especialmente no final das linhas.

Por muito tempo guardei, como uma preciosidade, a carta no lugar mais recôndito de minha secretária em Paris. Depois, quando, num interregno histórico, Paris tombou nas mãos dos participantes da Comuna e fui forçada a abandonar rapidamente a cidade, coloquei-a no cofre de meu falecido tio. Retirei-a ontem à noite, para transcrevê-la aqui. Certas palavras, certas frases, estão indecifráveis, o que não impossibilita a compreensão geral do relato.

Recordo-me fielmente de minha disposição de espírito quando, aconchegada em meus travesseiros, comecei a ler.

Meu coração batia como um metrônomo desvairado, mas minhas mãos, que deviam tremer à evocação dos fantasmas de outrora, permaneceram calmas. Certamente meu espírito estava tenso porque alguns receios subsistiam, mas eram causados pela próxima e inoportuna visita do imperador ou pela mais esperada, de monsieur de Dollberg. Durante esses quinze anos passados a esperar o retorno de meu marido, eu havia atravessado o inferno, vivido as situações mais extraordinárias. Bizarramente, a perspectiva de seu retorno não mais me emocionava. Todas as lágrimas de meu corpo haviam sido derramadas; a espera, a insônia me haviam feito conhecer todas as nuances da luz da aurora, habituar-me aos mais insólitos ruídos da noite. E se ele voltasse tarde demais?

— Por que não lê-la em voz baixa, apenas para a senhora?

— Talvez tenhas razão.

Minha querida Marie Adélaïde,

Talvez essa folha de papel seja a definitiva. Há mais de uma hora, raivoso, recomeço sem cessar esta carta. Amasso o papel, nervoso, antes de jogá-lo na lixeira. Hélas! essa dificuldade em lhe escrever não vem de hoje! No entanto, devia considerar uma vitória poder finalmente pegar a pluma, mesmo que só para traçar algumas palavras mal escritas, ilegíveis, pois há longos anos me desespero tentando poder lhe dizer que estou vivo. Em vão! Não pude, não soube lhe fazer saber. Tive, pode me acreditar, boas razões para tais dificuldades. Ah! Se eu conseguisse, se enfim tivesse êxito em lhe fazer chegar, à véspera de seu aniversário, o relato, então talvez a senhora compreendesse, me perdoasse.

O que tenho a contar deixará a senhora sem voz, horrorizada.

Há quase quinze anos, festejávamos seus vinte anos em Santa Maria. Essa festa que eu queria — lembra-se? — bela e feliz. Apesar de ter sido criado por minha tia, Maria Regina, acreditando numa mentira, eu amava a senhora apaixonadamente. Desde o primeiro dia, desde o primeiro instante de nosso encontro durante a caça nos bosques de seu tio em Mortagne, e mesmo, quando tentava me defender, a adorava.

No entanto, na época, ainda era o instrumento de vingança de minha tia. Revejo a grande sala de jantar, iluminada, sob minhas instruções, para torná-la uma peça mais íntima, mais acolhedora. Eu devo ter conseguido, pois quando a senhora entrou estava radiosa, resplandecente. Do lado de fora, pelas janelas abertas, ouviam-se os cantos dos escravos e era possível ver as grandes fogueiras de São João que crepitavam nas colinas ao redor. Tudo era irreal, feérico.

A senhora foi a primeira a notar uma presença estranha, atrás dos grandes biombos de laca chinesa. A princípio, não quis acreditar. Deveria, mesmo que apenas para lhe provar o quanto estava enganada, ter me levantado e me precipitado em direção à sua quimera, em direção a uma visão de seu espírito e afugentar, o mais rápido possível, seus medos. Mas nada fiz. Carreguei uma enorme culpa a respeito disso e de todo o resto, por muito tempo.

A carta de Axel me intrigava, mas não imaginava que ela pudesse transtornar minha vida a ponto de destruí-la. Em poucos minutos, uma vida de certezas, metódica, diabolicamente construída por Maria Regina, iria desabar como um castelo de cartas. Toda uma vida de ódio, de cálculos infames, para saber em poucos segundos que o ser desprezível, Axel de Curcourt, o assassino de minha mãe, era nem mais nem menos que meu pai e que aquela que eu deveria detestar, destruir e que eu amava, apesar de tudo, era minha prima-irmã. Soube então que a senhora tinha dito a verdade, que não tinha sonhado e que o monstro que havia feito de mim um diabo, um diabo manipulado para atender a seus próprios interesses, se encontrava com seu vestido vermelho-sangue, atrás do grande biombo. Foi ela e *ninguém mais a assassina de minha mãe. Ela havia tramado, inventado tudo, tinha roubado de mim minha mãe, minha alma, a fim de fazer de mim o instrumento de uma maquinação infernal.*

A dor, de súbito, me enlouqueceu. Lembro-me de meus gritos, do biombo que caía deixando surgir a culpada que, desmascarada, vomitava sua raiva, das pessoas que seguindo a senhora ao longo do parque tentavam me alcançar. Em seguida, devo ter desmaiado no salão do pavilhão. Não me lembro nada dos instantes, horas e dias que se seguiram. Quando finalmente voltei a mim, estava num leito, num quarto que não conhecia. Meu corpo e meu rosto estavam cobertos por ataduras. Mal conseguia ver...

— Onde estou? — perguntei à mulher negra ajoelhada a meu lado e que me abanava. Ela sorriu, sem responder.

— Onde estou? — repeti.

— Calma, calma, meu patrãozinho. Seja obediente, está bastante doente, sabia? Não tente se mexer ou vai se machucar.

Nesse instante vi Jason, meu criado, aquele que a senhora viu pela primeira vez em Mortagne. Estava sentado numa cadeira do outro lado do leito, a boca aberta; parecia surpreso, aliviado, feliz.

— Mela, vá procurar a mãe — gritou.

A negra se levantou, deixou o leque sobre o lençol e correndo, apesar do peso, partiu à procura da "mãe".

— Meu patrão — chorava Jason *— , o senhor vem da terra dos mortos. Que Oxum seja louvado, ele trouxe o senhor de...*

— Ai!

— Não tente mover-se, meu patrão, o senhor vai se sentir mal.

— Mas já me sinto mal, muito mal.

— A mãe vai chegar e vai lhe medicar.

A gorda mulher negra já voltava. Rebolava desengonçada, tendo nos lábios um largo sorriso radioso. Uma outra mulher, completamente vestida de branco, com um pano amarrado feito turbante na cabeça, a seguia.

Com uma única palavra, mandou Jason embora e pediu à mulher gorda para buscar água e as plantas. Durante semanas, ela vinha, várias vezes por dia, rezando, colocando incenso no quarto, mudando as ataduras. A cada vez que operava, obrigava-me a fechar o olho que não estava coberto e, em tom peremptório, me ameaçava:

— Se olhares tuas feridas, morrerás. Entendes? Tu morrerás!

Assim, obedeci, praguejando, até o dia em que, aproveitando a ausência de meus anjos da guarda, quis sair da cama e andar. O chão fugiu-me aos pés; caí, caí de mau jeito. Jason ralhou, a mulher chorou e a mãe voltou a ameaçar:

— Não sei se poderás viver, a ferida da perna reabriu. A fratura, que acabara de fechar, não resistiu à tua bobagem.

— Por que desobedeceste?

— Procurava um espelho.

— Que tonto! Não queres realmente viver! Tua imagem mudou; será necessária a força de todos os orixás para suportar teu novo rosto. Tu entendes, homem branco, homem insensato? Tu és outra pessoa.

Eu estava banhado de suor, sofrendo o pior martírio, e me diziam duramente que meu corpo havia sido mutilado, destruído.

— E não te abandones às lágrimas — disse a mãe-de-santo num tom que não admitia contestação. — Isso fará mal ao olho que perdeste.

Seria possível? Estaria nesse estado? Estaria desfigurado?

Durante semanas gemia, urrava e a mãe dizia:

— Isso mesmo, coloques para fora tua raiva; é preciso se quiseres viver. Deixa que os espíritos a levem para longe, para bem longe.

Foi necessário esperar quatro meses, a partir daquele dia, até que eu pudesse pousar o pé no chão; quatro meses para começar a me habituar ao fato de que o irrequieto barão de Santa Maria, o jovem e rico fazendeiro, era a partir de então apenas um caolho coxo.

O barão de Santa Maria morreu. Um diabo coxo, feio, disforme, cambeta ocupou o seu lugar. Precisei de dois longos anos, talvez mais, para começar a suportar minhas deformidades, a rir delas.

Passei de um quilombo a outro. Depois, quando pude, me instalei numa pequena casa perto da fonte do largo da Carioca, ao pé do convento de Santo Antônio. Na época, mais do que voltar a vê-la, estava obcecado com a idéia de encontrar Maria Regina. Demorei muito tempo, mas vinguei a senhora, madame! Nos vinguei.

Capítulo III

A vingança

A casa agora tinha despertado: os operários, no jardim, retiravam a golpes de martelo o "delírio" construído segundo a moda da época, a do fausto e da "fanfarrice". Teria eu ao menos atingido o objetivo incerto e irrisório de arrancar um grito de surpresa e assombro daquela sociedade insensível, entediada de tanta extravagância?

Deixei cair no chão as primeiras páginas da carta. Meus olhos estavam molhados de lágrimas. Joaquina, sentada a meu lado, levantou-se para pegá-las.

— Deixa, pode deixar. Estou me sentindo mal de tanto sofrimento. Deixa; eu recolherei as folhas mais tarde.

— A senhora devia fazer sua toalete e se vestir. Dentro de uma hora seu tio Louis e as crianças chegarão. A senhora não pode recebê-los nesses trajes.

— Manda preparar um banho bem quente. Não o quero perfumado; diga que não coloquem os sais de rosas.

— Que vestido devo retirar do guarda-roupa?

— Nada de toalete. Hoje prepare minhas roupas de cavalgar. Antes de sair, escolherei apenas um broche. Irei ao bosque a cavalo com as crianças. Manda preparar uma caleça para o caso de me sentir fatigada na volta.

Permaneci sozinha pensando no que acabara de ler, no corpo destruído, desfigurado de João Pedro. Teria coragem de revê-lo? Aliás, será que ele queria isso? Meus filhos! O que lhes diria? Peguei as folhas espalhadas debaixo do canapé e depois coloquei a carta, quase aliviada, na gaveta da mesinha-de-cabeceira.

O banho me fez um bem enorme. Joaquina me ensaboou mais forte do que de costume com a luva de crina e depois me ajudou a me vestir.

Meu tio chegou sem meus filhos; parecia inquieto, irritado e fumava um daqueles charutos compridos de que tanto gostava.

— O baile, o baile! Achei que a festa ia acabar mal. Aquele riso sardônico, os cardeais que confundi, as máscaras que tinham bebido a ponto de se tornarem violentas e obscenas.

— Ah! Louis, mesmo nas festas do imperador, encontramos duques que não sabem se comportar!

— A propósito, minha querida, estás segura da visita do imperador?

— Eu bem que podia ficar sem sua promessa, mas contra a minha vontade, ele me deu sua palavra, pode acreditar.

— Não se consegue encontrar Dollberg, e quem disse que aquele Mazarin, o curioso prelado, não virá participar de nossa pequena farsa? E além de tudo me dizes que João Pedro voltou?

— Ele voltou, meu querido tio.

— Tu o viste?

— Não, ainda não, mas ele retomou o hábito de me escrever.

— E o que disse? Conta-me antes que as crianças venham nos fazer companhia.

— Louis, ainda não, ainda não li a carta toda. Além do mais...

Calei-me.

— Além do mais... — repetiu meu tio.

— O que viveu é um calvário. Só sobreviveu por milagre ao incêndio do pavilhão. Assim mesmo, ao ler suas palavras, me pergunto se ele preferiria não ter sobrevivido. Ele era o coxo mascarado. Chega de falar de João Pedro por hoje! Conta-me sobre o baile. Apesar dos incidentes, tenho a impressão de que foi um sucesso.

— A propósito do coxo, o que vais dizer a teus filhos?

— Por enquanto, não tenho a intenção de contar absolutamente nada. Esperarei até terminar de ler o relato. Sem dúvida ele vai formular alguns pedidos. Tem esse direito. Mas veremos. Conta-me da festa.

— Ah, antes que me esqueça. Aqui está uma carta escrita por Chantal de madrugada. Pedi que viesse aqui no final do dia.

— Na hora certa? — perguntei rindo. — Até que enfim uma boa notícia e quanto mais loucos mais rimos!

— Não brinque, está bem? O imperador sozinho em sua casa? Isso a coloca numa situação delicada!

— Que situação? — interrompi. — Não sou a primeira a quem o imperador faz a corte e, sem dúvida, não serei a última. Sinto-me lisonjeada por ele me achar atraente quando me sinto velha! Quanto ao resto, isso só a mim diz respeito, meu querido tio! Eu dispensaria, pode estar certo, a visita imperial... Sabe do que sinto vontade, meu querido Louis?

— Não, não sei...

— Bem, eu lhe direi amanhã se quiser esperar que eu lhe faça um resumo de meu augusto encontro.

— Podes, então, já que ele te tem em tão alta conta, falar de teu irmão?

— O que devo pedir?

— Que ele seja nomeado coronel e que cesse seu exílio em Limoges!

Meu irmão, o ingrato! Eu lhe enviava uma boa renda, havia lhe dado uma casa em Passy e impedido a venda do solar que herdara de papai. No entanto, me culpava por ter sido muito dura no passado quando ele deveria, atendendo aos desejos de sua querida mãe, deixar o serviço do duque de Aumale para ir para a Argélia.

— Tentarei. Prometo.

Bateram na porta. Joaquina foi abrir. Meus filhos entraram. Nunca os achei tão parecidos com o pai quanto naquele dia. Devo ter deixado transparecer minha perturbação, pois os dois aproximaram-se de mim para perguntar se eu estava bem.

— Estou um pouco cansada — respondi com a maior desenvoltura possível. Tomar ar no bosque em sua companhia, agora que a chuva cessou, me fará um bem enorme.

A fim de evitar as obras de transformação urbana que Haussmann realizava no *faubourg*, partimos subindo a rua de Bellechasse para pegar em seguida, à direita, a rua de Grenelle até os Invalides. Voltamos sobre nossos passos até a ponte da Concorde ladeando o novo palacete do ministro de Relações Exteriores que Luís Felipe havia mandado construir no final de seu reinado. Ali se preparava, com grande efervescência, a chegada do grão-duque de Bade. Empregados, empoleirados nas escadas, embandeiravam a fachada e jardineiros ocupavam-se em instalar laranjeiras em vasos debaixo das grandes escadarias que desciam até o Sena. Um destacamento da guarda montada do imperador circulava, repetindo sem dúvida a manobra.

Precisamos seguir em passo lento sobre a ponte lotada de soldados e depois a trote até o Arco do Triunfo.

A avenida conduzindo ao bosque estava obstruída por bonitas carruagens, cada uma mais luxuosa que a outra. Meus filhos se divertiam decifrando os brasões, reconhecendo por trás das cortinas as mulheres de reputação duvidosa ou as grandes damas que, se escondendo, deixavam sempre indícios suficientes para serem identificadas. Eu não tinha a menor vontade de ter encontros sociais no Bois. Assim, deixei a caleça no caminho, na porta Dauphine, para partir, escoltada por meus filhos, Keita e meu tio, ao galope de nossos cavalos, em meio à floresta. Havíamos rapidamente alcançado o rio, na altura de Nanterre. Havia, não afastado da margem do rio, um café popular que reconheci imediatamente. Ao me aproximar, disse, contra minha vontade:

— É aqui! É aqui mesmo!

— De que está falando, mamãe? — perguntou Pedro.

Maquinalmente, repeti:

— É aqui. Desculpem-me.

Saltei do cavalo e todos ao meu redor fizeram o mesmo.

— Keita, podes pegar as rédeas? — perguntei.

Em seguida, a pé, acompanhada dos meus, aproximei-me da casa. Ela tinha sido pintada, mas o pátio continuava o mesmo. O tempo começava a clarear e pedi que nos sentássemos em dois bancos de madeira instalados em torno da mesa úmida. Keita saiu à procura de um criado.

— Louis, João, Pedro, foi aqui que Charlotte, a filha do rei dos belgas, a esposa do arquiduque Maximiliano, foi atacada durante um passeio que fazia em minha companhia e de Chantal. Se monsieur de Dollberg não tivesse intervindo, teria ocorrido um drama.

Uma mulher chegou, trazendo numa das mãos um pichel de leite fresco e na outra um de cidra que colocou sem cerimônia alguma sobre a mesa. Keita a seguia de perto com os copos e um pedaço de queijo brie. A velha voltou com pão fresco, faca e toucinho. Fizemos uma farra, contentes com esse festim improvisado. Eu não parava de falar, de contar a estada no castelo de Neuilly, vinte anos antes! Minha memória estava intacta; nenhum detalhe escapava a meu público silencioso e encantado. Monsieur de Dollberg surgiu, aos olhos de meus filhos, com a coroa de louro dos heróis. Quanto a meu papel... Tive escrúpulos de falar de mim. Louis, que não conhecia bem a história, sempre tinha uma pergunta e me fazia repetir, sem cessar, os detalhes. Keita, de pé, um pouco afastado, não perdia nada do relato.

Voltamos lentamente subindo o Sena até o castelo de Neuilly. Mostrei a meus filhos a ilha no rio e o parque do castelo abandonado pela família real no exílio. O tempo passara rápido, deviam ser três horas da tarde. Nenhum de nós havia percebido a passagem das horas. Era preciso apressar o passo da vila de Neuilly até a porta Dauphine, onde a caleça nos aguardava.

Subi na caleça, os criados a pé, impecáveis na libré azul-rei, meus filhos a cavalo gritando "a serviço do imperador". Meu tio, apesar de achar divertida a impertinência dos sobrinhos, mas envergonhado, deles se distanciara. Minha égua estava furiosa, relinchando, escoiceando a ponto de colocar os passantes em perigo. O céu voltara a ficar azul e quando chegamos ao palacete de Miry ainda desmontavam as instalações do baile.

Em meu quarto, Joaquina me aguardava com uma bandeja de prata com cerca de vinte a trinta envelopes. Ela tomara o cuidado de colocar à vista um envelope com o monograma do imperador e o de Chantal que eu ainda não tivera tempo de ler.

Como é de meu péssimo hábito, atirei o chicote, retirei os grampos dos cabelos e abri atabalhoadamente meu casaco muito justo fazendo saltar um dos belos botões de cobre.

— Minhas botas, onde colocaste a descalçadeira?

— Ali, pertinho da senhora, madame. — Apressadamente Joaquina, ajudada por uma camareira, tentava colocar ordem no caos.

— Abra o envelope. Não, não o de Chantal. Isso, isso. Ah! Como tu podes ser lerda. Evidente, o do imperador! Pede água quente. Ajuda-me a tirar minha camisa.

A pobre girava como um pião. Não sabia mais o que fazer.

— Madame, com todo o respeito, posso pedir que não ordene duas coisas de uma só vez? Quando a senhora me bombardeia com ordens, geralmente é porque madame precisa de uma outra coisa que é exatamente a que não pede.

Eu a olhei, estupefata, divertida.

— Deves ter razão — disse, subitamente calma, refletindo que meu único desejo consistia em instalar-me no canapé, refestelada em meus travesseiros, e continuar a leitura da carta de meu marido.

— Ah! Enfim!

— Sim, mas antes abre a carta do imperador e pede a Marie Hortense que recolha tudo que está jogado sobre o tapete. Chama Keita, para que ele impeça qualquer um de me importunar.

— Madame...

— Madame o quê?

— Madame recomeça.

— Passa-me a carta do imperador.

Sua Majestade escrevia de próprio punho:

Condessa, muito querida amiga,

O dominó da noite voltou a ser o soberano de um império impaciente, exigente. A ponto de meus ministros me impedirem de revê-la em sua casa no final da tarde. Tenha certeza, condessa, de que Luís Napoleão lamentará a obrigação do imperador.

Parto para Plombières em dez dias. Irei a Saint Cloud na quinta-feira. A imperatriz terá enorme prazer — assim como L.N. — de recebê-la a partir da sexta-feira.

L.N.

— Pois bem, eis um problema resolvido e um outro criado. A carta de João Pedro. Sê gentil, coloca as seis primeiras folhas na gaveta; tenho-as gravadas na memória.

A leitura difícil de sua letra apertada não impedia minha intensa curiosidade. Queria conhecer tudo sobre suas aventuras e saber os caminhos do mundo percorridos por João Pedro, desde seu desaparecimento. Ele havia permanecido perto de mim apesar dos anos. Os anos acabaram amortecendo minha paixão, mas a afeição pelo ausente, pelo pai de meus filhos, continuava intacta. Retomei a leitura:

Na casa de paredes brancas onde cada janela dava para a rua havia um postigo azul que impedia o olhar do passante e o sol de entrar como um intruso e não havia espelho. Jason também devia ter recomendado, imaginei em seguida, que as bacias d'água não ficassem jamais a meu dispor e durante quase um ano e meio de convalescença, não soube qual imagem os outros podiam ter de mim.

Durante os primeiros meses, após minha retomada de consciência, não alimentei curiosidade alguma sobre o que podia ter acontecido a esse belo rosto do qual tinha tanto orgulho.

Na época, minha perna direita me preocupava mais, sobretudo depois da queda. Estava aterrorizado de me tornar claudicante, um coxo desprezível, motivo de riso dos garotos, quando, sob uma capa, o rosto escondido por um chapéu de abas largas, eu caminhasse na rua; quando, sobre os pavimentos irregulares e molhados, estaria arriscado a perder o equilíbrio a todo instante, martelando minha passagem com um passo pesado e reconhecível por todos, aquele do pé aleijado.

Com o instinto e a força de alma que habitam as grandes mães-de-santo, mãe Ymia velava. Ajudada por Jason, Mela e por todos os escravos e libertos que meu criado reunira ao meu redor, mãe Ymia me salvou de mim mesmo. Não havia ninguém como ela para dar coragem aos leprosos, aos enfermos, aos rejeitados de todos os gêneros, que nós, patrões brancos, criamos à vontade. Foi preciso ter bondade para vencer, para destruir meu orgulho, para conservar uma pequena e bela alma em uma carcaça arruinada.

Jason me reensinou a usar meus braços e minhas mãos, forçou-me a exercitar-me na escrita — ele que não sabia ler — e na espada.

Cada esforço arrancava-me gritos, mas lutei e cada progresso era para minha gente, para mim, uma pequena vitória. Em dois anos de trabalho, tornei-me o "diabo coxo", rápido, hábil no manejo da espada, leve como um saltimbanco, astuto como o demônio.

Fui eu que pedi para reaprender a montar a cavalo. Assim, precisamos deixar a cidade e nos mudamos para um sítio perto de nossa grande casa do Catete.

Quantas quedas tive de suportar para me tornar um fenômeno de feira, feio, forte, acrobático. Nessa época, a senhora se ocupava de transformar nossas fazendas, nossas plantações, nas mais extraordinárias do Brasil; quanto a mim, preparava-me para a vingança.

Muitas vezes, vi a senhora passar a cavalo, na liteira, na carruagem. Sob minha máscara, sob minha capa, chorei ao vê-la tão bela, perdida... — pensava na época — para sempre! Jamais, quero que saiba, fiquei longe da senhora. Entretanto, me proibi, até hoje, de lhe dar sinal de vida. Isso... — como expressar, fazê-la compreender, como explicar o inexplicável? — me foi impossível. Entretanto vou tentar, contando uma história, minha história! E então talvez conheça todo o horror de meu destino.

Quando eu e os meus nos instalamos no Catete, no belo sítio que comprei para ficar perto da senhora e voltar a montar, ainda não havia revisto a verdadeira luz do céu. Nunca, desde aquela trágica noite de 21 de junho, eu vira um espelho. Quando entrei na casa que se transformou em meu refúgio carioca, Jason, Mela e os outros se desfizeram dos vidros e espelhos. A princípio, não havia nenhum quando cheguei lá. Por que quis pintar, mobiliar, segundo seu gosto, aquela morada? Talvez por fidelidade, para ter o sentimento e a impressão de estar consigo à minha maneira de urso ferido, recluso.

Em meu quarto quis demolir um revestimento de madeira que havia sido colocado na parede. Sabe o que é um encontro fortuito com o horror? O painel desmoronou à luz do meio-dia que nenhuma persiana, nenhuma cortina vinha atenuar, deixando surgir um imenso espelho do qual deviam, no passado, ter retirado a moldura. No reflexo do espelho havia um monstro cujo rosto era horrível: no lugar do olho direito, uma cicatriz em diagonal, a pele das maçãs do rosto e da fronte era a de um albino, a pigmentação havia desaparecido em placas. Pior ainda: esse monstro mancava de uma feia claudicação de estropiado.

Uma dor atroz atravessou-me o corpo, o coração e, sem dúvida, a alma. Comecei a uivar. Uivos de uma besta selvagem acuada, os mesmos de quando Maria Regina foi desmascarada pela carta de meu pai, de meu verdadeiro pai.

Antes que pudessem me impedir, precipitei-me sobre o espelho para quebrá-lo, fazê-lo desaparecer e desaparecer com ele. Queria, em desespero, dar sumiço em minha imagem infame, destruí-la para sempre. Ninguém conseguiu me deter. E alguém ousaria, Jason, Mela e todos os rejeitados que haviam me acompanhado em minha repulsiva metamorfose? Não haviam eles dado a suprema prova de amor que consiste em respeitar o desespero de um ser humilhado, repulsivo, condenado a viver sem esperança de reconquistar o amor da mulher, sem a perspectiva de ajudar a criar os filhos?

Só a mãe-de-santo, arrancada de seu terreiro, de suas ervas, de suas orações, enfrentou-me furiosa, retirando os cacos de vidro, fazendo curativos nos cortes e incisões com folhas mergulhadas em xaropes estranhos.

— É preciso escolher entre viver ou morrer — disse, os olhos plenos de brilho. — Sim, hoje é feio, desfigurado, coxo. Oxum o quis assim...

— Cala-te, bruxa — repliquei.

— Ha! Ha! Ha! Faz-me rir! Quem és tu? Agradece a esta velha mulher que te cuida com o saber das bruxas, dá graças aos orixás e tem cuidado com a cólera deles. Não os faça perder a paciência pois eles se vingarão no que tens de mais precioso. Mas ainda tens alguém a quem ames, monstro?

— Cala-te, suplico, cala-te!

— Derramaste lágrimas com o olho cego? Então nem tudo está perdido. Por Iemanjá, por Ogum, te aviso: hoje foi a última vez que ofendeste os deuses e a mãe-de-santo. Escuta-me bem, homem branco! Meus irmãos e irmãs, escravos ou alforriados, que te cercam, cresceram contigo, eles te amam. Respeita-lhes o amor. Tu dependes deles como uma criança depende da mãe. Nada resta do homem poderoso e rico que foste. A partir de agora tu és como nós — diferente, rejeitado, infame. Certamente não és negro, mas não pertences mais ao mundo dos grandes. Vais precisar de muita humildade e coragem. Serás insultado, empurrado, causarás medo. Entendes? Tu causarás medo, estropiado!

— Mas então...

— Então ainda te restam tesouros; poderás fazer o bem, poderás fazer o mal. Para tanto é preciso que decidas, já te disse, entre viver ou morrer. Não há nada pior — e tu o sabes — que viver quando trazemos a morte na alma. Escuta, escuta bem, mas antes desperta.

Sua voz havia mudado, tornara-se mais grave. Começou a tremer. Muito tempo se passou até que, tal uma Pítia, ela proclamou:

— A água e o sangue se misturarão para formar um rio, e só então encontrarás alívio... Depois, terás de seguir para longe, bem longe, errar, bater-te, para enfim encontrar a paz. Ou então...

Ela não pôde continuar. Desmaiou. O corpo estava banhado de suor, as mãos crispadas, os olhos revirados.

— A cachaça. Rápido, Mela, traz a cachaça! — gritou Jason atirando-se ao chão.

A bebida tirou-a de seu desfalecimento. Quando voltou a si, não se lembrava de nada. Tive vontade de lhe pedir que me dissesse o final de sua estranha mensagem, mas ela me olhava com horror.

— Foi a última vez, entendes?

E voltando-se para minha gente:

— Não haverá uma próxima vez.

Os dois auxiliares recolheram as ervas e os potes. A mulher gorda, toda vestida de branco, visivelmente fatigada, dirigiu-se para a porta e, ao alcançar a soleira, virou-se. Nunca esquecerei seu olhar. Havia uma espécie de raiva insustentável. Sentia que mesmo sem querer ela me transmitia uma força estranha e extremamente poderosa. De minha cama senti, quase fisicamente, o que a mãe-de-santo me passava; senti então uma dor que me percorreu os ossos em uma onda que me forçou a soltar um gemido. Depois tudo passou. Devo ter dormido dois dias e duas noites e quando acordei meu espírito estava sereno e determinado, pronto a levar a cabo minha missão de vingança.

— Joaquina, passe-me um copo d'água. Não posso mais.

— O que é, madame?

Estafada, cansada, deixara cair a carta no chão. Vivia o que João Pedro contava nos menores detalhes, sofrendo com ele cada momento de seu calvário. Ao contrário do que havia imaginado, sua infelicidade era minha.

— Por que não pediu que me chamassem? — indaguei em voz alta.

— Desculpa, madame, não compreendo. Do que a senhora fala?

Meus olhos estavam cheios d'água.

— Por que não pediu que me chamassem? — repeti. — Por que não confiou nos laços do casamento e nos nascidos do amor criados entre nós? Por que duvidou? Foi o mesmo que demonstrar não me conhecer. Teve realmente medo de que eu não suportasse a imagem horrível e que o rejeitasse para sempre...? — Como reagiria diante desse corpo queimado, mutilado, irreconhecível...? E se ele tivesse razão?

Joaquina mais uma vez recolheu as folhas e colocou-as na ordem da numeração indicada por João Pedro. Em seguida, passando um lenço em meu rosto, apressou-me de maneira gentil:

— Madame, em menos de uma hora monsieur de Dollberg, seu tio e seus filhos estarão todos aqui para serem recebidos em seu salão. Talvez fosse preferível adiar a leitura para um outro momento.

— Não, é preciso que eu saiba. Quero saber.

Capítulo IV

A perseguição

Na Semana Santa, pela primeira vez, fiz uma tentativa de retorno ao mundo. Queria me misturar às procissões que percorriam a cidade. Mas no caminho, decidi parar no Outeiro da Glória para rezar à Virgem. Deixei meu cavalo com Jason que sempre me acompanhava e subi as escadas da praia até a igreja. Ao chegar na pequena esplanada, surpreso por não estar ofegante, bem em frente ao adro, tive uma visão sublime.

Fiquei congelado, os braços pendendo... A senhora entrava na igreja, querida Marie Adélaïde, mais bela do que nunca, acompanhada de duas crianças, nossos filhos! Quis chamar, gritar, mas algo dentro de mim me reteve.

— Afasta-te, besta disforme!

Um homem de cartola, flanqueado por dois criados, segurara meu ombro. Só meus músculos se contraíram, mas não me mexi.

— Cessa de olhar desse jeito para essa mulher, ser impuro. Segue teu caminho.

Depois de passada a surpresa, reconheci o homem: meu pai! Enfim, o barão de Itapirim!

— Ah, que bom cristão o senhor é, senhor barão. Que dia bem propício, a sexta-feira santa, dia em que nosso Salvador morreu, para insultar um desfavorecido pela sorte, um pobre enfermo!

— Lacaios, peguem o impertinente e façam-no calar-se!

Então saltei sobre os serviçais e dei-lhes uma surra violenta. Talvez a senhora tenha escutado, do interior da igreja, o barulho do tumulto, mas os sinos começaram a tocar, impedindo sem dúvida que o incidente não tivesse para os afortunados que já estavam dentro da igreja a dimensão que tomou do lado de fora.

— Alimenta-os melhor, barão. Assim poderão lhe defender, se houver uma próxima vez.

Itapirim estava atônito, virava a cabeça para todos os lados, assustado, procurando em vão por ajuda e apoio. Eu ia tirar meu punhal, aquele que Maria Regina havia me dado de presente no meu aniversário de quinze anos e que desde então não me abandonava. Ele pareceu intimidado, sem voz. Seus criados tinham fugido e demoravam a voltar. Segurei-lhe com brutalidade a mão direita, torcendo-a com força. Com a ponta da arma que segurava em minha mão esquerda, rasguei a luva e rápido, bem no centro da palma, imprimi-lhe na carne para sempre um estigma sob a forma de uma cruz, à maneira dos heróis de seu querido Dumas. Ele se pôs a tremer e a suar ao ver o sangue correr.

— Cristo morreu pelo senhor, mas também por mim, que sou feio e disforme. Para sempre se lembrará de ter pecado ao insultar um pobre pecador, seu próprio filho, ou aquele que tinhas como tal. Adeus!

Desci os degraus, esbarrando na procissão dos penitentes que chegavam à igreja.

A desventura do barão de Itapirim foi muito comentada no Rio e no Vale do Paraíba do Sul. A senhora se lembra? Entretanto, ele nunca foi muito loquaz, pois sei de fonte segura que jamais ousou contar em detalhes, nem à senhora nem a ninguém, o que acabo de escrever.

Essa primeira incursão na cruel realidade de meu novo universo me trouxe imediatamente uma reputação terrível. Quem seria aquele ser diabólico que pudera ferir, sem motivo conhecido, um grande do Império do Brasil? Eu a imagino perturbada, dando um nome àquele a quem a senhora mesma — sem dúvida como todos — temeu. Mantive essa imagem, tão rapidamente conquistada, alimentando-a. Cada um logo adicionou mil detalhes às histórias sobre o coxo que defendia os pobres e punia os ricos se eles eram injustos.

Mas meu objetivo não era o de tornar-me um herói popular, uma espécie de Mandrin do Brasil. Tinha uma missão bem precisa, e nada devia me afastar de meu único objetivo: encontrar Maria Regina e fazer justiça.*

*Mandrin — Louis Mandrin, personagem histórico; bandido bastante popular, nascido em 1725 e morto em 1755, que roubava dos ricos para dar aos pobres. (*N. da T.*)

Durante longos meses procurei, sem descanso, as pistas que me permitiriam seguir-lhe o rastro.

Na noite de seus vinte anos, na confusão que se seguiu à leitura da carta de Axel de Curcourt, seu tio... meu pai, Maria Regina também desapareceu. Muito depois dos funestos incidentes, quando a vida voltou a cobrar seus direitos sobre mim, fala-se a respeito de seu desespero, suas buscas, seus receios. Aqueles que me informavam sobre os menores detalhes das reações e decisões da senhora me disseram que não tinha outro objetivo a não ser me encontrar. Em seu espírito havia pouco espaço para Maria Regina, tanto sua mente estava ocupada por minha ausência. Sei de cor todos os pensamentos de afeição, de ternura, de amor, de inquietação infinita que habitavam seu coração e sua alma.

Maria Regina? Deixei, louco de dor, a sala de jantar após ter com minhas próprias mãos lhe apertado o pescoço que desejava partir, quase a sufocando. Ela foi com dificuldade para o quarto. Lá deixou o vestido cor de sangue e vestiu um hábito modesto de viagem; fugiu na calada da noite em direção a Vassouras, montada num asno e conduzida por um escravo que convencera a acompanhá-la dando-lhe moedas de ouro e lhe prometendo a alforria.

Soube de tudo isso, bem como sobre o que se seguiu, porque, com paciência e determinação, reconstituí seu itinerário. Foi preciso fazer uso de mil recursos e estratagemas, de mil despesas para chegar a seu último refúgio. Ela havia me ensinado a duplicidade e que tudo ou quase tudo se compra. Segui umas vinte pistas falsas; por três vezes acreditei ter chegado ao fim minha perseguição, mas só me deparava, por vezes, com um esconderijo ainda quente de sua presença, abandonado às pressas por uma porta camuflada, lá abandonando uma sopa, ali um livro aberto ou um cachorro assustado. Até que finalmente coloquei-lhe as mãos.

O cerco me conduziu do Rio, de onde ela havia fugido, para a Bahia e por último para o Recife.

Certamente, durante esses anos, Maria Regina viveu debaixo de um incessante medo de me ver forçar a porta de seu refúgio, achando-se na obrigação de mudar-se constantemente. Foi preciso que ela, tão avara, gastasse todo o dinheiro de que podia dispor para escapar por tanto tempo à minha perseguição.

Nos primeiros meses que se sucederam ao drama de Santa Maria, ela instalou-se, sem ainda se esconder, em uma casa transformada em fortaleza, que pos-

suía em São Cristóvão. Quando o irmão foi misteriosamente ferido, já deixara a casa havia várias semanas procurando um refúgio mais seguro, o convento da Ajuda. Ela tivera a confirmação, por intermédio de seus espiões, de que eu sobrevivera. Essa única informação assegurou-a da iminência do perigo. Poderia, no entanto, continuar assim escondida por bastante tempo caso seu espírito doentio de maldade não a tivesse levado a cometer um crime abominável — na verdade, um passo em falso.

Eu tinha ainda em sua... perdoa-me... em nossa casa do Catete mulheres e homens atraídos para a minha causa. Na verdade, ainda lá permanecem. Pode ficar tranqüila, eles são mais anjos da guarda que espiões e além do mais... permitem que eu saiba como se comportam meus filhos, do que a senhora tem necessidade ou se — como foi no caso com Maria Regina — correm perigo. Pois num dia de dezembro, ela enviou do convento Magdalena, uma das únicas criaturas em quem confiava, uma pequena frágil de pele clara e maligna como a patroa. Ela foi encarregada de levar, da parte de sua amiga, Madame de Mubapu, os sorvetes de fruta-de-conde que nossos filhos adoram. Para tornar o embuste mais verossímil, uma falsa carta foi pacientemente forjada, imitando à perfeição a letra de madame de Mubapu.

Ela não tardou a ser reconhecida por um dos meus. Pareceu-lhe suspeito que aquela empregada pudesse tão facilmente ter passado do serviço de Maria Regina ao de sua amiga. Guardaram o sorvete em lugar seguro e a fizeram esperar, até que Jason fosse prevenido. Ele armara rapidamente uma pequena emboscada no caminho de volta que a conduziria à cidade quando fui avisado. Ela me foi trazida, espumando de raiva. Tranquei-a num aposento sem janela por alguns minutos, mas era preciso agir rápido. Maria Regina ficaria alarmada com sua ausência. Ao ver, à luz das tochas, o couro da venda que esconde meu olho perdido, ao escutar no piso o passo pesado de uma única bota ferrada, privilégio dos coxos, ela entrou em pânico e começou a gritar.

Jason segurou-a com força pelos cabelos, enquanto cada um dos ajudantes segurava-lhe os braços.

— Onde está Maria Regina? Onde se esconde tua patroa? — berrei.

— Não sei, não sei de nada...

— Não tenho tempo a perder, estás escutando?

— Não sei de nada, eu juro.

— Ah! E tu juras, sacrílega?

Tirei meu punhal.

— Tu o reconheces? Ah, é claro que o reconheces. Ele me foi oferecido por tua patroa. Jason, aproxima a mentirosa da lâmina.

— Não, não, piedade!

— Aproxima-a; ela vai gozar do prazer que proporcionam os presentes da patroa.

— Não, eu lhe suplico.

— Onde ela está? Fala! Ou falas ou vou ter o prazer de te marcar com o sinal da cruz, um estigma que o barão de Itapirim esconde com uma luva desde a sexta-feira santa.

— Ah, não, por piedade!

— Tiveste piedade de mim? Tiveste piedade dos meus? Tu és a sombra de um monstro, seu instrumento, tu mesma és um monstro!

— Jason, para começar, não vou esquentar a lâmina. Aproxima-a ainda mais de mim.

— Ajuda... — A palavra saiu num suspiro.

— O quê? Ajuda? A quem pedes ajuda?

— Ela está na Ajuda.

Peguei-a pela gola da camisa.

— Ah, enfim te tornaste mais falante. Para te agradecer, vou te oferecer um pouco de sorvete. Queres?

— Não, esse não. Não quero sorvete.

— Jason, vem comigo, deixa que deguste o sorvete de fruta-de-conde em companhia de Pedrinho e Jayme.

— Não, sorvete não.

— Por que não sorvete?

— Porque... — Calou-se.

— Mas por que não?

— Ele... ele está... não consigo dizer.

— Traz o sorvete, Mela.

A gorda empregada negra entrou com uma tigela na qual o sorvete já desmanchado perdera sua consistência particular, dando lugar a uma sopa.

— Se o tomo, morrerei.

— Pois bem, tu o tomarás pensando que meus filhos o teriam tomado em teu lugar, demônio!

— Forcem-na e cavem uma sepultura no jardim.

— Piedade, não quero morrer...

Ela foi a primeira vítima de minha vingança.

A galope, fomos até o Passeio Público. Depois de atravessar a confusão e agitação da cidade, chegamos à porta do convento. Eu espumava. Saber que ela estava ali, perto de mim, atrás dos largos muros do convento, fazia ferver meu sangue.

— Jason, como entrar nessa fortaleza?

— Patrão, patrão, Lapa!

— O que queres dizer com Lapa?

— Precisamos ir à sacristia.

— À sacristia? Ah, claro!

Refizemos nossos passos e como os salteadores, os blasfemadores, subjugamos as crianças do coro, dois pobres sacristãos e um padre, pouco convencido da idéia de que a vida eterna pudesse estar tão facilmente a seu alcance. Disfarçados com seus hábitos, voltamos correndo até o convento.

— Irmã, irmã! O bispo me pediu que trouxesse uma mensagem à madre superiora.

A irmã rodeira não se deixou impressionar pelos eclesiásticos trajando sobrepeliz.

— Dê-me então a mensagem.

— Não, não posso, irmã; fui encarregado de lhe dizer algo em segredo. Trata-se da família do imperador; não se pôde escrever tudo.

— Espera um momento, pai.

Quando voltou com a autorização, encontrávamo-nos em posição de ataque. Foi decidido, a fim de aproveitar melhor o tempo do eventual "Abre-te Sésamo!", que um de meus quatro comparsas imobilizaria a irmã rodeira. Jason e eu iríamos à hospedaria do convento, enquanto dois "meninos do coro" procurariam nos apartamentos da superiora e da priora. Teria sido o atraso de sua alma danada, teria sido o tumulto pouco habitual num lugar até então consagrado apenas à reza e ao recolhimento que alertaram minha inimiga? Mas ela havia acabado de abandonar as celas que a abrigavam. Aqueles que tinham como missão penetrar na intimidade das duas madres superioras viram correr, pés descalços, saindo do oratório da mãe Maria da Agonia de Cristo, uma mulher sem véu, traje de burel, e quando compreenderam de quem se tratava já era muito tarde. Ela já havia atravessado a pesada porta da capela e fechado atrás de si a barra de madeira que bloqueava o acesso do convento à igreja. Em seguida, as religiosas em oração perceberam uma mulher, os pés descalços, com vestimenta de penitência, desgrenhada, dirigir-se a passos rápidos ao altar. A humilde pecadora se prostrou. Os cantos gregorianos cessaram; todas observavam surpresas a manifestação de fé de sua hóspede. Ainda surpresas a seguiram com os olhos quando se dirigiu à sacristia. Logo depois, ouviram o ranger de uma porta que dava para a rua ao ser aberta com esforço e bater em seguida.

Foi assim que ela me escapou.

Minha muito querida esposa, interrompo por hoje meu relato. Esteja certa de que lhe contarei o resto de minha aventura. Tenho um desejo louco de contá-la de viva voz. Desejo insensato, mas espero que o enalteça. Tranqüiliza-te; não pretendo voltar assim, sem aviso nem preâmbulo, à sua vida. Levei anos para familiarizar-me com minha própria imagem, portanto sei como será difícil, até mesmo impossível, àquela que amo suportar a presença de um espectro, de um fantasma monstruoso do passado.

Marie Adélaïde chamou Joaquina com uma voz estranha, rouca:

— Guarde a carta. Passe-me o xale, tenho frio. Arrume a cama, tenho sono...

— Madame, a senhora se esquece. Tem um homem que a espera na sala de música.

— Quem é? Monsieur de Dollberg?

— Não, não; é um senhor ainda mais importante.

— Há quanto tempo chegou?

— Acaba de chegar, não tem nem cinco minutos.

— Por que não me avisaste?

— Ele pediu que deixássemos madame tranqüila; esperaria a chegada de monsieur de Miry.

— O quê? Ele deixou pelo menos um cartão?

— Deixou, madame, está na bandeja de prata na sua antecâmara.

— Pateta! Apressa-te, passa-me a bandeja. Rápido, como és vagarosa!

Ela correu e voltou com um cartão de visita na mão.

— Não! Não! O duque de Morny!... Agora sinto calor, tira meu xale.

Não sabia mais o que fazer. O mascarado que meu tio tomara por Dollberg, Mazarin, era ninguém menos que o poderoso duque, meio-irmão do imperador. Não hesitei por mais tempo e, sem outros artifícios além dos que nos dão o nascimento, a maternidade e o dinheiro de meus cafezais, fui, sem jóias, apenas empoada, ao encontro daquele que me esperava.

No entanto, tive a habilidade de atrapalhar parte de seus planos. Mal cheguei à escadaria dos grandes apartamentos, retrocedi. Tomei a escadaria de serviço, para surpreender o sedutor oficial do Império. Instalei-me na biblioteca e pedi que trouxessem um trabalho de bordado. Depois, bem acomodada no meio de livros espalhados às pressas a meus pés, bordando, mandei vir o duque. Ele precisou deixar o salão de música, atravessar o grande salão, os dois pequenos salões e pronto... ele vinha a meu encontro e não o inverso. Escutava no parquê seus passos e os dos criados. Era um bom sinal!

Fizeram-no aguardar e só após terem me perguntado se ele podia ir ter comigo o fiz entrar.

— Monsenhor, que surpresa!

— Condessa, que demora para chegar à sua presença!

— Como o senhor podia esperar, querido duque, que pudesse me apresentar ao senhor, em minha própria casa, sem nenhuma cerimônia?

— Madame, o importante é que a vejo... enfim.

— Quanta honra me dá essa visita inesperada!

— Palavra de honra! Inesperada? Não no que me diz respeito, querida condessa. Monsieur de Miry falou comigo ontem à noite. Ele queria cancelar uma visita que eu deveria lhe fazer...

— Que história é essa, monsenhor? — perguntei, sorrindo. — Não compreendo nada. Talvez seja necessário aguardar a chegada de meu tio para que ele faça a gentileza de me explicar o motivo de sua visita.

— Não há outro, além de passar em sua charmosa companhia as doces horas do final da tarde até a hora do jantar. As sessões da Câmara Legislativa são tão aborrecidas!

O duque se aproximou de mim.

— O que posso lhe oferecer para beber? Uma xícara de chá ou um café das minhas terras, o melhor do mundo?

— Está certo, de acordo, uma viagem ao Brasil por meio de uma pequenina chávena, madame.

Afastei-me para puxar o cordão.

Quando o mordomo chegou, antes mesmo de pedir que servisse o café, perguntei se monsieur de Miry havia chegado.

— Monsieur de Miry pede desculpas — respondeu Morny, para meu espanto.

Deixei transparecer meu embaraço. Ele parecia divertir-se.

— Não há motivo para preocupações; ele vai bem, muito bem. Ele fala da Legião de Honra com um de meus jovens secretários, no palacete de Lassay, requintado, elegante e sedutor... Seu tio, creio eu, terá prazer em vangloriar-se do mérito.

— Ah! A Legião de Honra!... — Estava confusa. Era preciso retomar a ofensiva. — Bem, ele será um bom cavaleiro, meu querido duque.

— Madame, deixemos de lado a cavalaria. Gostaria tanto de tornar-me seu a... migo.

— Mas monsenhor, o senhor já o é, tem alguma dúvida? Sua a... amizade me é deveras preciosa. O senhor terá certeza disso em breve.

— Quando quiser. Agora, por exemplo, se a senhora assim o desejar.

— Não desejo abusar, duque.

— Jamais interpretarei como abuso. Jamais!

— Ha! Ha! Ha! Esses não são os passos de valsa em que o senhor me conduz, meu caro. É a grande quadrilha, a das Tulherias. Quantas somos a passar assim diante de seus olhos de príncipe, a fazer a reverência e prosseguir para mais três voltas?

— Não deboches assim de um homem de coração...

— Ah, como bem o dizes, nesse jogo o senhor é um rei de copas. Ou deixa essa carta para seu augusto irmão e soberano?

— A senhora me ofende e também ofende o imperador. Se já não fosse a senhora protegida de um outro imperador...

— Alto lá, monsenhor! Não esqueça que é meu amigo e que sou brasileira, do que muito me orgulho...

— Calma, madame, calma... Não pretendia ofendê-la. A afeição de um soberano é um reconhecimento dos deuses. Não nos zanguemos.

Bateram. Levantei-me como se tivesse sido pega cometendo um erro.

— Entre — disse com voz forçada.

Um criado colocou sob meus olhos uma bandeja de prata na qual havia um cartão de visita com o nome do marquês de Dollberg.

— Faze com que espere em meu pequeno salão do entressolho.

— Ah, a feliz intimidade! — interrompeu Morny num tom licencioso. — Não farei com que sua visita espere mais.

— Minha visita pode esperar.

— Quem não poderia, madame, quando se tem o hábito de vê-la? Mas façamos as pazes, se assim quiser.

— Por que, meu bom Deus, faríamos a guerra, monsenhor? Sou apenas uma mulher e, apesar dos Trópicos, não tenho nada de uma amazona! Não, não tenho armas.

— Se assim o crê... Quero, no entanto, reforçar nossa amizade. Sei que a senhora dispõe de fundos consideráveis. Gostaria que os colocasse a serviço de importantes projetos.

— Monsenhor, o senhor muito me honra falando-me assim. Já possuo vários títulos do projeto de M. Ferdinand de Lesseps*, o primo da imperatriz.

— Bravo, madame, mas trata-se de projetos mais fúteis, mais franceses. — Fez silêncio e recomeçou:

— Não creio jamais ter visto a senhora numa "reunião" em Compiègne. Nem mesmo em Saint Cloud.

— Fico pouco em Paris; além do mais, o imperador sabe de minha fidelidade aos Orleans.

Morny riu.

— Não é maior que a minha! Sabe, madame, o que dizem nas gazetas? Que a imperatriz é legitimista; Morny, orleanista e o imperador, republicano.

Foi minha vez de rir.

*Ferdinand de Lesseps — engenheiro francês, construtor do canal de Suez e idealizador do canal do Panamá. A construção deste último não tem sucesso e termina em um retumbante escândalo financeiro. Em 1889, a liquidação da Companhia Universal do Canal Inter-Oceânico do Panamá é anunciada. Acusado de fraude e abuso de confiança, Lesseps é condenado, em 1893, a cinco anos de prisão. O julgamento, entretanto, foi anulado pelo Supremo Tribunal de Justiça. (*N. da T.*)

— Madame, permaneça fiel aos Orleans, mas aceite que solicite a Suas Majestades que lhe façam um convite para Compiègne.

— Não recusarei a honra que me será concedida, duque, e depois, se as charadas e os quadros vivos nos deixarem tempo, estou à disposição para discutir "negócios" com o senhor. Essas avenidas esburacadas, tão perto de nossas residências, complicam minha vida e a dos nossos. Talvez — quem sabe? — não fosse conveniente... Voltaremos a falar do assunto.

— Até logo, monsenhor.

Ele beijou-me a mão, elevou os pequeninos olhos até meu corpete e disse em voz baixa, como se falasse consigo mesmo:

— O que posso oferecer a uma mulher que já tem tudo?

— A resposta é muito simples — retorqui, no mesmo tom de voz. — Nada além do prazer de uma cumplicidade. Se a julgar possível, monsieur, então ela nos será preciosa, divertida e simplificará bastante as coisas.

— Ah, como gosto de ouvi-la falar assim. Aceito o pacto. Ai de quem trair a confiança nele depositada!

Repeti:

— Ai de quem trair a confiança nele depositada!

Toquei a campainha.

— Acompanharei monsenhor o duque até a escadaria. Façam a gentileza de acompanhá-lo até o pátio.

Quando ele desceu a escadaria, fui a uma janela que dava para o pátio. Lá estava uma equipagem de elegância inglesa, mas de um exagero e de uma ostentação de luxo que um *milord* jamais teria.

Havia quanto tempo Dollberg me aguardava? Dei um pouco de volume aos cabelos, ajeitei o corpete, coloquei em ordem os babados do vestido e fui ao encontro do meu noivo de outros tempos. Estava curiosa e — devo confessar — meu coração batia forte. Quando entrei, ele estava com o cotovelo apoiado na lareira. Grande, um pouco mais encorpado que antigamente, elegante num uniforme de general. Tive um pequeno tremor de surpresa...

— Sinto muito tê-lo feito esperar.

Ele veio em minha direção.

— Não precisa se desculpar, Marie Adélaïde. As equipagens com as armas do duque estão presentes em todas as casas que abrigam as mais bonitas mulheres do império.

— Não pense...

— Acalme-se — prosseguiu, tomando-me as mãos para levá-las aos lábios. — A senhora não é a condessa de Tourville nem mademoiselle Ozy... Todos saberiam, todos comentariam!

— Como o tempo passa rápido!

— Querida Marie Adélaïde, a mim pareceu bem longo.

— Tem notícias de meu irmão?

— Sem dúvida menos recentes que as que a senhora pode ter. Sua fidelidade aos Orleans surpreendeu a todos, inclusive aos bonapartistas. O casamento em Londres com Lady Keith causou bastante inveja. Eis o que sei. É muito e tão pouco...! Mas é sobre a senhora que quero saber tudo. Parece que a senhora conseguiu êxito, madame.

— Quem disse?

— Mas todos aqui, Marie Adélaïde! A senhora se transformou numa espécie de mito vivo. Todos elogiam sua beleza, sua fortuna, suas ilustres amizades. Todos perguntam sobre seus amores, sobre o mistério da morte de seu marido. Todos comentam sobre seus amantes sem poder citar um nome sequer.

— Que personagem me descreve! Uma espécie de Messalina dos Trópicos! Não, minha vida é bem mais regrada, bem mais simples e banal. Não tenho amante. Adoro meus filhos, sou apaixonada por minhas fazendas, minhas plantações do Brasil, e além do mais sempre soube que João Pedro não estava morto e hoje tenho a prova.

Joachim me olhou e percebi tristeza em seus olhos.

— Sabe, Joachim, tenho remorsos até hoje de ter rompido nosso noivado do jeit...

— Não evoque esse tempo... por favor.

— Mil perdões, Joachim, não desejava...

Aproximei-me dele. Ele recuou até a lareira, deixando-me no meio do salão, sem graça. Ele virou de costas, de frente para o espelho, a cabeça baixa.

— Quando há quinze anos, vestindo um outro uniforme, num outro salão desta casa, vim lhe dizer que era preciso esconder-se até a vitória de nossas tropas — que sabia não tardaria —, a senhora me anunciou sua... sua fuga. Recorda-se do que lhe disse, Marie Adélaïde?

— O senhor veio me ver com a intenção de me atormentar? — indaguei emocionada. — Lembro-me muito bem daquela cena...

— Não fale assim, minha quer... Saiba somente que eu... não a esqueci.

— O que sabe de mim, de minha vida, de meus pensamentos, Joachim? Crê que com o passar dos anos, com seu cortejo de pequenas felicidades e grandes infelicidades, não mudei?

Ele se virou repentinamente. Como era bonito! Que contraste ver esse soldado, em seu esplêndido uniforme, ceder lugar ao homem. Um homem maduro, mais marcado, sem dúvida, pelos ferimentos que lhe causei que por aqueles recebidos em combate.

— Marie, sei muitas coisas a seu respeito. Certamente não conheço os segredos de seu coração, mas a senhora nunca desmereceu meu amor. Muitas em sua situação cometeriam erros e perjúrios; muitas renunciariam à honra pela facilidade; mas a senhora, a senhora continuou lutando, esperando. Estou aqui para lhe dizer que eu também não a desmereci. Apesar da distância, apesar da escassez de notícias, eu esperei. Eu a esperei...

— Pare! — disse, perturbada. — Como pressupor meus sentimentos... E, depois, devo lhe repetir que João Pedro vive... está vivo, Joachim!

— João Pedro a abandonou durante mais de 15 anos...

— Quem lhe disse isso?

— Não ouso... Todos sabem — retomou, após breve momento de hesitação.

— Todos nada sabem... compreende, Joachim? Ninguém sabe o que foi, o que é a vida de João Pedro, meu marido, pai de meus filhos. Sei mais do que qualquer um e creia-me... — Calei-me.

— Eu não sabia... Peço-lhe perdão.

— Joachim, sejamos amigos; preciso de sua amizade. Eu sei, não esqueci... Não acredita na amizade entre um homem e uma mulher? Talvez tenha razão, mas preciso de sua... afeição. Sim, de sua afeição.

— Para vê-la partir novamente com meu rival de então?

— Não seja cruel, Joachim. Os anos se passaram. Sabe que tenho dois filhos?

— Eu sei. Parecem-se com o pai.

— É verdade e disso me orgulho... Vamos parar, por favor, de discutir.

— Compreenda-me. Quando a revi no baile da imperatriz, há dois meses, soube que fizera bem em esperar. A senhora estava radiante. A jovem de outros tempos tinha se tornado uma mulher — uma bela, muito bela mulher. Certamente tenho em minha casa fotos e miniaturas... Não faça ares de surpresa e deixe-me falar! Na verdade, nunca me deixou falar. Durante todos os anos em que vivi longe escrevi, sempre lhe escrevi. Por vezes algumas palavras, com freqüência longas páginas. Tenho todas as cartas em minha casa; elas nunca foram enviadas, nunca. Quando ia aos treinos militares, ao combate, pedia a Deus que não me deixasse morrer sem me dar a chance de revê-la, nem que fosse uma só vez... E no entanto todas as vezes que a senhora veio à Europa — quatro vezes já! — eu estava na Argélia, na Criméia, desempenhando alguma missão em Tonkin ou na Sublime Pata*! Os céus não me ajudaram até o presente. Sonhei em abandonar tudo para ir vê-la em suas terras. Cheguei perto do meu objetivo pois estive para ser nomeado representante da França junto ao seu imperador, mas o conde de Gobineau foi finalmente escolhido, ironicamente quase contra seu desejo! Hoje estou aqui para lhe dizer, para voltar a lhe dizer...

— Cala-te, infeliz, cala-te!

— Não me calarei não, Marie Adélaïde. Mantive-me calado durante muito tempo; hoje a senhora vai me escutar.

Ele havia se aproximado de mim.

— Joachim, pára...

— Eu a amo com toda a minha alma, com todo o meu coração. — Tomou-me nos braços, estreitou-me. Havia tanto tempo que um homem não tinha essa audácia. Havia tanto tempo eu os desencorajava. Por que agora que João Pedro batia à minha porta após quinze anos, surgia esse noivo que eu abandonara no passado e a quem mal conseguia resistir?

— Eu lhe peço...

— A senhora me falou de afeição. Creia-me, tenho milhões de outros tesouros a lhe oferecer.

Quando seus lábios se aproximaram dos meus, quando o abraço estava menos apertado, esquivei-me.

— Paremos por aqui, por favor! Alguém pode entrar: meus filhos, meu irmão, um empregado...

Percebi meu rosto no espelho. Estava vermelho, meus cabelos haviam perdido seu aspecto impecável. Respirava com dificuldade, tinha as mãos úmidas.

---

*Sublime Pata: governo otomano em Istambul. (*N. da T.*)

— Chame um criado, Joachim, preciso de um pouco d'água... Há alguns dias, o passado me toma de assalto. Ontem João Pedro escreveu para me contar o calvário que tem sido sua vida durante todos esses anos. Hoje o senhor, que dá provas de uma constância que me assusta e... me emociona...

Ele puxou o cordão.

— E, depois, o imperador, que assim como Morny tinha a intenção de me adicionar a seus troféus de caça...

— Sinto muito, Marie Adélaïde. Ignorava que estivesse atravessando tantos apuros.

— Imagina a confusão nesta casa... Ontem à noite o imperador cismou de me fazer uma visita no mesmo horário em que eu havia concordado em receber o senhor. Na pressa, pedi a meu tio que lhe pedisse para vir a uma outra hora.

Ele se pôs a rir.

— Espera, Joachim, o mais ridículo ainda está por vir. Louis confundiu Richelieu e Mazarin. Resultado: Morny acreditou que deveria vir a um encontro que nunca tinha combinado.

— Mas, Marie, ele adora o *vaudeville;* até mesmo os escreve. Conte-lhe esse qüiproquó, ele rirá. Tenha-o como aliado, já que não quer tê-lo como...

Ele se calou, depois recomeçou:

— Morny é o pior e o melhor dos homens. Sobretudo, tem-no como amigo!

— Joachim, não temo Morny. Para começar, não tenho mais vinte anos. Ele está sem dúvida mais interessado em meus milhões que num rosto gracioso de mulher que começa a fenecer! Que devo fazer com o imperador?

Ele fez silêncio, aproximou-se de mim.

— Não, Joachim, o senhor puxou o cordão; demoram a vir, mas virão...

— Madame chamou? — perguntou Joaquina, acompanhada de três criados.

— Chamei, mas por que tanta gente?

— Monsieur de Miry está na sala de estudos. Pediu para vir encontrá-la com as crianças. Eles querem fazer uma surpresa para a senhora.

— Que seja, Joaquina, e depois...

— Permita que os criados empurrem os móveis e instalem um segundo tapete.

— Que surpresa pode ser essa?

Joachim, pensativo, foi até a janela que dá para o jardim.

— Pede que tragam, o mais rápido possível, água e refrescos. Tenho muita sede.

Sem que eu me desse conta, ele estava de novo muito próximo de mim.

— A imperatriz — disse-me ao ouvido.

— Sim, certo, a imperatriz... o que quer dizer?

— É necessário aproximar-se da imperatriz, ser-lhe devotada a ponto de poder abrir-lhe o coração, se julgar necessário. Dê-me a mão.

— Excelente idéia! Preciso tornar-me amiga fiel de Eugênia.

Que dia! Louis, meu tio, vinha interromper nosso reencontro.

— Meu tio, não se queixe; seu erro lhe valerá a fita vermelha! Não é a Ordem do Santo Espírito, mas os tempos mudaram. O vermelho de uma fita substituiu o azul pálido de um cordão.

— Meus tesouros, o que fazem com essa vestimenta? Cumprimentaram o general? — Eles o saudaram, apressados.

— Olha, mamãe... Toca, Keita!

Keita tinha nas mãos um estranho instrumento feito de três cordas esticadas em um arco e que terminavam embaixo com uma espécie de cabaça.

Então meus dois filhos, ao som de uma música vinda da senzala, iniciaram, vestidos com roupas simples de algodão branco, uma dança de acrobatas estranha e espetacular. Eles demonstraram durante uma meia hora uma capacidade de leveza e agilidade que me arrancou suspiros de admiração.

Pedro, em especial, estava encantado em me apresentar seu minucioso trabalho. Quanto a Keita, passava do orgulho de professor ao medo de me decepcionar. Louis estava nas nuvens e o general aplaudia entusiasmado.

— Foi Morny — que me disseram ter saído daqui há pouco — quem te falou de minha Legião de Honra? — perguntou-me Louis, inquieto.

— Quem mais, meu querido tio? Quem mais poderia impedi-lo de vir aqui, a não ser ele? Um verdadeiro Mazarin,* não é mesmo? O senhor temia um intruso, e tinha toda razão!

*Jules Mazarin, oriundo de modesta família siciliana, foi educado pelos jesuítas e nomeado cardeal sem nunca ter sido padre. Um dos homens mais importantes, poderosos e temidos de seu tempo, foi chefe de governo da França, depois da morte de Luís XIII, de 1642 a 1661, quando Luís XIV, o futuro Rei-sol, ainda era menor de idade e Ana da Áustria era a regente. (*N. da T.*)

— Pedro, João, venham beijar sua mãe. Estou orgulhosa, assim como ficaria seu pai. Sentem-se. João, beba a limonada direito, está bem?

— Tenho notícias de seu pai.

— Mamãe, quando ele vai voltar? — exclamaram os dois gêmeos em coro.

— Acalmem-se, crianças! Breve, pelo menos é o que espero. Eu lhes disse com freqüência que seu pai devia ter de empreender combates, terríveis combates. Ele foi ferido.

— Como assim, mamãe?

— Gravemente ferido. Em sua carta...

— Mostre-nos a carta, mamãe, mostre-nos!

— Não me interrompam, por favor. Na carta seu pai fala muito dos filhos. Ele também me faz perguntas.

— Mamãe — interrompeu João — , o que ele quer saber?

— Meus filhos, ele quer saber de tudo. Assim, pensei que seria bom que escrevessem para ele.

— Ah!

— Sim, meus filhos, apresentem-se a seu pai, em português e em francês. Aproveitem a carta para lhe fazer perguntas. Não esqueçam nunca de ser respeitosos e afetuosos. Fiz-me entender? Agora me beijem e voltem rápido para a sala de estudos.

Meus filhos, depois de terem pedido licença ao general e a meu tio e de me beijarem efusivamente, voltaram, exaltados pela novidade da carta do pai, à gramática latina e aos livros de geometria, obcecados sobretudo pelo exercício da escrita que precisavam desempenhar bem a qualquer preço.

Joachim, feliz com nosso reencontro, cheio de esperança, Louis, envaidecido com uma próxima nomeação na Ordem da Legião de Honra e eu, relaxada e satisfeita por ter passado sem muitos danos por uma verdadeira corrida de obstáculos, jantamos alegremente. Depois, despedi-me de meus convidados por volta da meia-noite e fui me deitar, um pouco tonta de vinho e de fadiga.

Em meu quarto, Joaquina ainda velava.

— Madame, olha em cima do travesseiro.

Eu já o sabia, portanto não me surpreendi. Então, calma, maquinalmente, peguei a espátula e fiz saltar o sinete. Joaquina desabotoava meu corpete. Quanto a mim, li as poucas linhas em tinta violeta:

Amanhã, às onze horas da noite, dispense sua gente; não deixe nenhuma luz e sobretudo não passe o trinco. Eu a visitarei. João Pedro.

A carta me escapou das mãos.

— Deixe, Joaquina, tu podes pegá-la amanhã.

— Boa noite, madame.

— Boa noite, minha Jô. Durma bem.

Estendi-me no leito; soprei a vela. Tudo se pôs a girar. O imperador, João Pedro, Joachim, meus filhos. Uma vez adormecida, a valsa continuou, misturando as mesmas pessoas e outras, em um frenesi que não diminuiu até a hora de despertar.

Quando me levantei, estava de mau humor e fatigada.

Capítulo V

A noite seguinte

Às 22h50 da noite seguinte toda a casa dormia. Eu havia pedido ao preceptor, bem cedo, que deixasse meus filhos nas mãos do mestre de esgrima e do mestre de dança. Pedi a Keita que os fizesse galopar no Bois, até ficarem exaustos.

Quanto à minha gente, todos, à exceção de Joaquina, tinham sido dispensados desde as dez horas da noite e pedi que desaparecessem para seus quartos, lá no alto, abaixo do telhado, onde se amontoa uma pequena população de camareiras, criados e cozinheiras.

Quando os relógios, carrilhões e pêndulos entabularam, em toda a casa, um concerto de sons, estava em meu leito, de *robe de chambre*, os olhos arregalados na escuridão. As onze badaladas ainda não haviam terminado de soar quando escutei na antecâmara o barulho surdo e contínuo de um pé, um pé apenas, que pisava no parquê.

Estava estranhamente serena, sob o baldaquim, um pouco inquieta apenas de encontrar, depois de quinze anos de separação, aquele por quem havia deixado meu país, minha família, rompido meu noivado.

— Marie Adélaïde? — Sua voz! Sua voz não havia mudado, continuava linda.

— Sim, João Pedro.

— Onde devo me sentar?

— Pedi que colocassem uma poltrona na frente do leito. Já a encontrou?

— Sim, encontrei, estou sentado... Perdoe-me essa estranha comédia, mas... não quero que me veja como sou hoje.

— Como preferir, João Pedro.

— Que palavra infeliz, minha querida, não prefiro de jeito nenhum, mas preciso, compreende?

De súbito, o perfume delicioso de sua água-de-colônia chegou até a mim, a mesma de antigamente.

— Eu não queria feri-lo, acredite-me.

— Eu acredito; já estou ferido o suficiente!

— Ontem disse às crianças que o senhor me escrevera.

— Qual foi a reação deles? Quero saber.

— Como eu esperava, João Pedro: notável.

— Mas então?

— Eu os eduquei admirando-o e respeitando-o.

— O que sabem exatamente?

— Sabem que o senhor é um homem correto, uma espécie de soldado solitário. Sabem que a vida e os combates deixaram-lhe marcas no corpo e na alma. Há nesta casa quatro cópias de seu retrato pintado por Porto Alegre. Nós festejamos seu aniversário, seu santo padroeiro, à noite rezamos uma prece em sua intenção. Meu Deus, como se parecem com o pai!

— Peço-lhe novamente que não fale assim.

— Eles se parecem com a imagem que guardei do senhor, João Pedro. Ela permanece gravada em mim, intacta. Que posso fazer? Pedi a nossos filhos que lhe escrevessem.

— Ah!...

— Não pode imaginar a alegria, o entusiasmo deles! Desde ontem, apesar de um dia que desejei fosse para eles estafante; estão ansiosos por tudo o que querem lhe dizer. Quando fui beijá-los esta noite, estavam na sala de estudos perguntando sem parar ao preceptor a ortografia de uma palavra, o sentido de outra.

— Em que língua me escrevem...?

— Ah, meu querido, em nossos dois idiomas; eu exigi que assim fosse, afirmando que era seu desejo.

— A senhora fez bem! — respondeu, rindo. — E a música?

— Ah, a música! Não lhes deixo quase escolha: todos os dias solfejo, piano e aulas de canto. Eles se completam à maravilha, sabe? João canta divinamente e Pedro ama o piano. Os dois juntos se igualam ao pai.

Riu... Ouvi um barulho.

— Onde está? O que está fazendo, João Pedro?

— Sento-me ao pé de seu leito; sentia-me mal sentado naquela *bergère*.

— Quer um de meus travesseiros para recostar-se?

— Com prazer. — Ao passá-lo, toquei-lhe a mão e estremeci.

— O cavalo, a esgrima?

— Excelente, pode me acreditar. São uns diabos, belos diabos! São excelentes.

— Eles falam de mim? Fazem perguntas a meu respeito?

— Certamente! Eles querem saber tudo sobre o pai.

— E o que a senhora responde?

— Criei um dogma a seu respeito. Em primeiro lugar, que havia partido para muito longe, para a guerra. Quando fizeram seis anos, contei-lhes que havia sido gravemente ferido.

— O que sabia?

— Nada, mas quis que eles esperassem pelo pior, acreditando até mesmo que o senhor pudesse morrer. Desde então, invento notícias. Leio cartas que jamais escreveu. Uso sua ausência como um subterfúgio para repreendê-los, elogiá-los, por vezes mesmo para ameaçá-los.

— Como? Você realmente imaginou, construiu todo um universo?

— Era preciso. Criar filhos sem um pai não é fácil. Então recriei sua imagem, inventei suas reações, suas frases, suas palavras de afeição. Há dois anos, Pedro voltou da Fazenda de Santa Maria aos prantos, desesperado.

— Deus do céu, por quê?

— O filho de um escravo de Maria Regina havia lhe afirmado que o senhor morrera no incêndio do pavilhão. Tentei consolá-lo, depois briguei, nada adiantou. Pedro, que havia convencido o irmão, me pressionava. Então o senhor escreveu, graças a Deus! Para tanto Joaquina estudou sua letra durante dias, treinou com as plumas antes de escrever o que eu ditava, uma falsificação impressionante. Um dia vou mostrar-lhe. Alguns meses depois do incidente de Santa Maria, preferi me afastar do Brasil. Além disso, por vezes, em seu estilo de antigamente, como um mágico, o senhor nos deu algumas belas provas de sua existência.

— Ah, é? Poderia me citar algumas?

João Pedro novamente mudou de lugar.

— Onde está? O que está fazendo?

— Estou me pondo um pouco mais à vontade.

— Mas, mas...

— Isso mesmo, estou deitado a seu lado. Isso me permite escutá-la melhor. Continue, por favor. Seu relato me enche de alegria.

— João Pedro, os dois cavalos ingleses que foram encontrados numa cerca, bem em frente ao quarto deles em Santa Maria?

— É verdade. Fui eu mesmo.

— Os dois cães de caça.

— Eu também.

— No dia dos meus trinta anos, o belo brilhante rosa.

— Fala sério?

— Claro, João Pedro.

Ele sentou-se na cama, agitado.

— Nunca lhe ofereci esse brilhante, muito menos rosa.

— Então quem pode ter sido?

— Não é a mim que deve perguntar, mas a si mesma.

— Não acredito, João Pedro. Está com ciúmes? — Eu ri.

— Creio que sim. — Foi a vez de ele rir.

— Conta-me sobre o senhor, João Pedro. Deveria continuar a me contar suas aventuras.

— Gosto tanto de ouvi-la falar de nossos filhos, de si mesma. Sinto-me bem assim, instalado a teu lado. Eu te admiro. — Fez-se um silêncio que não terminava. — Eu te peço perdão.

— Perdoá-lo? Mas de quê, Deus meu?

— De ter casado acreditando dever fazê-lo para me vingar, enquanto não passava da marionete de uma bruxa, uma louca que manipulava os cordões.

Ele segurou minha mão esquerda e a apertou com força, durante muito tempo. Fez-se novamente um longo silêncio.

— Fiquei louco naquela célebre noite de São João. Acredite-me, louco! Escutar de sua boca...

Ele se pôs a chorar.

— Acalme-se, acalme-se — disse docemente.

Ele virou-se a meu lado, voltou a apertar minha mão, dobrando suavemente meu cotovelo para encostá-la em seus lábios molhados. Ele encheu-a de beijinhos, suspirou e me contou o que se segue:

— Quando Maria Regina, os pés descalços, vestida com uma roupa de penitência, os cabelos desgrenhados, saiu da sacristia, perdeu-se na multidão de passantes. Alguns se lembram claramente de terem visto esse quadro estranho de uma freira, sem véu, sem sandálias, correndo em direção à Santa Luzia. Eu estava enfurecido, espumava, mas não me desesperei. Ao voltar ao Catete, parei na Igreja da Glória. Lá, estendido no piso de jacarandá, fiz um juramento.

Por um instante parou de falar.

— Jurei fazê-la pagar por seus crimes. Durante semanas, meses, não tive um indício, a menor informação. Tinha espiões e agentes a meu serviço, por todo lado: nos portos, na polícia, na casa do irmão.

"Na Bahia, ela voltou mais uma vez a escapar, quando dois de meus capangas a haviam identificado embarcando para a Europa. Que talento da maldita! Ela havia previsto tudo. Eles, no entanto, tinham preparado uma armadilha para o momento do embarque, mas ela saltou da passarela até a terra, machucando-se no piso do cais. Havia, acredite, deixado uma caleça à espera, no caso de...! Viram-na levantar-se mancando, saltar na caleça puxada por dois cavalos rápidos e desaparecer. Três meses mais tarde, disseram-me que estava em Recife. Sabe o que fiz? Comprei a preço de ouro, antes de sua partida, o barco no qual devia embarcar. Quando cheguei, catorze dias mais tarde, ela estava a bordo, pronta para a travessia, acalmada por um capitão que conseguia, por meio de ardis, justificar os sucessivos adiamentos da partida. Ela bem que tentou, apressada, fugir em outros navios com destino à Europa, mas eu havia providenciado para que não houvesse um único lugar disponível a bordo!

"Desde a minha chegada, dei ordens de aparelhar a embarcação. Doze anos após ter compreendido quem ela era, poderia enfim criar, organizar a cena e o ritual de minha vingança.

"Na terceira noite da travessia, retirei o feltro que mascarava o barulho da bota que uso no meu pé torto, e tal qual o *Hollandais Volant**, percorri a passos largos o navio durante longas horas, gemendo e batendo no piso do barco de madeira com minha bota de aleijado.

"Na quarta noite, quando acabávamos de passar o Equador, pedi aos escravos que cantassem as melopéias da senzala. Havia lhes dado chicotes e correntes para que simulassem golpes e ruídos de ferro.

"No quinto dia, ela contou ao capitão seus terrores noturnos. Não ousava se queixar, mas implorava que os fizesse cessar.

"— Madame — disse então o capitão —, talvez a senhora devesse conversar com o armador do barco, temos a honra de tê-lo a bordo.

"— Com o maior prazer — respondeu, imprudentemente, Maria Regina.

"— Vou pedir-lhe que a receba e sem dúvida colocará fim a tudo isso. — O capitão deixou o refeitório dos oficiais desculpando-se e, alguns minutos mais tarde, retornou sorridente.

"— Madame, o armador, monsieur Jean-Pierre, a receberá amanhã às cinco horas da tarde na ponte superior.

"— Mil agradecimentos, monsieur — disse ela, tomando, aliviada, o caminho de sua cabine.

"Essa quinta noite se passou sem barulho algum. Os escravos, assim como a tripulação, receberam ordens de se tornarem mais que discretos. Quanto aos passageiros, dormiam um estranho sono que o médico não conseguiu justificar de outra forma que não fosse uma garrafa de vinho da Espanha adulterada servida no jantar. À exceção notável, entretanto, de Maria Regina, que não conseguiu dormir apesar — como reconheceu mais tarde — de um mar sem ondas e de um barco finalmente silencioso.

"Às cinco horas da tarde do sexto dia, respeitando uma pontualidade inglesa, ela saiu da cabine para encontrar-se com monsieur Jean-Pierre.

"A princípio, ela não viu ninguém, nem mesmo um membro da tripulação. Depois, a partir da ponte até a proa do navio, postados a cada cinco metros,

---

*Segundo uma lenda marítima do século XVII, o *Hollandais Volant* era um navio mercante, comandado pelo capitão Hendrick Van Der Decken. Quando ia passar o Cabo da Boa Esperança, foi surpreendido por uma violenta tempestade. Embora a tripulação suplicasse que ele desse meia-volta e procurasse abrigo na costa, ele se recusou, dizendo que atravessaria o cabo nem que tivesse de navegar até o dia do Juízo Final. Como punição pela blasfêmia, é condenado (por Deus ou pelo diabo) a errar pelos mares por toda a eternidade. Richard Wagner, em sua ópera *O Navio Fantasma,* reconta a lenda, e é com esse nome que ela se torna mais conhecida. (*N. da T.*)

homens negros, todos vestidos com um redingote vermelho, de um vermelho-sangue. Ela tomou, inquieta, o caminho até a proa. À medida que passava pelas sentinelas, estas se colocavam no meio da passagem, como se tentassem cortar qualquer caminho de volta.

"Sob a luneta, dois assentos tinham sido instalados ao ar livre: o da frente estava ocupado por um homem, seu criado; o outro estava vazio. Maria Regina concluiu que o armador a aguardava. O cerimonial era estranho mas... Quando exatamente compreendeu? Creio que pouco antes de ter chegado onde eu estava. Ela parou de repente a três metros de mim. Não me virei imediatamente. Ela então continuou seu caminho num passo lento como quem vai para o suplício. Eu trazia um chapéu de abas largas que me cobria o rosto e minha capa de viagem cobria minha perna aleijada.

"— Monsieur.

"— Madame — respondi em francês.

"— Posso sentar-me?

"— Peço que me perdoe por não oferecer à senhora uma melhor acolhida, como por exemplo levantar-me para saudá-la, mas as seqüelas de ferimentos cruéis me impedem de fazê-lo.

"Não disfarcei a voz. Foi por medo, pela fascinação diante de um possível perigo que Maria Regina entrou no meu jogo? Teria sido por acreditar ainda em sua estrela que ela não blasfemou ou esbravejou?

"Retirei o chapéu para deixá-la ver meu olho cego e meu rosto queimado; arranquei a capa para mostrar-lhe meu pé destruído."

Capítulo VI

O julgamento

Somente então levantei-me.

— Agora — indaguei —, posso lhe dar a honra de minha desgraça? — E com meu sorriso de monstro, num passo de dança de coxo, ao som da batucada, eu lhe proporcionei o espetáculo de uma sinistra bufonaria. Só meu canto e minha voz permaneciam iguais, apesar do tempo e da dor acumulada. Nada nem ninguém os havia alterado. Eles contrastavam bastante, apesar de sua leveza, com o grotesco de meus movimentos e a feiúra de meu corpo devastado e de meu rosto destruído. O que deve, no entanto, tê-la surpreendido em seu terror foi a incrível agilidade que eu demonstrava: sem dar importância a minhas cicatrizes e deformidades, eu saltava, girava tal um acrobata de circo, tal um animal de feira, tal um escravo habituado às regras da capoeira. Do meio dos tambores, um som diferente, metálico, se insinuou: a princípio regular, depois superando, graças à sua intensidade, o da bateria. Tratava-se do som do sino do navio, que lancinante, obcecante, parecia soar o alarme, chamar das profundezas do oceano os espíritos que reinam sobre as águas, para um congresso importante. Nesse momento, vestidos de capas negras marcadas por uma cruz de ouro, o rosto coberto, sete homens perfilaram-se em duas fileiras dois metros à nossa frente.

— Mulher, levante na presença dos juízes que estão aqui para levar adiante seu julgamento.

Ela hesitou, apoiou as mãos nos braços da poltrona, como se fosse obedecer e depois os retirou bruscamente.

— Que farsa é esta? Quem pretende me julgar e por qual motivo?

— Mulher, fica calada e levanta-te diante da corte, antes que te forcem a fazê-lo.

Afastei-me dela. Fiquei de lado, de onde podia observá-la reagir ao comando, a fisionomia irada.

Assim o julgamento de Maria Regina teve início por meio de uma longa enumeração de acusações. Nenhuma atrocidade, nenhum crime, nem mesmo a menor injúria foi esquecida.

A noite nos Trópicos cai rápido, mas resistiu alguns instantes ao clarão de um horizonte que se tingiu de vermelho, de amarelo, semelhante a um fogo distante e magnífico. Ele subia do mar em direção ao céu, selvagem e esplêndido, dando ao estranho julgamento um reflexo de ouro e cobre, compondo um quadro barroco extraordinário.

As tochas foram acesas, enquanto ainda se procedia à leitura das peças de acusação. Ao final, ela esbravejou:

— Levem-me à minha cabine; essa sinistra comédia já durou demais...

Calou-se por um instante; depois, zombando, recomeçou:

— Para começar, não tenho nem mesmo um advogado.

— A senhora se engana — respondeu-lhe uma voz às suas costas. — Sou seu advogado de defesa.

— Vá para o diabo — retrucou.

Durante três dias e noite adentro, um escrivão anotou tudo o que era declarado por cada um. Por vezes ela escutava, mas a maior parte do tempo não queria ouvir nada, recusando-se a responder. Exasperada, demonstrava desdém e desprezo. Quando seu advogado tentava encontrar razões, circunstâncias atenuantes para seu comportamento, ela explodia, vituperava ainda mais.

Uma vez, uma única vez, mostrou um rosto humano. Sem dúvida fatigada pelo peso do cerimonial, pela extensão das audiências e de sua própria cólera, na noite do segundo dia pôs-se a divagar. Falou com ternura de Axel de Curcourt, como se ele estivesse lá. Maria Regina lhe falava, dizia-lhe palavras afetuosas, lágrimas vieram-lhe aos olhos. Mas com um gesto de mão, após aqueles minutos de abandono, pareceu afugentar o momento de fraqueza e retomou sua postura hostil e odiosa.

Entretanto, foi esse desvio que lhe possibilitou não morrer enforcada no grande mastro — mais que todos os argumentos de seu defensor que, segundo o pensamento de Rousseau, estava persuadido de que dentro de cada ser, mesmo do mais corrompido, existe a possibilidade de encontrarmos um sinal de desejo de redenção e de perdão.

É verdade que o desfile das testemunhas e suas acusações foi esmagador, e o mais doloroso — e também o mais terrível dentre eles — foi o meu.

Um dia darei à senhora os autos do processo para que o leia. A senhora compreenderá e aprenderá muito mais do que imagina sobre esse monstro.

O julgamento terminou e fui eu quem leu o veredicto. Ele terminava com a seguinte frase: "Por esses motivos, a acusada é condenada a ser deportada em uma embarcação, com uma provisão de água e de víveres suficiente para trinta dias." Eu mesmo coloquei na canoa uma Bíblia aberta na página consagrada à "Lei de Talião"*, e, para que parasse de se debater, foi instalada com as mãos e os pés amarrados, vestida apenas com uma grande camisa de algodão cru, tendo na cabeça um feio boné do mesmo tecido.

Quando a frágil embarcação estava prestes a sair a deriva e no momento em que um marinheiro cortava a corda que lhe atava as mãos, fiz assim minha despedida:

"Que Deus te tome sob Sua proteção, que Sua misericórdia te conduza ao caminho do arrependimento, que Ele te impeça de continuar a fazer mal. Lembra-te dos que sofrem por tua culpa, para que te concedam o perdão a fim de que tua alma encontre a paz."

A canoa afastou-se lentamente, ao sabor das ondas e do vento oeste. Ninguém a bordo a viu se queixar, protestar, gritar; ninguém a viu a não ser de pé, empertigada e ereta, olhando com expressão de desdém o navio se afastar. Sustentei com meu olhar caolho sua atitude de menosprezo, mas, devo reconhecê-lo, de coragem e de audácia.

*Lei de Talião — consiste na justa reciprocidade do crime e da pena. Esta lei é freqüentemente simbolizada pela expressão "olho por olho, dente por dente". É uma das mais antigas leis existentes. Seus primeiros indícios foram encontrados no Código de Hamurabi, em 1730 a.C., na Babilônia. (*N. da T.*)

À medida que a canoa ficava cada vez menor no oceano, eu pensava, deprimido, na minha infância, nos laços que a ela me uniam. Naquele momento, em sentimentos contraditórios, revivi meu amor por aquela que a maior parte do tempo me educara, mas também minha raiva por essa mesma mulher que deixara minha mãe morrer e utilizara minha candura e inocência até me transformar no instrumento de sua vingança. Desde o primeiro dia, Maria Regina decidira que o filho de Axel devia, à semelhança da tragédia grega, matar seu pai sem saber quem ele era, semear a tristeza e a discórdia no seio de sua própria família, infeliz e cego instrumento do destino. Abri por várias vezes a boca para berrar "barco ao mar", mas algo em meu peito, em minha garganta, me impediu de fazê-lo. Quando a frágil embarcação passou a ser apenas um pequenino ponto, apenas visível no horizonte, meus homens, meus marinheiros, começaram a louvar a Deus e a rezar; minha voz se liberou de pronto e, em coro com as deles, entoei o canto dos mortos e as orações dos marinheiros. Teria ficado plantado a olhar o vazio, a escuridão da noite sem lua, envolto em minha capa, se o capitão do barco não me tivesse implorado, colocando a mão em meu ombro, que eu fosse para dentro da embarcação, longe do fascinante chamado da escuridão, dos espíritos que vagueiam nas águas escuras dos Trópicos até o cair da noite.

Quem pode compreender que, em vez de sentir-me feliz, liberado, senti um vazio enorme, vertiginoso? Como se tendo cumprido uma missão imperiosa, tivesse nela colocado toda a minha energia de anos a fio, a tensão de todos os meus momentos, e nada restasse à minha frente a não ser um longo caminho de tristeza e solidão. O ódio e o espírito de vingança haviam vivido por muito tempo comigo para que no dia tão aguardado do castigo eu não me encontrasse desamparado e insatisfeito. Para onde tinha ido o tão aguardado prazer de vê-la cair na armadilha, enfim em situação de prestar contas e sobretudo pagar, pagar caro, por seus crimes? Não houve prazer algum; só subsistia em minha memória a lembrança da satisfação e da excitação que me invadiram quando vieram me anunciar que depois de todos esses anos de cerco, de fracassos, Maria Regina finalmente caíra na armadilha. Eu sabia que ela nunca escaparia dela. Certamente os dias que se sucederam à sua captura, com seu cortejo de pequenas delícias do gato que brinca com o rato, me confortaram diante da idéia de que estava feliz e que assim permaneceria. Não imaginava a angústia que tomaria conta de mim, depois que tudo terminasse.

No refeitório do capitão, bebendo em grandes goles o rum das Antilhas, tão diferente de nossa cachaça, tentava parar de pensar no futuro, ausente, furioso comigo mesmo por não ter imaginado o abismo que seria minha existência uma vez satisfeito meu objetivo ilusório. Uma prostração instalou-se em meu espírito entorpecido pelo álcool. Precisei de dias, de noites de vigília, indo e vindo na ponte do barco, perdido, até que numa noite de tempestade, quando a embarcação foi sacudida pelos vagalhões e vi os homens que, lutando contra o mar, haviam às pressas descido todas as velas, pensei em meus filhos. A imagem deles tomou conta violentamente de meu espírito. De súbito, no furor do vento e da chuva, livrei-me da dúvida que roía minha alma. Precisava me dedicar mais àqueles que carregavam meu nome, meus prenomes.

Nessa noite de tempestade, num barco perdido entre a América e a África, muito próximo àquela linha misteriosa chamada Equador, lembrei-me das palavras da minha mãe-de-santo. Era preciso, mais uma vez, escolher entre a vida e a morte; então me coloquei à disposição do capitão e, sob as ordens dos oficiais, eu também corri para puxar as cordas, fazendo e refazendo a manobra e precisei subir no mastro inúmeras vezes. Foi minha maneira de reconciliar-me com a esperança, com meus filhos, com a senhora. No furor da tempestade, minha preocupação se dissipou. Uma página estava virada para sempre; eu precisava vingar-me acima de tudo — hesitou —, para resgatar a memória de meu pai... de minha mãe.

De súbito João Pedro interrompeu seu relato... Eu só escutava o arfar de sua respiração. Por quanto tempo ele permaneceu assim silencioso? Lembro-me de que o tempo me pareceu longo. Bruscamente levantou-se. Na escuridão do quarto, eu não via o que ele fazia; parecia mover-se como um gato nictalope, sem dar importância aos obstáculos que existem na noite, aos móveis e aos lambris. Abriu a porta que dava para a antecâmara, depois a do salão e se foi nas trevas, pois escutei o barulho de seu passo se perder na grande casa adormecida. Mas não o ouvi voltar e sua presença, ainda semelhante à de um gato, me surpreendeu a ponto de me assustar. Voltou a se instalar sem cerimônia a meu lado. Imediatamente senti, além do odor de seu perfume, o de álcool forte, talvez Armagnac. Ele estava sem sapatos, sem roupa e suas mãos tentavam tirar os lençóis e a coberta com as quais me cobrira imóvel, à espera.

— O que está fazendo? — perguntei, sentindo sua pele nua colar-se à minha camisola de seda.

Ele não respondeu, contentando-se em segurar o tecido, na altura da gola, com as duas mãos e rasgá-lo com raiva. Creio tê-lo ajudado, creio lembrar-me de ter-lhe enfiado as unhas na carne, sob o risco de quebrá-las, puxando-o contra mim com toda força. Seus lábios procuravam minha boca, suas mãos tomavam, como antigamente, posse de meu corpo. Depois de tantos anos de espera, em que apenas os sonhos e as lembranças me lembravam do prazer da carne, seria eu capaz de reencontrar o êxtase de outrora? Então a onda de desejo cresceu e nela submergimos. Ele nada perdera de seu ardor, de seu saber libertino, mas havia agora também um arrebatamento, uma paixão que me deixou incrivelmente feliz.

Pela manhã, quando Joaquina entrou em meu quarto, encontrou-me nua, num leito que mais parecia um campo de batalha do que a cama comportada de uma nobre mãe de família. A camisa rasgada jogada sobre o piso fez com que temesse, por um instante, uma violência, mas meu sorriso, minha pose lasciva à maneira de uma pintura de Boucher,* convenceram-na de que os combates da noite foram entre Vênus e Cupido; quem sabe se também Baco e Diana assistiram à disputa? Noite sem sono, noite deliciosamente extenuante. No entanto eu estava, de manhã cedinho, pronta a subir de quatro em quatro os degraus da escadaria que conduzia aos quartos de meus filhos para acordá-los, imitando um clarim na tentativa de convencê-los a partir, o quanto antes, comigo para galopar no Bois. Amava o pai deles à loucura, mas como dizer a essas crianças de que é feita a loucura? Vesti um *robe de chambre* sem esperar que encontrassem meus sapatos e, como se fosse um sargento, subi para acordar meus dois amores. Revejo o sorriso de João, os olhos sonolentos a mirar a mãe, feliz e alegre, entrar sem avisar no quarto de um filho, já grande, quase um rapazinho. Quando entrava no de Pedro, meu elã foi contido ao descobrir meu filho nu esticado na cama e expondo enquanto dormia toda a sua virilidade nascente. Foi um pequeno choque para uma mãe perceber que seus próprios filhos cresceram a ponto de trazer no corpo o universo dos adultos. Puxei o lençol e pudicamente escondi o que convinha ser escondido. Em seguida, sentei-me na beira da cama e acordei-o, beijando-o afetuosamente na testa.

---

*François Boucher (1703-1770), pintor francês de estilo rococó, fez vários nus e cenas pastoris, sempre com uma grande carga erótica. Madame de Pompadour, amante do rei Luís XV, transformou-o no pintor favorito da corte e os retratos que dela fez estão entre os melhores de sua obra. (*N. da T.*)

— Bom dia, meu filho, dormiste bem?

Pensava, nessa manhã de primavera, restar-me bem pouco tempo para demonstrar minha ternura. Percebi naquele instante que a adolescência tiraria de mim para sempre a proximidade, a intimidade que une, durante os primeiros anos da vida, as mães a seus filhos.

Que dia! Numa existência acontece de implorarmos aos deuses que eles parem o tempo, "que suspendam seu vôo", como diz tão apropriadamente o poeta. São tão raros esses instantes de perfeição que reúnem todos os ingredientes que constituem — é isso! —, que constituem... a felicidade.

Há no ar uma magia, uma graça que podíamos quase tocar com a mão. "Oh, tempo, suspende teu vôo"*, deixa que nos banhemos por mais tempo na doçura desse maravilhoso dia de primavera; deixa que eu, mulher finalmente satisfeita, aproveite a alegria de meus filhos elegantes, afetuosos, cúmplices, rindo para a vida, para sua juventude radiante.

No Bois, perto do capim alto de uma clareira, paramos. O ar estava tão doce, aquecido por um sol morno, que descemos de nossas montarias e continuamos até o lago, onde nos sentamos na beira da água.

Ninguém falava, nem mesmo um riso; apenas o vento ligeiro, o canto dos pássaros, o ruído dos remos de um barco que passava.

Fui tomada por uma profunda e inexplicável tristeza; subitamente a angústia substituiu essa perfeita harmonia.

— Mamãe, como a senhora parece triste de repente — disse Pedro, com uma ponta de inquietação na voz.

Essas palavras me tiraram de meu penoso torpor e sacudindo a cabeça, prisioneira de um chapéu e de um véu que mal escondiam meu rosto, respondi:

— Um momento de fadiga passageira, só isso. Precisamos voltar para casa, vamos! A cavalo, messieurs, e a trote...

Quando avistamos o prado de Bagatelle, meus filhos fizeram galopar os cavalos, deixando-me bem para trás. No final do prado, distinguia um conjunto de carruagens escuras e de manchas claras e coloridas que deviam ser os vestidos de verão e as sombrinhas das damas. Depois, sob a luz resplandecente,

*"Oh, tempo, suspende teu vôo" — do poema *O Lago*, o mais famoso de Alphonse Lamartine (1790-1869), considerado o primeiro poeta romântico francês. (*N. da T.*)

vi um dos gêmeos chegar a todo galope. Tive um momento de surpresa, mas meu filho berrava:

— Mamãe, vem depressa, depressa! O landau de Chantal virou; acho que se machucou.

Puxei as rédeas com uma mão a ponto de fazer minha montaria relinchar e com a outra lhe impingi um violento golpe de chicote. O animal, surpreso, a princípio empinou para depois obedecer e se pôr num triplo galope.

Aos poucos assomou a cena na qual involuntariamente minha amiga era a heroína. Na grande aléia que leva a Paris, uma dezena de equipagens estava parada. Ao aproximar-me vi mais precisamente duas carruagens na vala que, nesse ponto, era bastante profunda. Criados e alguns guardas montados corriam de um lado a outro. Enfim, quando estava a cem metros do acidente, ouvi os relinchos de um cavalo obviamente ferido; curiosos atrapalhavam os raros voluntários ocupados em socorrer os feridos. Meu filho João havia tirado o casaco e o chapéu; não era o único a tentar remover o amontoado de madeira e molas sob as quais as pessoas estavam presas. Depois de muito esforço, conseguiram retirar os arreios dos cavalos caídos transpirando de dor, as patas fraturadas. Enfim conseguiriam soltar a caleça na qual se encontrava Chantal.

— Um... dois... três!

No três, os homens, incluindo meus filhos, moveram o landau alguns centímetros; depois novamente, um, dois, três. Precisaram de mais de vinte minutos até que retirassem da vala Chantal com ferimentos no braço, a testa sangrando, mas viva. A seu lado, um corpo que mal respirava que imediatamente reconheci como sendo o da irmã... Sophie morreria, num bonito vestido verde, ali na beira da estrada, socorrida por um médico da imperatriz que passeava no Bois, impotente, sem instrumentos e sem medicamentos. Madame de Saint-Sauveur, que estava com sua equipagem, uma das primeiras a chegar após o acidente, instou-me a subir em sua carruagem. Fez com que instalassem Chantal sobre o assento e ordenou ao cocheiro apressar-se em direção a Paris. João ficou esperando a chegada das pessoas da casa de Chantal que eu havia mandado buscar. Quanto a Pedro, nos escoltava vigiando meu cavalo cujas rédeas tínhamos prendido na carruagem. Via meu filho pela primeira vez, na França, ser confrontado com um drama. Eu estava acabrunhada pela dor de Chantal, mas, mesmo assim, orgulhosa em constatar que meus filhos souberam demonstrar generosidade e senso de iniciativa. Isso, sem dúvida, me deu forças para encontrar as palavras que acalmaram um pouco a dor e a angústia de minha amiga.

— Sophie? Onde está Sophie? — perguntava Chantal a todo instante, trêmula.

— Acalma-te, acalma-te, minha querida. Pensa em ti um pouco, estão cuidando de Sophie. Monsieur de Venteuil, o médico da imperatriz, está a seu lado. Meu filho Pedro espera a carruagem e as pessoas que chamei para ela e para ti.

Com a água recolhida numa fonte, lavava a ferida da cabeça da qual saía em abundância o sangue que escorria pelo rosto e pescoço, manchando lenços, roupas e vestimentas. Tinha retirado minhas luvas e lembrava-me talvez do passado, quando Chantal me demonstrara, a ponto de deixar em mim para sempre impressa, a força de seu caráter. Não me incomodava com o líquido vermelho que não cessava de brotar, semelhante à lava de um pequeno vulcão. Madame de Saint-Sauveur, prestes a desmaiar, havia algum tempo saído do landau para se instalar perto dos cocheiros. De tempos em tempos, um lenço perfumado na boca e no nariz, ela se virava segurando-se em um dos dois postilhões, temerosa de cair ou de desmaiar. À entrada da vila de Auteuil, chamei meu filho:

— Pedro, vai rápido, a galope, prevenir em casa, faze com que abram o grande quarto de teu tio, pede a Fallois que encontre um bom cirurgião, avisa Keita e Joaquina, explica-lhes o que aconteceu. Eles saberão como agir.

Quando, quase quarenta minutos depois, entramos no pátio, parecia termos chegado ao Hôtel Dieu*: todas as portas estavam escancaradas, a cama de Louis forrada com lençóis de linho. Lá instalamos, como uma náufraga, a pobre Chantal. Joaquina preparava, com outros de meus empregados do Rio, no aposento ao lado, infusões cujos segredos só são conhecidos no Brasil e na África. Só faltava Fallois, que correra ao *faubourg* à procura de um cirurgião.

Keita foi o primeiro a entrar com uma tigela fumegante. Obrigou-a a tomar a colheradas a infusão de folhas. Ela fez uma careta. Ajudada por minhas camareiras, retirei-lhe o corpete, as meias e as anáguas.

*O mais antigo hospital de Paris.

Cinco ou seis minutos após beber a poção, minha amiga parecia diferente. O corpo, os músculos haviam perdido aquela rigidez assustadora; o rosto, apesar dos olhos arregalados, tinha assumido uma expressão serena, repousada. Então Keita segurou-lhe, delicadamente, os membros — um a um — para examiná-los, como bruxo que era, e verificar se havia fratura ou luxação. Já o vira com freqüência nesse papel de curandeiro, mas nunca imaginara que um dia ele ajudaria, com sua maneira tão diferente da européia, um dos seres que me eram mais preciosos e, no entanto, o mais distante de nossos hábitos e tradições. Ele descobriu no ombro esquerdo um sério ferimento e uma fratura na perna direita. Mas antes de intervir, pediu a Joaquina e a outros empregados para ajudá-lo. Precisei sair da cama, abandonar minhas compressas molhadas e tingidas de vermelho. Vi quando pegou uma pequena bacia e uma estranha mistura com a qual pincelou a ferida.

Chantal teve uma pequena reação e depois retornou à sua doce quietude. Trouxeram para Joaquina uma pasta compacta; ela a passou na mão e colocou como um emplastro na ferida. Finalmente, cortou a bela cabeleira da européia e enrolou-lhe a cabeça com finas bandagens que deram ao rosto de minha amiga a aparência de um ovo de Páscoa.

O sangramento estancou. Keita me forçou a deixar o aposento, a fim de agir, livre, a seu modo. Escutei do lado de fora dois ou três gritos, mas nada que me surpreendesse ou inquietasse. Nesse momento Fallois chegou acompanhado de um cirurgião. Ele ficou na antecâmara comigo, impaciente e arrogante. Tive dificuldade em lhe explicar que do outro lado da parede, no grande quarto, um outro prático, negro, antigo escravo, cuidava com outros métodos, outros ungüentos, de uma grande dama da França. Ele começava a se mostrar extremamente irritado, quando vieram nos prevenir de que tudo estava terminado e que o doutor podia entrar. Tive um instante de hesitação, mas o cirurgião já se dirigira ao quarto. Entrou com passos rápidos, sem cerimônia, e encontrou uma mulher nua, coberta de talas e bandagens, a cabeça igual à de uma múmia. Em cada extremidade do leito, de pé, obedientes, quatro homens negros aguardavam minhas ordens. O médico parecia mais surpreso pelo perfume dos ungüentos do que pela presença, pouco freqüente nos palacetes do *faubourg*, de homens da raça negra. Pedi que abrissem as janelas e se retirassem. Havia decidido deixar que o especialista fizesse seu trabalho, mas Keita preferiu desobedecer e se instalou discretamente num canto, perto da porta. O médico tomou o pulso e se virou para mim, inquieto.

— Madame, seu pulso não chega a trinta e cinco batimentos.

O que deveria responder?

— Nada de anormal depois do que lhe dei — disse Keita em português.

— Bem, doutor, meu médico brasileiro diz que isso é normal depois do remédio que lhe deu.

— Poderia pedir que retirassem as bandagens e talas, Madame?

Antes mesmo que Keita interviesse, respondi:

— Com muito gosto, mas não esta noite, doutor.

Com um gesto autoritário indiquei a porta, dizendo:

— Obrigada, caro monsieur, meu intendente o recompensará por seu incômodo, mas no momento madame de Kerlabec necessita repousar.

— Mas madame, eu...

— Entenda, doutor, sou agora estrangeira em meu próprio país; tomei os serviços de um outro médico e, se sei alguma coisa, é que os serviços dele são bem superiores aos seus. Poderia me dar o braço?

Furioso, mas dócil, olhando Keita com ódio, recusou meu braço e sem protestar, certamente tomado pela indignação, seguiu, a meu lado, em direção à antecâmara.

— Madame — disse finalmente com dificuldade, depois que o deixei aos cuidados de Fallois.

— Sim, monsieur, estou ouvindo.

— Ficaria extremamente curioso de ver os resultados dessa medicina... daqui a uma semana...

— De bom grado, doutor — respondi, sem deixá-lo terminar a frase.

— Se essa mulher for maltratada, mal cuidada, darei queixa ao procurador e à polícia.

— Compreendo. Peço que passe então daqui a oito dias, no mesmo horário. Se madame de Kerlabec passar mal, juro pelos meus filhos que mandarei chamá-lo.

Capítulo VII

O novo juramento

Minha confiança na medicina de Keita foi abalada em alguns momentos. Durante os dois primeiros dias tudo parecia ir como esperado, mas no terceiro Chantal teve uma febre forte e delirou! Keita passou comigo duas noites de vigília a seu lado e, no sétimo dia pela manhã, a febre e o delírio haviam desaparecido, como que por encanto. Precisei de toda minha força de persuasão para convencer parentes e amigos que se acotovelavam em meus salões a deixá-la descansar. Como um *coucou-clock**, na tarde do sétimo dia, reapareceu o doutor Meunier, aquele que eu aceitara viesse à minha casa inspecionar os cuidados ministrados à paciente. Ele parecia intrigado, curioso, apressado. Ao entrar no grande quarto, só encontrou a doente com a camareira na cabeceira.

Fallois, que nos acompanhava, puxou uma cadeira para que o médico sentasse perto do leito. Ele sentou-se, segurando o chapéu.

— Madame, como vai a senhora?

— Bem melhor, doutor, muito obrigada.

— A senhora ainda está com sangramentos?

*Relógio cuco, em inglês. (*N. da T.*)

— Não, eles desapareceram no mesmo dia da minha chegada. Quero dizer... acho.

— E os membros fraturados e luxados?

— Ah! Quanto a isso, doutor, creio que Keita é ainda mais capaz que os nossos curandeiros do campo.

— Desculpe, madame.

— O senhor parece surpreso, mas prefiro mil vezes um excelente curandeiro a um mau médico, doutor, e não digo isso me referindo ao senhor, pode estar certo.

— Permitiria que eu lhe examinasse o pulso?

— De bom grado.

— Na verdade, está normal.

— Posso ver-lhe a cabeça?

— Sim, mas depressa doutor; estou cansada.

— Bem, a ferida cicatriza... Cara madame, não vou mais importuná-la.

— Foi um prazer revê-lo, monsieur.

Ele se retirou encabulado; quase esqueceu de se despedir da condessa, não aceitou o dinheiro que lhe ofereceu Fallois e se foi para nunca mais reaparecer.

Aquela noite, dormi como uma pedra, sem imaginar que encontraria na manhã seguinte, ao despertar, um bilhete de meu marido no travesseiro. Abri-o, apressada, para saber que ele me visitaria naquela mesma noite e que eu deveria tomar as disposições combinadas.

Foi um dos dias mais longos de minha vida. Desde cedo, Chantal me chamou. Queria ver a irmã, saber onde ela se encontrava. Quando entrei em seu quarto, ela discutia com a camareira e Keita porque queria se levantar.

— Chantal! — gritei. O tom de minha voz deve tê-la reconduzido ao caminho da razão pois se deixou ficar no leito.

— Keita, Germi, saiam, por favor, e me deixem sozinha com madame. Keita, cuide para que ninguém entre aqui, sob nenhum pretexto... entendido?

Sentei na cama, coloquei nas minhas sua única mão disponível e fiquei assim por um longo tempo, sem falar. Não sabia como lhe anunciar a morte de Sophie. As circunstâncias do acidente haviam sido rapidamente esclarecidas e sabia-se do erro cometido por seus cocheiros, que, no momento da tragédia, açoitavam muito os cavalos... Um pouco afastada, à direita, vinda de um caminho transversal, uma outra carruagem atravessara a estrada. O landau de

Chantal, que corria muito rápido, não pôde parar a tempo. A carruagem virou, levando a outra para a vala. Por que nesse belo dia de primavera iam tão rápido, e para onde, com tanta pressa?

— Minha Chantal, tu te lembras de como no passado me serviste de exemplo de controle, força de caráter...

Ela me interrompeu:

— Por que me fazes recordar isso?

— Porque vais precisar ser forte, corajosa.

— Não, não!

— Sophie...

— O que aconteceu com Sophie?

— Sophie está morta.

— Não, diz que não é verdade. Não é possível!

— Não te mexas, por favor.

— Não! Sophie era minha irmã preferida, minha confidente...

Ela se calou, os olhos se encheram de lágrimas e depois confessou:

— Sabes para onde íamos? — prosseguiu.

— Como posso saber, minha querida?

— A Saint Cloud, Madé.

— A Saint Cloud?

— Sim, ao castelo para encontrar Morny. Queria que ele parasse de importunar Sophie. Sophie o amava, entendes, a idiota o amava. Teria sido melhor deixar que o amasse em vez de levá-la para a morte. Como sou estúpida! Por que não deixar que cuidasse da própria infelicidade?

Pôs-se a chorar.

— Queres calar-te? Tu não és de maneira alguma...

— Estávamos atrasadas. Morny detesta atrasos. Sophie mostrava-se nervosa. Estava disposta a romper, mais para me agradar do que por qualquer outro motivo, mas...

Chantal se calou para recomeçar em seguida:

— Eu disse ao cocheiro para chicotear os cavalos. Ele obedeceu...

— Chora, chora, minha linda. Deus decidiu...

— Deixa Deus onde Ele está, por favor! Por minha culpa Sophie morreu... E o pior, sabes?... é que não morreu sozinha. Estava grávida...

— Chora.

— Onde ela está?

— Foi enterrada há cinco dias.

— Não, não, não é possível! É tudo minha culpa. Duas vidas perdidas para tentar salvar o quê?... Madé, tu me entendes? — gritou com veemência. — Para salvar o quê? Uma convenção estúpida? O pior é que Morny nunca conheceu a rainha Hortência, sua mãe... Então, a criança de Sophie, ela também... poderia ter vivido... sem saber quem era o pai.

— Quem mais sabe o que acabas de me contar?

— Ninguém, nem mesmo Morny.

— É preciso que isso seja nosso segredo. Compreendes?

Bateram à porta.

— Keita, eu disse que ninguém deveria...

Não continuei. Keita havia entrado no aposento, mas não estava só. Um homem o empurrava para dentro do quarto com a ponta de um punhal. Eu o reconheci no mesmo instante. Era ninguém menos do que o duque.

— O que faz aqui em minha casa? É assim que se entra no quarto de uma dama? O senhor pensa que é o Don Juan de Molière. Cuidado, não perde por esperar!

— Continue, continue, madame.

Levantei-me.

— O senhor acha que me amedronta com sua arma? Saia, deixe-nos! Deixe-nos entregues à nossa infelicidade. Seu lugar não é aqui, não hoje. Isto insulta a memória de...

— Madé, pare, por favor.

Voltei-me, surpresa. Chantal, com voz cansada mas firme, acabava de me interromper.

— O que quer de nós, duque? — perguntou. — Por que entrou no meu quarto com uma arma na mão? O senhor ficou louco?

— Louco... é uma palavra insuficiente.

Nunca tinha visto o duque de Morny a não ser ponderado, calmo, o olho semicerrado como um felino à espreita. Ora, a grande fera dava pena no inacreditável momento. O cabelo ralo estava em desordem, a gravata — sem dúvida devido a uma altercação com Keita — tinha sido desfeita, o olhar era o de um homem enlouquecido pela... pela dor. O duque sofria desesperadamente. Caiu de joelhos e, como uma criança, chorou.

— Eu aguardava as senhoras, sabia? A princípio, fiquei furioso com o atraso; no entanto, percebi que minha raiva nada tinha a ver com o atraso. Sophie, minha Sophie...

O duque, o homem mais poderoso do Império depois do imperador, o irmão do soberano, assim de joelhos, debulhava-se em lágrimas diante da perda de uma amante. Quando sabíamos que possuía várias outras, a cena não deixava de ser cômica.

— Duque, é preciso se conter. O senhor não é um jovem subtenente.

— Deixe-me, condessa, deixe-me sozinho com madame de Kerlabec. Eu preciso saber, compreender. Não julgue um homem por sua reputação e por sua posição; o que sabe de mim para me julgar assim? Deixe-me; há dias quero falar com a... irmã de Sophie.

— Deixa-nos, Madé, deixa-nos.

Confesso ter hesitado; apertava as mãos uma contra a outra com força. De súbito estava sem voz. Caminhando em direção ao duque, levantei-o. Fiz sinal a Keita para que aproximasse uma poltrona e, indo em direção à porta, quando já estava perto da janela, virei-me e num impulso lhe disse:

— Não se esqueça de que o senhor vai falar com uma mulher, com uma irmã que há menos de meia hora desconhecia a morte de Sophie. Não esqueça que esse acidente a deixou gravemente ferida, portanto não a sobrecarregue com seus sentimentos. Comporte-se como amigo, aplaque o seu pesar; talvez isso alivie o do senhor.

Todos falavam sobre o acidente trágico nos salões dos *faubourgs*, nas Tulherias, nos *boulevards*, nos novos cafés. A morte de Sophie de Lanfort era objeto de todos os comentários. Falava-se mesmo de assassinato, de complô. Certos viam a mão do imperador ciumento ou, segundo determinadas versões, inquieto pela relação que ultrapassava, em intensidade e notoriedade, as outras aventuras de seu meio-irmão. Os mais bem informados contaram que a carruagem que cortou o caminho da de Chantal pertencia à embaixada da Bélgica, cuja locatária não era outra senão a bela madame Cahen d'Anvers, a muito rica amante oficial do duque. Somente foi poupada a infeliz duquesa, nascida princesa Troubetzkoy, cuja beleza e juventude jamais impediram "os galhos" de lhe crescerem na testa.

Minha casa estava sempre cheia, dia e noite. Os porteiros e os criados traziam cartas e flores à infeliz. Seus irmãos e irmãs, sobrinhos, primos e aliados, seus amigos não abandonavam os aposentos onde estava instalada. Por vezes, um dos parentes, que eu sabia estar mais distante do coração de Chantal pela indiferença do que pelo parentesco afastado, tentava me provocar. Foi oportuno, depois do duque de Morny — que lá permaneceu cerca de cinco horas contadas no relógio —, partir pela porta dos fundos, a pé até seu palacete de Lassay, que eu me ocupasse de um programa de visitas.

Estranhamente, ela só me falou muito depois do conteúdo de seu demorado *tête-à-tête* com Morny. Não lhe perguntei coisa alguma, convencida de que se quisesse me fazer confidências, elas não deveriam ser suscitadas, sobretudo por mim. Sua reaparição em público, em setembro, no chá da princesa Mathilde, colocou fim aos rumores mais fantasiosos que correram sobre seu estado. Não haviam chegado a falar de um suicídio por envenenamento e, numa conseqüência quase normal, simplesmente de um envenenamento? Meu papel e o de meus brasileiros provocou comentários e suspeitas. Aconteceu mesmo um incidente que me alertou e me obrigou a antecipar meu retorno à América do Sul. Teria sido por dispensar o doutor Meunier? Ou por ser uma das poucas, senão a única, em Paris a ter empregados negros que começaram a circular rumores sobre práticas de bruxaria?

Uma manhã, ao sair, no dia da partida do imperador para Plombières, quando ia encontrar madame Baroche em sua casa para irmos a Saint Cloud, onde a família imperial tomaria o trem para os Vosges, fui insultada. Se não contasse com a ajuda de meus criados e de Keita, teria mesmo sido agredida. Era costume a Corte despedir-se dos soberanos na pequena estação que Sua Majestade fizera construir no parque do castelo. O imperador e a imperatriz tinham a reputação de só se lembrar dos ausentes, assim eu não queria faltar, sob circunstância alguma, a meu dever. Ainda me vejo em minha saia de crinolina, descendo a grande escadaria, enchapelada, colocando minhas luvas. Revejo a agitação dos criados, o barulho dos cavalos no pátio sobrepondo-se a outros barulhos, outros rumores vindos da rua. Havia quanto tempo esse padre com olhar de louco, essas mulheres, todas pequenas burguesas vestidas de negro, estavam ali, diante da minha porta, esperando que eu saísse? Naquela mesma noite, antes que João Pedro viesse me ver, Keita me confessou que não era a primeira vez que essa pequena trupe, composta de pobres-diabos, sem dúvida tendo recebido um soldo miserável para desempenhar essa função, rondava assim meu palacete. Compreendi então por que antes me haviam feito sair pelos fundos do jardim, sob pretextos diversos e variados. Seria por que eu havia insistido em sair na grande carruagem que foi impossível à minha gente poupar-me do tumulto e dos insultos? Fiquei surpresa ao ver que o portão ainda não se encontrava aberto e, quando eu subia na carruagem, vi abrirem a pequena porta, reservada às pessoas que chegavam a pé. Fallois e Keita, armados, saíam de minha casa acompanhados de todos os homens em idade para confrontos físicos.

— Que confusão é essa? — dirigi-me a eles, mas ninguém parecia me escutar, nem mesmo ouvir. De repente, quando os criados subiam os degraus da carruagem, a porta se abriu. Nesse momento um pequeno clamor se levantou. Escutei: "Morte à bruxa! Viva a França!" Injúrias rapidamente cobertas pelos "vivas" dos meus.

A manobra não foi fácil e, aproveitando-se da lentidão, um dos homens chegou quase a me pegar a mão.

— Volte para casa, bruxa, ou então para a fogueira.

Estou persuadida de que minha própria gente teria se encarregado de controlar o ataque intempestivo de "viúvas pias" e de lastimáveis homens desarmados, mas quando minha carruagem ia pegar o caminho do novíssimo *boulevard* Saint Germain surgiram em grande número homens com o uniforme da guarda do imperador. Vinham da rua de Lille. Por quem haviam sido prevenidos? Persigny? Morny? Quem sabe o imperador? Na certa ninguém, a não ser a própria polícia, um Javert* qualquer, informado por sabe Deus quem das acusações de bruxaria contra a condessa de Santa Maria e as reações que poderiam suscitar ou já suscitavam.

O incidente me fez relembrar vivamente as penosas complicações de fevereiro e junho de 1848**. Certamente os acontecimentos nada tinham em comum a não ser os gritos, o ódio e a vontade de bater-se, mas ao chegar à casa de minha amiga estava sem voz, sem ânimo algum. Ela notou imediatamente e, para meu grande espanto, disse:

— Bah! Minha amiga, não se aborreça! Não basta querer ser bruxa! — depois riu.

*Inspetor de polícia, personagem do romance *Os miseráveis*, de Victor Hugo. (*N. da T.*)

**Revolução de 1848 — motins populares provocados pela fome quando a plebe urbana e o nascente proletariado provocaram diversas agitações em Paris. Havia mesmo um descontentamento entre as próprias elites dominantes, insatisfeitas com os benefícios que o regime reservava à aristocracia.

— Mas como a senhora sabe?

— Que a senhora é uma feiticeira?

— O que disse?

— Um pouco de humor, condessa!

— Mas como posso?

— Escute-me — disse, segurando-me as mãos e me olhando nos olhos, através de meu véu. — Não devia causar-lhe surpresa que, vindo de um país tão longínquo, tão exótico e quando sua casa é em parte constituída de altos e belos negros e de bonitas ou velhas mestiças, as pessoas começassem a comentar. A estranha aventura de sua amiga Chantal fez com que corressem maledicências. Se estivéssemos em Roma ou no século passado, já teriam enforcado muitos dos seus. Por sorte, Morny e o imperador nada têm de obscurantismo e depois... Miry, Curcourt, Santa Maria são nomes oriundos de nosso mundo e que contam no Império. A senhora não é a única, e sabemos que o imperador gostaria muito...

— Desculpe? — voltei a dizer.

— Não se faça de tola. Essa atitude não combina com a senhora, minha boa amiga. Sua sorte tem por nomes madame Baroche e a princesa Metternich, que ainda fazem alegremente a cabeça da imperatriz. Sabia — prosseguiu ela — que Eugênia gosta muito da senhora? Isso é raro em se tratando de uma das presas do imperador, mas assim é! Vejo nisso uma prova de seus talentos de feiticeira! — Ela riu novamente.

Quando chegamos aos portões de ferro do parque, madame Baroche, com graça, humor e simpatia, contava-me detalhes sobre mim e minha vida que eu mal conhecia. Ao descermos da carruagem, ela me dizia:

— Sabe o que dizem do conde de Santa Maria?... Princesa, que felicidade!...

Ela não teve tempo de continuar, deixando-me curiosa, pois a Corte, a etiqueta, impunham novamente suas regras. Estávamos todos concentrados atrás da plataforma, as mulheres à frente, quando escutamos os clarins e as trombetas anunciarem a chegada dos soberanos. Fez-se silêncio e, lançando à esquerda discretos olhares, vi o imperador trajando terno, cartola, dando a mão a seu filho e percorrendo a plataforma a passos lentos. Toda vez que via Sua Majestade, ficava surpresa com o tamanho de suas pernas, que pareciam tão curtas e sobre as quais repousava um torso tão grande. As fotos de Nadar que conservei mostram essa realidade física, enquanto os retratos de Winterhalter não fazem justiça, felizmente, à real silhueta de Napoleão III. A cada dois passos o imperador levantava o chapéu; a cada passo as damas faziam a grande reverência até que o casal imperial passasse. Quando os augustos viajantes chegaram ao local em que me encontrava, houve um pequeno desvio que me encheu de orgulho e deu margem a comentários e fofocas durante a partida dos membros da Corte Imperial para a temporada de verão.

— Ah! Condessa! — exclamou o imperador.

Virando-se para a imperatriz disse:

— Minha querida, veja nossa amiga, a condessa de Santa Maria, que nos deu a honra de vir se despedir. — A imperatriz avançou em minha direção e entregou a sombrinha à dama de companhia para melhor me levantar.

— O imperador — disse em voz baixa — acaba de me informar do acidente do qual a senhora foi vítima. Fiquei desolada. A senhora sabe como lhe queremos bem.

— Agradeço de todo coração a Vossa Majestade por sua bondade. — Voltei a fazer uma reverência.

O imperador, já alguns passos à frente, voltou.

— Ah, como é doce e belo ver uma bonita feiticeira, tão obedientemente reverenciosa!

— *Sire*, não encha de tristeza uma criatura humilde e submissa.

— Que nada, condessa, quem pode acreditar nas bobagens do além, a não ser os tolos?

— Agradeço Vossa Majestade.

— Não se deve jamais fazer gracejos com uma amiga, especialmente quando ela é bonita e respeitável.

Dessa vez, o imperador afastou-se em direção a seu belo trem, com vagões cujas paredes internas eram recobertas de jacarandá e cujo piso era forrado com os mesmos belos tapetes que Napoleão III mandara tecer nas novas fábricas do Norte, para encobrir o parquê do castelo de Saint Cloud.

Agitamos nossos lenços e o comboio sumiu no meio do vapor e da fumaça escura. Fez-se então uma desordem indescritível: todos querendo escapar da fuligem e achar a carruagem antes dos outros. Foi nessa confusão que perdi madame Baroche e encontrei a princesa de Metternich para o regresso a Paris. Trazíamos manchas negras sobre nossas rendas e até em nossos belos rostos. A princesa estava bem-humorada.

— Então, minha querida condessa, a senhora decidiu enciumar todas as damas da Corte.

— Creia-me que não sou cortesã que valha dois tostões!

— Que expressão engraçada! Atenção, condessa, existem cortesãs e cortesãs. Felizmente sei que a senhora não é nem uma nem outra. — Ela riu e me disse, batendo em minha saia de crinolina com o leque fechado: — Madame, a imperatriz adora ouvir contar sua história, suas aventuras. Basta começar a relatar seu casamento, o desaparecimento de seu marido e Sua Majestade obriga todos a silenciarem. Então formamos um círculo e cada uma de nós conta uma de nossas páginas da lenda.

— O que dizem, madame?

— Nada além da verdade.

— Madame Baroche não teve tempo de me falar sobre os rumores inventados a propósito de meu marido.

— Veja só, ela sabe então mais do que eu. *Hélas*, estou atrasada em relação à atualidade da crônica, querida Marie Adélaïde. Só sei, pelo imperador, que ele próprio pediu que cessassem os desagradáveis rumores que circulam sobre sua casa e sobre a senhora... Ha! Ha! Ha! — ela ria. — Deve ser apaixonante viver num mundo ao mesmo tempo tão afastado do nosso, tão exótico e no entanto pertencer a uma das mais nobres famílias da França. A senhora teve dificuldade em se acostumar a esse país estranho, a quem demos, nós os austríacos, uma de nossas mais brilhantes arquiduquesas? Dizem que D. Pedro tem uma aparência mais austríaca que nosso próprio imperador. É verdade? Ah!, querida amiga, por vezes invejo-lhe a coragem, a força e a paixão que a levaram a deixar nossa velha Europa, tão complicada e ao mesmo tempo tão mesquinha, por uma terra nova onde ainda há muito a fazer. Sei que a senhora é no Brasil como uma segunda imperatriz, um pouco o equivalente feminino daquele famoso visconde de Mauá, que encontrei em Londres há um ou dois anos. Aqui, nós mulheres temos um papel bem complicado: ao mesmo tempo prisioneiras de nossas castas, de nossas posições e sobretudo de nosso sexo e tão poderosas quando se trata de governar nossos filhos, nossos maridos, nossos salões onde fazemos e desfazemos a glória dos pintores, dos escritores, dos poetas e mesmo dos políticos. Fora isso, somos o sexo frágil, submissas e obedientes. Se só existimos de verdade quando a lei sálica não está em vigor, como na Espanha e em Portugal, então lá podemos, à imagem da rainha Vitória da Inglaterra, comandar regimentos, assinar tratados, nomear e derrubar um ministro!

— Princesa, a senhora fala de rumores...

— Oh, a intriga, essa chatice! Sabe que outro dia, um pouco antes de partir para Compiègne, meu marido mostrou-me um jornal, uma folha liberal? Imagine que li sob a pluma de um jornalista medíocre que Compiègne era uma espécie de Sodoma e Gomorra. — A princesa caiu na risada. — Dois dias depois estávamos instaladas com Mathilde e madame Baroche num salão da imperatriz, mortas de aborrecimento, sem mesmo Mérimée* para nos distrair, quando peguei meu leque e, bocejando, encostei-o em meus lábios dizendo: "E falam de Sodoma e Gomorra." Isso nos fez rir toda a semana e o domingo. Por vezes a imperatriz nos surpreende às gargalhadas e, para nos desculpar, dizemos que o capelão nos assustava a ponto de morrermos de rir descrevendo a idéia que ele fazia de certas passagens da Bíblia.

Mudando novamente de assunto, perguntou-me:

— Conta-me! Sem falar de bruxarias, há outras práticas em seu país que devem a elas se assemelhar...

— Madame, que estranha curiosidade!

— Não se sinta ofendida, Marie Adélaïde. É verdade que sou curiosa, mas tenho a curiosidade de uma leitora dos livros de nossos grandes exploradores, Humboldt, Saint Hilaire... Creia-me, não faço julgamentos, sou muito experiente para isso. Quando se vem de um império que permite que vivam sob o mesmo teto muçulmanos, católicos, ortodoxos, protestantes e outros mais; quando se vem de um império onde se fala o húngaro, o tcheco, o polonês, o alemão, o italiano, o romeno e outros idiomas mais... Então a senhora compreenderá meu interesse por esse misterioso Império do Brasil que se estende quase da Terra do Fogo até além do Equador, não é? Tenho-lhe inveja, Marie, por ter, por amor, abandonado a segurança da Corte pelo calor úmido dos Trópicos...

— Quando parti num dia de verão de 1848 do Havre, deixei uma Europa em revolução. Só se falava em cortar a cabeça de reis e rainhas. As ruas estavam

---

*Prosper Mérimée, escritor francês, grande amigo da imperatriz Eugênia, autor da novela *Carmen*, celebrizada pela ópera de Bizet. (*N. da T.*)

tomadas pela revolta. Não, não havia em minha decisão coragem alguma. Mas sim — e como! — paixão. Quanto ao resto... Estávamos em guerra aqui e o Brasil estava em paz. Não se desiluda, princesa, não há do que me queixar. O mais desconcertante são as diferenças de língua, de clima, os calores insuportáveis e, além disso, essa praga de um grande jovem império: a escravatura! A idéia de que os homens sejam considerados mercadorias, bons apenas para serem vendidos ou comprados... Sim, isso me repugna. No entanto, é verdade, dirão por vezes que sou a maior proprietária de escravos das Américas. Bem, acredite nas pessoas, elas têm razão... Sou proprietária de mais de dois mil homens, mulheres e crianças. Mas o que não lhe dirão é que alforrio por ano cerca de trezentos deles e compro outros para poder libertá-los. Dentro das leis, é verdade, e sem jamais esquecer que a liberdade para quem nunca foi livre pode ser o pior dos fardos. Pois não basta ser livre; é preciso ter dignidade e, portanto, um trabalho, um salário.

— Madame, a senhora fala como o imperador que, por sua vez, fala como um socialista. Ha! Ha! Ha!

— Sei que Morny conta que a imperatriz é legitimista, ele próprio orleanista e o imperador, republicano.

— E a senhora, socialista. Ha! Ha! Ha!

Ri, satisfeita, percebendo como minha visão das coisas, da política, da vida se opunha a muitas das idéias do meu tempo. O que era esse socialismo do qual falavam como se se tratasse do diabo e que provocava desde 48 reações de ódio e de total rejeição? Iria amanhã mesmo à livraria Garnier para escolher, com os livreiros, alguns livros que enviaria para a Garnier do Rio, na rua Direita, não longe da rua do Rosário e da rua do Ouvidor. Lá nos sentíamos na França, enquanto visitávamos as lojas, os cafés, para terminar em uma das poltronas de monsieur Pharoux, no hotel que tem seu nome.

Mas por que teria falado de tudo isso a um dos espíritos mais brilhantes da Europa, logo do mundo? Por que falar de nossa pequena capital provinciana, com suas tradições da África e de Portugal e à qual Paris imediatamente associa a marca do índio? Não, é preciso ter nascido lá ou ter adotado o Brasil para compreender. Senão, só ficará no espírito um império folclórico em que o soberano, em vez de usar arminho, usa pluma de tucanos, em que as princesas tomam canjas de papagaio e em que as mulheres bem-nascidas, como os reis indolentes, são transportadas em liteiras carregadas por negros esculturais em libré e pés descalços.

Na noite daquele dia memorável, em que o duque tinha vindo visitar Chantal, pedi a todos que fossem para seus cantos depois que o porteiro colocou os ferrolhos na porta principal. Meus filhos foram fazer seus deveres e confiei a Joaquina a tarefa de verificar, por volta das dez horas da noite, se tudo estava apagado em seus quartos. Com aquele olhar de cumplicidade divertida e insolente que a caracteriza, tendo dispensado todo o meu pequeno mundo de criados e camareiras, foi embora.

— Que Madame tenha uma boa noite.

— Muito obrigada, Joaquina.

Então ela continuou:

— E tenha bons sonhos.

— Quando vais parar?

— Quando tiver beijado sua mão e a senhora tiver me abençoado, madame.

— Então façamos isso, mas rápido, por gentileza.

— Nossa! Madame parece bem apressada esta noite!

— Pára teu falatório, pega a vela, vai para teu quarto e só me desperta às 8 horas da manhã.

— Às suas ordens — disse, rindo.

Senti-me um pouco aborrecida. Devia ficar diferente nas noites em que João Pedro vinha me visitar e perdia todo o senso de humor. Joaquina se aproveitava disso. Na hora me irritava, mas no dia seguinte eu ria de bom grado.

Por volta da meia-noite, após pensar escutá-lo por vinte vezes, enfim ele entrou em meu quarto, como se atravessasse as paredes, sem que eu percebesse. O barulho da bota no assoalho cessara. Ele não trazia vela nem lanterna; no entanto, com seu olho de ciclope, circulava melhor que um pássaro da noite na escuridão da casa. Ao sentir o perfume que seu corpo exalava, pensei naqueles morcegos que passam de raspão, em todo esse mundo misterioso e aterrorizante das sombras, e isso não me assustou — ao contrário. Eu me sentia estranhamente protegida, insensível aos medos que engendram a noite. Ela, que poderia ser para mim uma longa e insuportável sucessão de minutos, de horas de angústia, tinha se tornado, desde que soubera que João Pedro estava vivo, um doce prazer. Eu o imaginava como a encarnação do anjo da guarda, velando pelo meu sono, minha segurança, minha felicidade. Eu o imaginava entrando em silêncio no quarto dos filhos, olhando-os por longos momentos, orgulhoso de ver-lhes os corpos tão parecidos com o seu, desabrochando melhor ainda que seu próprio corpo durante o tempo maldito de Maria Regina. Ele estava em casa, comigo e, no entanto, eu pensava por vezes na estranheza de nossos encontros, na bizarrice de nossa vida, como se devêssemos estar novamente casados.

Esta noite, antes que nossos corpos se unissem no calor do leito, João Pedro me despiu e, somente coberta com uma fina musselina de seda e num estranho percurso ao longo da casa, aconchegada em seus braços, me levou até a capela. Seu rosto trazia uma máscara, a cabeça coberta por um estranho chapéu e o corpo, por aquela capa imensa e leve que desde então conheço bem. Esse passeio noturno me causa ainda, ao evocá-lo, arrepios de prazer. Que mulher pode dizer, como eu, vários anos depois, que nossos encontros foram como o renascimento do prazer de ser mulher e sim... de novas núpcias com o mesmo homem? Quem pode falar dessa experiência como eu? Sobretudo para evocar, lágrimas nos olhos, o arrepio que corre, como pequenas ondas, sobre minha pele. Ah! Ele tinha voltado para mim depois de anos de humilhação, de ausência. Oh! É claro que eu sabia que o João Pedro que eu amava estava a partir de agora condenado a aparecer apenas durante a noite e na escuridão, mas estava preparada para essa estranha e nova vida.

Quando estávamos na capela, perto do local onde havia, muitos anos atrás, me tomado pela primeira vez em seus braços, me beijado deixando-me para sempre nos lábios o gosto de seus beijos, colocou-me na frente do altar, sobre o qual luzia uma minúscula chama num pequeno castiçal vermelho. Então, disse em voz alta, sem medo de despertar a casa adormecida:

— Marie Adélaïde, renovo meu juramento do passado, as promessas feitas no casamento. Hoje só tu e Deus são testemunhas. Serei teu fiel esposo enquanto viver.

— João Pedro — respondi, agora em português —, nunca deixei de ser tua mulher, nunca desejei outra coisa a não ser continuar sendo tua esposa. Hoje, é minha vez de renovar a promessa de nossas núpcias.

— Marie Adélaïde — prosseguiu —, gostaria de adicionar a esse juramento um outro.

— Eu te escuto.

— Nunca aparecerei a não ser à noite. Se o fizer à luz do dia, é que há perigo. É preciso então que me jures que, respeitando meus votos, tu não procurarás jamais ver meu rosto de miserável.

— Eu te juro.

Nos abraçamos e beijamos, repetindo de forma bem diferente, é certo, mas também especial, nossos primeiros beijos quando da cerimônia que teve lugar, um pouco depois da morte de mamãe, em sua homenagem. Mas desta vez nós éramos marido e mulher. Ninguém ou quase ninguém sabia que ele estava de volta. Rumores circulavam, inclusive nas antecâmaras das Tulherias e nos salões, mas eu precisava guardar nosso segredo. Somente o discurso a meus filhos me preocupava. Como explicar às crianças que reclamavam sem cessar a presença do pai, para quem eu havia sempre inventado mil histórias maravilhosas em sua glória, que ele talvez não voltasse a aparecer? Isso me mergulhava numa verdadeira perplexidade e grande tristeza. Decidi, com sua aprovação, contar-lhes sobre suas feridas e seus escrúpulos. Essa verdade, embora pouco satisfatória, traria aos olhos dos meninos uma aura ainda maior ao pai e permitiria não me desviar muito de meus estranhos relatos anteriores. Obtive de João Pedro a promessa de que lhes escreveria e ele me prometeu que no aniversário dos meninos, caso as regras fossem respeitadas, lhes falaria no escuro da noite, onde quer que nos encontrássemos nessa época do ano, pois João Pedro prometeu também nessa célebre noite — e cumpriu sua promessa — nunca ficar longe de nossos filhos e de mim.

Sendo levada para o quarto, carregada como uma bem-aventurada da capela até minha cama, a cabeça recostada em seu peito, quando atravessamos o grande salão, abri por acaso um pouco os olhos e, por uma razão que não consigo compreender, vi uma luz acesa no pavilhão do jardim. Essa luz me intrigou o suficiente para pedir a meu marido que parasse e olhasse.

— Ali! — disse, de súbito tensa, assustada. — Observe! Tem alguém com uma lanterna no pavilhão. Vê, a pessoa está vestida de vermelho.

— Acalma-te; estás sonhando. Vou verificar.

— Não, não, não me deixe sozinha; tenho medo. — Ele me apertou ainda mais nos braços.

Esta noite só consegui dormir agarrada a ele, trêmula e amedrontada, com medo de que o pesadelo recomeçasse, que o odioso sonho viesse sobressaltar minhas noites e arruinar meus dias. Ao alvorecer devo ter finalmente dormido profundamente, pois não o ouvi sair. Ao despertar, em sobressalto, Joaquina velava meu sono. Teria ele a prevenido? Não lhe perguntei. Não soubemos nunca quem, aquela noite, totalmente vestido de vermelho, andava de um lado ao outro no pavilhão, com uma lanterna na mão.

Chantal pouco a pouco se recuperou de seus ferimentos. Decidimos passar os meses de agosto e setembro em Mortagne. Tinha tomado a decisão de, ao partir de Mortagne, voltar com as crianças para Paris a fim de despedir-me dos soberanos e de meus amigos, e retomar o caminho para o Brasil, onde me aguardavam para o verão. A felicidade de meus filhos durante esses dois meses me fez temer dificuldades ao mencionar a volta ao Rio. Estava enganada e o compreendi na primeira alusão ao retorno. Pareceram encantados em reencontrar os amigos, minhas cunhadas, os cavalos e o país. Meus filhos adoravam a terra onde nasci, mas jamais — compreendi por ocasião da Guerra do Paraguai — a consideraram como sua pátria, mais ou menos como o príncipe Viajante, o Príncipe de Ligne, que afirmava que "todo homem tem duas pátrias: a sua e a França". Eles são brasileiros, cresceram como brasileiros e como brasileiros viverão. Falam português com o sotaque do Rio, com aquela maneira engraçada de meter o "ch" sempre que possível. Nunca absorveram meu sotaque francês; a não ser quando debocham de mim, o que me faz rir até certo ponto, porque rapidamente me zango quando se trata de fazer piadas a respeito da França. Então faço birra e minha maneira de mostrá-la é falar em francês. Sou teimosa como uma mula e, durante dias, não aceito falar com eles em nenhuma outra língua além da minha língua-mãe. Minha vitória consiste em por vezes corrigir seus erros de português; então triunfo, e é a vez de eles ficarem emburrados.

Capítulo VIII

O aprendizado da vida

Esses dois meses passados em Mortagne foram a imagem de minha vida: apaixonantes e cheios de imprevistos, tendo sempre raros momentos de felicidade, intensos, deslumbrantes, inesquecíveis.

Fomos até Dijon de trem. Meus filhos, Chantal e mais de quinze de meus empregados, quase todos, à exceção de Fallois e de uma camareira, brasileiros. Em Paris, já na estação de Lyon, nossa pequena trupe havia causado a maior sensação, mas à nossa chegada em Dijon, na confusão da plataforma de uma estação lotada, nossa alegre agitação, calorosa e colorida, quase provocou um tumulto. As crianças queriam tocar a pele de Keita e dos que tinham essa tão linda cor de ébano. Tanto sob o céu do Rio como sob o de Dijon, Keita, Jason, Luís e Joaquina provocavam um tamanho espanto, por vezes um tal assombro, que precisei pedir que nos reagrupássemos e ocupássemos as carruagens que nos esperavam do lado de fora, o mais rápido possível.

O sucesso de nossa pequena caravana ao longo do caminho me fez dar tratos à bola. Tínhamos nos tornado uma espécie de circo ambulante: todos queriam ver, tocar, escutar a língua estranha, tão particular. Em Vitteaux, na Alise-Sainte-Reine, acabei me aborrecendo e proibi os meus, inclusive meus filhos, de praticar capoeira e cantar nossas melodias de festa.

Em Breuce, solicitei a hospitalidade do duque. Chantal estava extenuada: os sobressaltos, o balanço das carruagens, por vezes os atoleiros do caminho, haviam reavivado as dores que julgávamos esquecidas.

O velho duque me recebeu como filha, instalou Chantal nos apartamentos de sua mulher que deixara Breuce havia dois dias para uma cura em Vichy. Por comodidade e discrição, pedi para ficar na ala antigamente chamada "ala do primeiro duque", bem acima do fosso do castelo. Sabia, desde criança, que ela só era aberta quando o castelo estava lotado de convidados. Ali, não incomodaria ninguém.

— Meu querido duque, olha pela janela e verás no pátio minha carruagem de princesa tropical. O senhor então compreenderá que me tornei brasileira, ou seja, não posso me deslocar sem meu indispensável pequeno universo constituído de mil coisas e de uma boa escolta!

— Faça como melhor lhe convier, minha filha, a senhora está em casa.

— Ah! Uma palavra, messieurs de Santa Maria! — Era assim que se dirigia a meus filhos. — Sejam bem amáveis e homens do mundo com minha neta Claire de Montfort. Ela deve ser mais ou menos da idade dos senhores; é um anjo, os senhores constatarão o que digo, mas ela se ressente muito — como eu — da morte da mãe, Jeanne, minha filha caçula. — Ele se calou e acreditei ver lágrimas em seus olhos. — Ela saiu a cavalo, a correr por montes e vales, mas às seis horas da tarde os senhores a verão aparecer no alto da colina.

Meus filhos escutaram com atenção, para mim desconhecida, as palavras do velho senhor. Pedro repetiu em voz baixa:

— Às seis da tarde, no alto da colina.

Eu esquecera o que o duque de Breuce tinha dito a meus filhos. Por volta das 17h45, quando eu e João colocávamos cordas numa viola encontrada num armário do meu quarto e Joaquina procurava em minhas malas as partituras que me permitissem tocar piano após o jantar, a fim de distrair o duque e Chantal, Pedro deixou furtivamente o aposento.

Pela janela aberta, escutei, para lá dos fossos, os passos de alguém que corria no cascalho da aléia. Maquinalmente, aproximei-me e fiquei desconcertada com a cena. Meu filho corria em direção ao extenso gramado próximo ao bosque; ficou imóvel bem no meio da clareira, parecendo um sábio esperando a hora de um eclipse previsto havia tempos, ou um peregrino a quem tivessem feito esperar a aparição da santa às... seis horas! Então era isso: meu filho havia escapado na esperança de ver aparecer no alto da colina... De minha janela eu via claramente Pedro, mas somente as janelas da parte central do castelo permitiam a visão da perspectiva. Permaneci parada, sem falar, observando o que foi o início da primeira história de amor de meus filhos, da primeira discórdia e, evidentemente, da primeira decepção.

Entretanto a história é bastante bela para que eu deixe de contá-la. Ela ocupou um lugar de tamanha importância na vida dos meus filhos, durante a estada em Mortagne, que me obrigou a intervir e — coisa extraordinária — a fazer com que o pai abandonasse sua discrição...

Deviam ser 18h05, não mais do que isso, quando Pedro, já manifestando sinais de impaciência, ficou estático de vez. Olhava, os braços pendendo, alguém, alguma coisa que eu não podia ver. De repente, no espaço de um instante, vi a aparição.

Ela estava toda vestida de azul-céu e montava um cavalo branco. Certamente montava como uma amazona, mas não trazia nem chapéu nem véu. Seus cabelos longos e loiros flutuavam sobre os ombros ao sabor do vento. Quando ela passou na frente de minhas janelas, vi que uma bonita mecha lhe caía no rosto. Meu filho, virando-se, seguiu-a com o olhar até que ela desapareceu depois da ponte. Deve ter me visto, pois baixou a cabeça e retomou desolado a direção do castelo. Decidi não fazer comentário algum, jurando a mim mesma permanecer como observadora. Dominando o máximo que podia meu instinto de mãe, assisti ao nascimento de um romance. Ele é muito jovem, jovem demais, repetia para mim mesma sem cessar, e seu espírito é muito romântico para resistir a imagens saídas dos romances de Walter Scott.

O jantar foi precedido de um pequeno momento de mundanidade no salão da duquesa. Aguardávamos a chegada de todos os convivas. O duque, vestido à moda do Antigo Regime, meias e calções de seda, havia feito uma concessão aos novos tempos, renunciando à peruca, mas ao traje não faltava estilo. Ele amava essas conversas antes do jantar, pois sabia que, uma vez o prato de resistência servido, começaria a ficar sonolento e não poderia aproveitar a presença dos hóspedes.

Entretanto, esta noite, já eram 20h20 e o mordomo ainda não anunciara que o jantar estava servido, embora o costume em Breuce fosse de passar à mesa às oito horas da noite em ponto. O que faltava? Meu filho Pedro, melhor do que ninguém, sabia, pois nervosamente retorcia as mãos. Não lhe conhecia esse tique. Às 20h30, sem que nos apercebêssemos, chegou uma bonita jovem em vestido cor-de-rosa, os cabelos louros caindo sobre os ombros, presos por uma faixa azul-céu no alto da cabeça, do mesmo tom de azul da larga faixa de seda que terminava com um grande nó à altura dos quadris. Ela se colocou em pé, atrás da poltrona do avô, dando-lhe um beijo na têmpora.

— Ah! Chegaste, minha querida criança — disse o duque com um sorriso extasiado, poupando-lhe qualquer censura.

Meu filho Pedro, do alto de seus 17 anos, ficou com o queixo caído, mas o que me surpreendeu não foi tanto sua reação, à qual eu já havia me habituado, mas a de seu irmão! João tirou o lenço e enxugou a testa. Nele, esse pequeno gesto, a princípio anódino, é sinal de uma grande emoção. Vi, no mesmo instante, que os dois gêmeos haviam recebido a mesma flecha que Cupido, aproveitando-se de sua semelhança, abusando da juventude dos dois, havia muito cedo e levianamente lançado. Fiquei triste e inquieta.

— Messieurs de Santa Maria, venham aqui, pois quero apresentá-los ao que tenho de mais precioso.

Com um passo desajeitado, meus filhos, habitualmente tão ágeis e elegantes, atenderam ao chamado.

— Minha criança, esses são nossos vizinhos, os netos de meu falecido amigo, o conde de Curcourt, filhos de minha querida Marie Adélaïde. Mas apresente-se primeiro à mãe deles e a madame de Kerlabec.

Ela obedeceu, fez uma reverência graciosa a nós duas e voltou para perto do avô.

— Messieurs, amanhã deixem-se conduzir a Mortagne por Claire — disse ele, dirigindo-se a meus filhos.

— Senhora duquesa, o jantar está servido — anunciou, com forte sotaque de Montbard, o mordomo.

— Mas onde acha que está a duquesa esta noite, Berthaux? — riu o duque.

— Oh! Peço ao senhor duque que me perdoe... o hábito!

— Que isso, senhores, não os impeça de passar à mesa... Condessa!

Dei-lhe o braço e o jantar foi estranho para os padrões da Borgonha: leve e rápido. Ao longo do jantar, meus filhos e Claire não falaram até que o duque, Chantal e eu os convidássemos a fazê-lo. Esse princípio é excelente, pois permite às crianças refletir e pesar sua linguagem. Meus filhos, temendo sem dúvida desagradar a jovem e o avô duque, esforçaram-se para parecer perfeitos pequenos senhores. Sua falta de jeito me causava pena, tanto quanto a eles, mas o que podia fazer a não ser sorrir e animá-los com benevolência por seus louváveis esforços? Por sorte, após o jantar tudo ficou mais leve, mais fácil. Os dois irmãos tocaram piano a quatro mãos e João acompanhou ao violão as bonitas melodias brasileiras cantadas pelo irmão. Claire, muito decidida, recusou-se a mostrar seus talentos de pianista, e quis, perturbando a boa ordem da noite, que João lhe ensinasse a tocar violão. Pela primeira vez percebi um olhar de inveja e de sofrimento de Pedro na direção do irmão e fiquei com o coração apertado.

Então, para acabar com essa primeira ofensa ao amor-próprio ou para ao menos aliviá-la um pouco, tomei a iniciativa de reunir meus filhos e acompanhá-los ao piano. Eu causava tristeza a João ao tentar tirar Pedro de sua melancolia, mas como agir diferentemente? A graça no entanto havia desaparecido e interrompi o medíocre concerto assim que vi o duque de Breuce cochilar.

Naquela noite, após ter dito um boa-noite afetuoso a meus filhos apaixonados, fui dormir no quarto de Chantal. Usando como pretexto suas dores, fiz instalar uma pequena cama perto de seu baldaquino e, esquecendo suas próprias feridas, contei-lhe meu "pequeno drama" de mãe. Fiquei profundamente comovida com sua demonstração de sensibilidade e tão perfeita atenção. Ela, que não pôde ter filhos, sabia melhor do que muitas mães compreender os contínuos tormentos que assaltavam a alma e o corpo dos filhos e filhas de seus irmãos e irmãs, amigos e sobretudo de seus serviçais cuja educação estimulava e financiava. Embora fatigada, sofrendo ainda as seqüelas do acidente, atormentada pelo remorso devido às circunstâncias da morte de Sophie, emocionava-se com os primeiros passos de meus gêmeos no tão difícil mundo dos sentimentos amorosos. Durante horas, discutimos o assunto nos menores detalhes: a juventude de meus filhos, a de Claire, a incrível distância entre o mundo brasileiro em que foram criados e o de Claire. No entanto eu sustentava que, no que me dizia respeito, eu tinha sido capaz de cruzar o oceano. Chantal chamava a atenção para o fato de que as circunstâncias históricas eram completamente diferentes e além disso... o que sabíamos dessa jovem, senão que era bonita e bem-nascida? Mas isso bastava para meus filhos se indisporem, talvez até se enfrentarem? Em todo caso, não por uma jovem ainda em idade de passar dois anos no convento sem que ninguém pensasse em desposá-la. O incidente da exigência da aula de violão, como um capricho, causava-me desagrado. Por seu lado, Chantal não havia visto nisso malícia alguma...

Às três horas da madrugada, chamadas à razão pelo sino da capela, paramos, extenuadas pela discussão mantida fastidiosamente sobre minhas preocupações. Na verdade, minha maior inquietação se reduzia às primeiras manifestações amorosas de Pedro e de João. Um pouco antes de dormir, murmurei:

— Te lembras daquela noite no castelo de Neuilly, há muito tempo, quando tiveste, como hoje, a paciência e o carinho em me escutar por longas horas?

Não obtive resposta. Chantal tinha sido vencida pelo sono. Melhor assim.

O relinchar dos cavalos me despertou. Deviam ser sete e meia da manhã. Corri de camisola até a janela, empurrei os pesados postigos brancos... Na grama, meus filhos, vestidos como *milordes*, ajudavam Claire, para espanto de dois palafreneiros, a subir em sua alta montaria. Ela trajava o mesmo vestido da véspera; a única mudança no vestuário era um estranho chapeuzinho em forma de tricórnio, atrás do qual havia prendido os cabelos num coque.

Antes mesmo de João e Pedro estarem nas selas, Claire já galopava. Tomados de surpresa, montaram às pressas, batendo com a espora e o chicote a fim de alcançar o cavalo branco que tomava a direção do bosque pela diagonal.

A estada em Mortagne foi de grande alegria por encontrar a casa de minha infância, minhas preciosas lembranças de filhinha venerada por um pai adorável e sobretudo de meu encontro com João Pedro. Naturalmente, após a morte de mamãe passei a ocupar seus aposentos. Entretanto, mandara cobrir as paredes com novas sedas vermelhas, à moda da época, e remobiliar todos os apartamentos — salão, antecâmara e quarto — de acordo com o gosto do imperador dos franceses. A exposição ao sul trazia, através das altas janelas, luz e sol, dois elementos indispensáveis à minha vida desde a chegada ao Brasil.

No verão, em Santa Maria como em Mortagne, só me vestia de branco durante o dia. Certamente, na França, usava mais seda que linho e as finas lãs de algodão do Egito, mas esse verão foi tórrido: quase não choveu durante os dois meses de nossas férias à exceção, em meados de setembro, de uma forte tempestade que deixou a floresta, as vinhas e o castelo destruídos. Todo dia eu colocava no meu corpete ou jaqueta, em meu chapéu e por vezes em meus cabelos belas rosas vermelhas. Durante o dia, essas flores delicadamente perfumadas me serviam de único ornamento. Em compensação, à noite, para o jantar, eu gostava de ver meus filhos e convidados vestidos elegantemente. Usava minhas jóias e, sabendo que meu marido de onde estava escondido me via, assim principescamente enfeitada, me alegrava de ter com ele esse segredo e render-lhe uma visível homenagem. Até meados de agosto, só recebemos a visita de nossos vizinhos. A mais assídua era a da jovem Claire, que por vezes passava em nossa casa vários dias seguidos.

No dia 17 de agosto, vindo da Inglaterra, meu irmão mais velho, Charles-Louis, chegou sem avisar. Quase não o reconheci, de tanto que havia engordado e envelhecido. Instalou-se, sem mesmo julgar necessário pedir minha opinião, no apartamento de meu tio Axel e, como se fosse absolutamente natural, ocupou seu lugar à mesa. Eu desconhecia essa desenvoltura. É verdade que durante todos esses anos, desde meu frustrado noivado em Mortagne com Joachim, só o vira duas rápidas vezes. A primeira em Londres, perto de seu casamento com Lady Plymouth de quem tinha sido amante à época do exílio de Luís Felipe em Claremont; a segunda, na rua de Babylone, quando meu tio Louis tentou obter-lhe, graças ao apoio de Percigny junto ao imperador, a patente de coronel. Em vão: o soberano fez ouvidos de mercador e nada concedeu àquele que, não contente de ter se unido aos Orleans no exílio, havia deixado à família o encargo de pagar suas enormes dívidas de jogo, o que estranhamos ser do conhecimento de Napoleão III. Um dia em Compiègne, quando comentei, vacilante, sua severidade em relação a Charles-Louis, respondeu-me, lacônico:

— Não se parece em nada com a senhora! Difícil acreditar que seja seu irmão. Pior para ele...

O imperador prontamente mudou o tema da conversa para, à sua maneira amável, demonstrar que não deveria nunca mais tocar no assunto.

No jantar, desde a noite de sua chegada, bebeu demasiadamente. Sua conversa havia se tornada insípida, totalmente desprovida de humor. Só falava de cavalos e da Inglaterra e só se interessava pela jovem Claire, parecendo esquecer-se da diferença de idade e da presença dos sobrinhos.

No dia seguinte, pediu para conversarmos depois do almoço. Quando entrei na biblioteca, onde marcara o encontro, dormia esparramado numa poltrona. Roncava, a cabeça jogada para trás, os braços pendendo no vazio ao lado das poltronas, as pernas esticadas. Aproximei-me e, movida por uma curiosidade malsã, observei o feio cabelo oleoso e rarefeito, a barba malfeita e as unhas mal cuidadas. Seria a mesma pessoa que eu havia visto trajando, tão belo, tão petulante, o uniforme dos oficiais da guarda do rei, em Neuilly? Seria o mesmo homem que eu vira chorar em meu noivado, pedindo desculpas a mamãe por todo o sofrimento que lhe causara? Sonhadora, pensava que as campanhas da difícil conquista da Argélia o haviam esgotado e que o exílio na Inglaterra só lhe havia causado amargura e dificuldades.

Para terminar o mais rápido possível com o que tinha a me dizer, desejei pôr fim a essa sesta barulhenta. Então fechei com força a tampa da caixa de charutos. O efeito foi imediato.

— Devo ter dormido — disse, sobressaltado.

— Queres um charuto? — perguntei.

— Deixa-me ver. Não esses que são muito velhos e pelo que vejo são brasileiros e não Havanas.

— Se são muito velhos — retruquei irritada —, não sei; brasileiros com certeza, e compreendes o porquê!

— Não quero, obrigado.

— O que querias me dizer?

— Oh! É bem simples!... Quero recuperar Mortagne e o palacete de Miry.

— Só isso?

— Que me lembre, só!

Eu esperava qualquer coisa, mas confesso que minha imaginação estava bem aquém de suas pretensões. Então tentei dar-lhe uma segunda chance:

— Queres dizer que pretendes aproveitar e ter o usufruto das duas propriedades? Habitá-las quando lhe aprouver, receber convidados, enfim, nelas viver?

— É evidente! Mas o que quero ter, como é normal, é a plena posse das propriedades.

— Desculpe?

— Tu escutaste muito bem; não perderei tempo repetindo.

— Há, no mínimo, um mal-entendido. Perdeste no jogo a casa de Paris para alguém que na época ainda não era meu marido. Quanto a Mortagne, tio Axel decidiu que o castelo e as terras me pertenceriam. Foi esse seu desejo, seu desejo formal.

— Esse testamento não será validado nos tribunais. Quanto a Paris, também precisarás provar que a casa pertence a teu marido... Por falar nisso, como vai meu querido cunhado? Há mais de 15 anos é tido como morto — zombou.

— Continua rindo, mas meu marido, graças aos céus, está muito bem. Espero que tenha em breve a oportunidade de te demonstrar... — Nesse momento, levantou os olhos inquietos em minha direção. — Quanto ao palacete e ao castelo, terás de entrar na justiça. Tu és um ingrato. Quem pagou tuas dívidas? Quem te enviou uma pensão que te permitisse pagar teus charutos, teu vinho, teus prazeres?

— Tu o fizeste, o que é absolutamente normal, já que me roubaste o que me pertencia...

Eu o interrompi:

— Devo estar sonhando! Queres parar de dizer essas monstruosidades, essas mentiras inaceitáveis?

— Tu sabes que digo a verdade; basta ver tua reação.

Eu andava de um lado para o outro no aposento, irritada.

— Sai desta sala; sai hoje mesmo desta casa.

— Ha! Ha! Ha! Achas mesmo — ria, esparramado na poltrona — que uma mulher, minha irmã, vai me dar ordens? Ordenar-me que saia da minha casa, das minhas terras?

— Sai daqui!

— Ha! Ha! Ha! Tu sairás daqui antes de mim.

— Não, não deixarei que acabe com tudo que nosso tio, nossos ancestrais construíram ao longo de séculos.

— Chega de conselhos, está bem? Deixa-me em paz! Desaparece! Farei o que bem entender de Mortagne. Não te inquietes.

— Pois bem, Charles-Louis, se queres a guerra, a terás... Veremos quem de nós sairá vencedor: tu, o oficial fatigado pelos duelos com as dançarinas da Ópera e as batalhas acirradas contra os regimentos de garrafas de Bordeaux e de Armagnac ou eu, pobre mulher, irmã idiota que lutei desde os meus 17 anos para manter e aumentar as nossas propriedades e as de meu marido.

Ele se levantou, com mais facilidade do que seu físico faria supor. Eu já tinha me dirigido para a porta, em direção ao *hall*.

— Teu marido, teu marido estrangeiro, aquele escroque, ladrão!

Da entrada da peça, vociferei:

— Meu marido... devem ter esquecido de te contar, é teu primo-irmão! E para que reflitas melhor, é filho de nosso tio Axel de Curcourt.

— Tu deliras, tu dizes qualquer coisa. Aquele ordinário, estrangeiro...

Já tomara o caminho do quarto, puxando o cordão para que chamassem Chantal, Keita, Joaquina, Fallois... enfim, todos que me eram fiéis. Quando estavam reunidos, sem nada entender, em meu salão, pedi que verificassem a porta e os arredores e contei, um pouco ofegante, a tenebrosa conversação que acabara de ter.

Chantal se propôs a conversar com ele, mas concluímos que de nada adiantaria.

— Keita! Sinto muito, mas é preciso vigiar todos os passos e ações de meu irmão, evitar qualquer contato dele com meus filhos, interceptar sua correspondência.

— Joaquina! Deves espionar para ver se não está armado e examinar-lhe a bagagem.

Dispensei os dois, depois de ter dado as instruções, e fiquei sozinha com Chantal.

— Chantal, sabes o que vou fazer?

— Te acalmar.

— Exatamente! Como antigamente, vou a cavalo até a fazenda Poupard.

— Melhor farias em ficar aqui comigo, não te mexeres. Tu me causas inveja com essa idéia de galope... Por que não continuar a me ajudar a tocar minhas sonatas ao piano?

Com um tom de voz vivo, respondi:

— Tu podes exercitar-te sozinha! Não precisas de mim para isso.

Chantal me olhou com tristeza, lágrimas lhe subiram aos olhos.

— Perdoa-me por minha irritação, mas estou revoltada, indignada, compreendes? — disse, talvez para me justificar.

— Tu esqueces o que fiz por ti desde nossos anos de adolescente, Madé. Acho-te injusta, malvada, egoísta.

Tomada por um sentimento de remorso, precipitei-me em sua direção e a tomei em meus braços.

— Ah! Tu me magoas! Em teu afã, tua guerra, tu esqueces que ainda sou frágil! Que minha alma também ainda está dolorida por minhas penas e meus lutos. Vai, vai galopar pelos bosques, vai te fatigar à procura do fantasma de João Pedro. Quem sabe ele não vagueia, como já dizem na cozinha e nos estábulos, pelos campos onde vais procurar o apaziguamento?

Eu a beijei, dessa vez com ternura e delicadeza; depois, distanciando-me de minha contrição e de minha afeição, fui vestir as largas pantalonas bufantes da Turquia, que parecem estranhos vestidos quando se está sentada ou quando se anda a passos curtos, mas se revelam pantalonas quando nos sentamos no cavalo como os homens. No pátio, voltando de uma de suas expedições, meus filhos estupefatos e Claire admirada me viram montar e fugir a galope sem mesmo lhes dirigir a palavra.

Galopei até exaurir minha montaria e, sem que me desse conta do tempo despendido, finalmente cheguei à fazenda Poupard. Por um instante achei que tinha seguido a estrada errada: a fazenda tinha sido transformada, aumentada. O corpo da habitação nada mais tinha a ver com o antigo. Ele havia duplicado, triplicado de tamanho, até parecer um pequeno solar. Como tal coisa era possível? É verdade que essa fazenda não nos pertencia, sendo um enclave de monsieur Pomet, antigo prefeito da Côte d'Or, em nossas terras e ele jamais concordou em cedê-la. Ela tinha sido vendida como "bem público" durante a Revolução, depois de ter sido tomada das irmãs clarissas. A partir de então, ninguém mais se lembrava da origem eclesiástica desse desmembramento. Qual de meus ancestrais o havia dado às freiras? Teria sido para recebeer suas graças, delas obter indulgências e orações?

Aproximei-me. Vi então, para minha surpresa, homens negros que pintavam os postigos. Ao contornar a casa, vi, na horta, como que para confirmar meu aturdimento, mulheres que cantavam árias do Brasil revolvendo a terra. Com naturalidade prendi as rédeas do cavalo numa macieira, saudei-os em português e, dirigindo-me à porta de entrada, fui novamente surpreendida ao vê-la se abrir.

— Senhora condessa, seja bem-vinda! — disse-me um pequeno homem vestido com minha libré.

Confusa, respondi amavelmente a seus cumprimentos. Ele instalou-me num bonito salão, espécie de síntese de uma decoração francesa com o rigor das mobílias de nossas casas-grandes brasileiras.

Sem nada comentar, fechou todas as pesadas cortinas de forma a impedir que a luz do dia entrasse. Compreendi que fechavam os postigos do lado de fora, e ao ouvi-lo esbravejar com aqueles que os pintavam, soube que a pintura estalando de fresca ainda não estava seca. Depois de alguns minutos de espera silenciosa, senti seu perfume. Arrisquei uma pergunta:

— João Pedro, estás aí?

— Estou, Marie; pertinho de ti.

— Ah! Que felicidade saber que estás aqui.

— O que aconteceu, meu amor? Pareces inquieta, tensa.

— Ah! Estou sim — disse, soluçando. — Meu irmão chegou ao castelo com a louca intenção de nos tirar Mortagne e o palacete de Miry.

— Ladrão!

— Disse, tomada pela cólera, que tu e eu somos primos e que tu és filho de nosso tio Axel, mas ele respondeu como um celerado. Perdeu tudo que lhe restava de alma e de coração.

— Não chore, meu anjo, vais estragar teu belo rosto. — Senti seus braços em torno de meus ombros e o lenço que colocava em minha mão.

— Ele disse que estás morto, como que para reforçar a minha vulnerabilidade.

— É um covarde, um canalha! Vamos lhe dar uma lição, podes acreditar. Esqueçamos dele um instante e fale-me de nossos filhos. Essas cavalgadas com a jovem não me agradam em nada.

— Ah! Estou feliz em saber que pensas como eu. Ela transtornou o coração deles que nascia para o amor — o que é natural —, mas nunca até então tinha visto meus filhos com ciúmes um do outro, nunca houve competição entre eles.

— O que me inquieta — completou João Pedro — é a juventude dos três. Eles vão se magoar inutilmente. Peço que me permitas que os vigie e, se preciso, intervenha.

— Oh! claro que sim, meu querido amor, é preciso. Só tu, bem melhor que eu, podes fazer com que a razão volte a esses dois filhos a caminho da discórdia. Não queria jantar no castelo esta noite. Posso me convidar a jantar em teu pequeno domínio?

— Ele é nosso; como desejei isso e, por sorte, vieste.

— Queria voltar à fazenda Poupard, rever o lugar de nosso primeiro encontro; na esperança de reencontrar, é verdade, a força de antigamente e aqui cheguei sem pensar em outra coisa a não ser nas lembranças de então...

Ele saiu, fez com que me levassem "a meu quarto", pois ele existe, gracioso, elegante, cheio de cópias de retratos dos que me são queridos. Encontrei na secretária tinta e papel e escrevi a Chantal que passaria a noite com meu marido; que ela assumisse em minha ausência o papel de dona da casa, papel que ela mesma havia me ensinado no passado. Ao olhar pela janela vi Keita discutindo com os serviçais de João Pedro. Ele parecia inquieto. Pedi que o chamassem.

— Tu me seguiste?

— Gostaria de tê-lo feito, mas madame saiu rápido demais e alguns minutos após sua partida o general de Dollberg chegou procurando seu irmão. Madame Chantal, graças a Deus, pôde encontrar-se com ele antes que o anunciassem a monsieur de Miry.

— Ah! Que sorte!

— Depois estive à sua procura; segui as pegadas do seu cavalo, como fazia muito no Brasil.

Fiz cara de aborrecimento.

— Entrega esta carta a Chantal, mas espera enquanto escrevo para monsieur de Dollberg. Toma conta de meus filhos e de meu irmão, compreendes? Estão todos doentes! Meus filhos, por descobrirem antes da hora a paixão! E meu irmão porque o espírito de lucro e uma natureza preguiçosa lhe serão fatais. Manda Fallois até aqui com Joaquina; que ele não tente entrar na fazenda. Diz-lhe que previna cada couteiro, cada fazendeiro, que devem respeitar todos os habitantes da fazenda Poupard, caso contrário correm o risco de ser dispensados. Que não mais considerem o "cavaleiro negro" como um fantasma maligno dos pântanos, mas sim como o senhor dos meus amigos, a quem se deve respeito.

Só voltei a Mortagne no dia seguinte, não antes do almoço, flanqueada por Joaquina. Quando entrei no salão meus filhos se levantaram e se precipitaram em minha direção. Excepcionalmente não haviam partido desde o alvorecer à procura de "não-sei-que-quimera", mas esperaram, com o preceptor, sem ter concentração para estudar, meu retorno que tardava. Chantal conversava amigavelmente com Joachim; meu irmão, por sorte, ainda não se levantara. Nesse dia, quando passávamos à mesa, o marquês de Feuillant e sua esposa, prima-irmã de Chantal, foram anunciados. Bastou adicionar dois lugares à mesa e dois pratos! O almoço, até a entrada intempestiva de Charles-Louis, transcorria muito agradavelmente. Os Feuillants explicaram ter enviado um telegrama que ficara sem resposta. Ele não havia chegado. Joachim estava manifestamente feliz por reencontrar Chantal, conhecer um pouco mais meus filhos e sobretudo por poder me rever no lugar das promessas passadas feitas e retiradas mas, quem sabe se o espírito e a fé ajudassem, não se transformaria no lugar de outras promessas, dessa vez mantidas?

— A senhora não me esperou — disse meu irmão, num tom de voz desagradável. Procurou seu lugar e deu sinais de irritação ao vê-lo ocupado por Dollberg.

Até o final da refeição, todos preferiram se calar para evitar recriminações e grosserias. Ao se levantar, provocou uma discussão com seu velho amigo Dollberg por ter aceitado presidir a mesa. O general não reagiu; então, diante de todos, voltou-se para mim aos gritos avisando-me que partiria sem demora para encontrar seus advogados em Dijon. Ficamos todos aliviados, mas recebemos uma ducha de água fria quando ele anunciou seu retorno no sábado. Só teríamos três dias de paz. Durante a tarde, fiz que levassem um bilhete à fazenda Poupard. O que se passou depois do jantar me foi contado por João Pedro às três horas da manhã, ao me visitar no meu quarto do castelo.

À tarde, cada um se dedicou a suas atividades. Meus filhos tomaram o caminho de Breuce; Chantal, Joachim e eu fomos até a abadia de Fontenay e os Feuillants tiveram de suportar um passeio pelo bosque, na companhia de meu irmão, mais desenvolto e grosseiro do que nunca.

Tive a idéia de diminuir as obrigações protocolares e mandar arrumar uma mesa redonda no terraço, aquele que dá para o lago. A idéia, excelente em si, transformou-se logo em fiasco, tanto fomos vítimas dos mosquitos. Foi preciso nos mudarmos, segundo minha sugestão, para a varanda do jardim-de-inverno. Muito rápido, com a cumplicidade dos meus, mandei que arrumassem outra mesa redonda que nos fez esquecer o frescor úmido do lago e os ataques incessantes dos mosquitos. Meu irmão, já tendo abusado do conhaque antes do jantar, não representou um grande obstáculo.

Depois do jantar, *whist** e piano! E todos nos recolhemos bem antes da meia-noite.

Tirava meu corpete quando ouvi, no silêncio da noite de verão apenas povoada pelo coaxar das rãs e por vezes pelos pios de uma coruja, um grito terrível. Ele vinha do quarto de meu tio Axel, do qual meu irmão se apropriara. Decidi não me preocupar. Dispensei meus filhos e a marquesa, que ti-

*Jogo de cartas muito comum nos séculos XVIII e XIX. (*N. da T.*)

nham vindo às pressas, inquietos, me perguntar o que poderia ter provocado aquele grito que, pelas janelas abertas, se ouvira no parque e nos quartos voltados para o sul.

Eu dormia profundamente quando João Pedro entrou em meu quarto. Ele se esgueirou nu por entre meus lençóis de linho que, no calor do verão, era a única proteção que me separava do resto do mundo. Demorou pouco para me trazer de volta à consciência; sua ciência era infalível: ele beijava meus seios através da camisa, passava as mãos pelo meu ventre, por minhas coxas, com tal leveza que despertava meus sentidos dominados por sua doçura. Uma vez meu corpo totalmente desperto, como se acendem um por um os candeeiros nas ruas das cidades, eu não resistia por muito tempo. Pelo contrário, eu ultrapassava as etapas. Por vezes me inquietava achando que alguns habitantes indiscretos do castelo pudessem ver, através das janelas abertas, nossas brincadeiras na cama. Finalmente, extenuada, feliz, a cabeça bem aconchegada em seu ombro, ele me contou em português a desventura de Charles-Louis.

Prostrado pelo álcool, apoiado na escada por um lacaio que teria preferido abandoná-lo ali mesmo de tão pesado que era, foi levado até o quarto. Ao chegar, mal conseguindo fazer-se entender, dispensou o pobre empregado, sob o pretexto de que poderia se despir sem ajuda. Na verdade, todos já sabiam que monsieur de Miry não se despia, mas caía na cama vestido, ainda de sapatos, para acordar no meio da noite, tomado por um violento desejo de ir à toalete ou de encontrar, não longe da cama, um penico. Essa noite, de tão bêbado, ele teria desabado no leito, se não tivesse presenciado, à luz das lamparinas instaladas no quarto, o mais incrível e horrível espetáculo de sua vida. Diante da porta, sentado numa poltrona de encosto alto, as pernas cruzadas, um homem vestido de preto o observava entrar. Talvez receoso de não ser visto e reconhecido, o homem disse:

— Boa noite, Charles-Louis, como vai meu primo e cunhado?

Foi nesse momento que monsieur de Miry soltou o grito que inquietou o castelo.

— Quem és tu? A morte?

— Ha! Ha! Ha! Não, não. Já te disse quem sou. Sou aquele que deveria dormir na suíte de meu pai, na cama da qual te apossaste sem nenhum pudor. Repito que sou teu primo e cunhado João Pedro... Mas não vou mais repetir.

— Mas João Pedro está morto!

— Quem te fez acreditar em tal coisa, Charles-Louis? O medo que tua dívida não tenha sido completamente paga? Tranqüiliza-te. Tua mãe e teu tio morreram pagando os erros causados por tua inconseqüência.

— Sai daqui, espírito do mal, monstro!

Os gestos desordenados de Charles-Louis podiam fazer crer que ele tentava sair de um terrível pesadelo.

— Ha! Ha! Ha! Tu pensas estar sonhando; tu crês que só pode se tratar de um pesadelo!

Bati palmas e dois homens carregando uma bacia d'água saíram do gabinete onde teu tio, meu pai, morrera.

— Peguem-no e refresquem-lhe a memória. Que ele pare de pensar que está sonhando. — Levantei-me seguindo meus homens e eu mesmo mergulhei sua cabeça na água. Ele tossia, mal conseguia respirar, balbuciava.

— Parem — ordenei. — Joguem-no na cama. — Meus capangas pegaram-no pelos ombros e o atiraram na cama.

— E então, agora estás acordado?

— Quem és tu?

— Já te disse três vezes, pelo menos. Estou em minha casa e tu ocupas o quarto de meu pai. Crês que vais reivindicar eternamente o que não te pertence? Marie Adélaïde, minha esposa, tua irmã, herdou um bem que me pertence, mas isso não faz diferença, pois somos marido e mulher e nos amamos. Acreditas que deixaria meus bens para um alcoólatra, um jogador, um mau soldado, um mau filho, um mau irmão, um mau tio?

— Desaparece, demônio!

Levantei-me, o punhal na mão.

— Este punhal não foi feito para te matar; não se luta com um homem bêbado, mas para te marcar com o selo da infâmia, o da cruz. Aqueles que insultam os filhos de Deus mais infelizes, mais maltratados pela sorte, devem receber na carne uma marca. Ela os faz sangrar, mas depois a ferida fecha deixando visível só a cicatriz do opróbrio. Ha! Ha! Ha! Onde vou deixar essa cruz? Em tua bochecha, em tua mão, em tua testa?

— O que queres de mim, estrangeiro?

— Quem aqui é o estrangeiro? Tu ou eu? Vais precisar partir, como planejavas, amanhã mesmo; a única diferença, que não fazia parte de tuas previsões, é que não vais precisar voltar... nunca mais.

Com um gesto vivo, peguei-lhe a mão e não na palma, mas ao contrário, no dorso, gravei tal qual um ourives uma cruz com dois braços iguais. Ele voltou a gritar, mas dessa vez as janelas estavam fechadas e as cortinas, puxadas.

— Segurem-no — ordenei a meus homens.

— Olha! Sabes o que tenho nessa garrafa? Álcool! Não, não vais bebê-lo, vou apenas derramá-lo em tua ferida para evitar uma infecção e, em seguida, enfaixaremos tua mão e à chegada da aurora os anjos que vês ao redor de nós dois te levarão para Dijon. Terás no bolso o suficiente para viveres tranqüilamente por um ano e uma renda te será enviada onde desejares pelo resto de teus pobres dias. Volta para a Inglaterra. Lá ainda tens amigas.

Ele trincou os dentes quando o álcool foi derramado sobre a ferida e por fim demonstrou uma verdadeira coragem. Eu me desesperava por termos o mesmo sangue Curcourt.

— Se voltares aqui — concluí de forma terrível —, matar-te-ei com minhas próprias mãos de condenado. Estás vendo? Olha como são belas, estas mãos queimadas. Olha, são as mesmas de que não gostavas em Neuilly, quando eu acompanhava tua irmã ao piano. Tu te lembras?

Depois mandei que colocassem um bilhete sob a porta do seu amigo Dollberg, solicitando que convencesse seu velho companheiro de armas a partir para bem longe e para sempre.

Capítulo IX

O fim do verão

Charles-Louis deixou ao alvorecer, sob forte escolta, o castelo de Mortagne. Foi acompanhado até Montbard pelo general de Dollberg, alertado na véspera à noite por leves batidas na porta, mas fortes o suficiente para atraí-lo até a entrada do quarto e encontrar no parquê uma carta que fora colocada por baixo da porta. Ele lera aquele bilhete curto, assinado por João Pedro, convidando-o amavelmente a fazer seu amigo Charles-Louis entender que deveria renunciar a suas pretensões e assegurar-lhe que, dentro dos limites do razoável, sua própria família (irmã e cunhado) lhe enviaria, pelo resto de seus dias, uma renda que lhe permitisse viver como um fidalgo.

Essa carta de João Pedro tornou-o pensativo, triste e desapontado. Era a prova de que, apesar de suas mais loucas esperanças, eu não mentira, não utilizara um subterfúgio, um fantasma para afastá-lo e despachá-lo novamente.

O trajeto até a pequena cidade de Montbard na manhã seguinte foi moroso. Nenhum dos dois tinha vontade de falar, cada um prisioneiro de suas lembranças, de seus arrependimentos e temores. Estavam um ao lado do outro naquela caleça, estranhos e quase hostis, enquanto mil laços, mil histórias poderiam nessa manhã de final de agosto reaproximá-los. Não encontraram nada a se dizer. Somente no momento da despedida o general conseguiu reunir forças para desejar boa sorte e boa viagem a seu antigo amigo de armas. Ao voltar, a memória inundou-lhe a cabeça de imagens, de anedotas e de lembranças. Ele se culpava por ter sido tão distante, tão indiferente em relação àquele que outrora fora seu melhor amigo. Pelo menos foi o que nos relatou a respeito daquela manhã. Ele não lhe havia feito perguntas sobre a esquisita bandagem em sua mão direita. No entanto, se perguntara o porquê do grito a noite passada e do feio curativo, mas a preguiça que às vezes atinge os mais corajosos, o medo de imiscuir-se em histórias intermináveis e sórdidas fizeram com que se calasse sobre o que supunha ser um ferimento. Ferido, sem dúvida, Charles-Louis estava, mas quantas vezes havia ferido outras pessoas sem se emocionar? Um dia ficara triste ao ouvir que zombavam daquele oficial medíocre, excelente caçador, seu amigo, de quem uma língua afiada tinha dito:

— Miry? Excelente fuzil, especialmente no intervalo entre as guerras.

Hélas, essa tirada terrível resumia a existência de um homem de armas, oriundo de uma antiga e nobre família, que só se ilustrara nos salões, nas salas de jogo, na cama das damas. Sua estada na Inglaterra era conseqüência não de uma fidelidade incondicional aos Orleans, mas de um cálculo errôneo. O idiota acreditara no rápido retorno do duque de Nemours e do conde de Paris à França. Quando a regência voltasse a ser proclamada, ele esperava desempenhar um papel importante, ao lado do duque. Na verdade, do outro lado da Mancha, passou a beber e a romper laços, o que ao invés de reaproximá-lo das Tulherias o afastava ainda mais, enquanto "Bandinguet"*, Napoleão o Pequeno, se aproximava irresistivelmente dali.

Ao escutar o relato de Joachim pensava, ao mesmo tempo triste e revoltada, no quanto meu irmão tinha sido mimado por mamãe. Não tinha ela morrido assumindo, devastada, as conseqüências de suas fraquezas? Elas haviam corrompido, sem saber, sem querer, uma alma frágil, sensível a todas as tentações. Antes de partir para a Argélia ele estava sinceramente arrependido, mas não havia resistido à sua natureza. Não fiquei surpresa quando, cinco anos mais tarde, soube de sua morte numa rixa em uma taverna do porto de Londres. Envidei todos os esforços para que seu corpo, enterrado às pressas em Chelsea, fosse trazido para Mortagne e repousasse ao lado do corpo de mamãe. Era um

*Bandinguet: Os opositores do imperador sempre o chamaram de Bandinguet, nome que ele usou quando fugiu do Forte de Ham, disfarçado de pintor.

dos nossos e seria muito fácil, e acima de tudo vergonhoso, não trazê-lo de volta à terra que nunca cessara de ser sua.

O verão, esplêndido, radioso, após esse incidente difícil, retomou seu curso mais calmo. Chantal recuperara o uso das mãos de forma a nos proporcionar excelentes momentos de música. A cada dia, nos contava um pouco mais sobre o calvário que fora seu casamento com monsieur de Kerlabec. Eu já sabia, por suas cartas, o essencial de seu drama. O que ignorava, assim como Dollberg, eram as circunstâncias em que ficara viúva.

Num daqueles deliciosos fins de tarde do início de setembro, não longe do lago, sob os plátanos frondosos, sentados em volta de uma mesa de jardim de ferro fundido pintado de branco, Joachim de Dollberg lia distraidamente um livro sobre tática militar de autoria do barão de Clausewitz; Chantal olhava com atenção a coleção do mês de agosto do *Moniteur*, que acabara de chegar. Quanto a mim, fazia trabalhos de agulha, forçando-me a um exercício de bordado para oferecer à quermesse do vilarejo, prevista para a semana seguinte, um daqueles panos de mesa bordados de castelã que são invariavelmente o primeiro prêmio da tômbola paroquial. Saboreávamos esse momento de amizade; eu, por meu lado, pensando em segredo que no dia seguinte receberia, para comemorar o aniversário de Joachim, todos os amigos que se encontravam a menos de cem quilômetros. Seria uma surpresa, e se Joachim já tivesse descoberto, escondia bem o jogo.

— Tenho sede — disse, de repente, Chantal. Deixou cair o jornal e pegou o sino em cima da mesa. — Sabe o que me lembra este sino?

— Não. Talvez o convento? — disse, sem grande convicção.

— Não, claro que não! — exclamou Chantal.

— Neuilly, quando nos chamavam à hora das refeições?

— Como você está longe da resposta certa! Estou com pena de você. Vou evitar que perca tempo pois duvido que adivinhe.

— Madame me chamou? — Duas silhuetas acabavam de chegar correndo.

— Sim, chamei. Retirem a bandeja de chá e tragam sucos de frutas. Digam a monsieur Fallois que quero vê-lo antes do jantar.

— Pois não, madame.

As duas charmosas empregadas fizeram uma graciosa reverência, pegaram a bandeja e, correndo quase a ponto de torcer os tornozelos, foram buscar os refrescos na cozinha.

— Então, Chantal, já que não vamos mesmo conseguir adivinhar...

— Tenho receio de contar meu segredo.

— Ah, é? E por quê? Não somos teus amigos, tua irmã e teu irmão de coração?

— Claro que são, mas nunca contei isso a ninguém.

— Ainda bem! — exclamou Joachim, rindo. — Assim esperamos!

— Não leve as coisas na brincadeira, Joachim! Se tenho escrúpulos em contar-lhes meu segredo, é porque ao contá-lo, passarão a ser meus... — Procurou a palavra adequada e prosseguiu: — Sim... é isso... meus cúmplices.

Deixei cair meu bordado nos joelhos.

— Escuta, Chantal, nada te obriga a nos contar as lembranças que a sineta te desperta, mas se quiseres... bem, faça-o. Nunca tive segredos para contigo. Joachim, como bem sabes, é o ser mais afetuoso e amigo do mundo, então...

— Tenho sede... Minha boca está seca.

— Se preferes esperar que cheguem os sucos de morango e de mirtilo e deixar para nos contar um pouco mais tarde!

Voltei a pegar meu trabalho manual, mas minha concentração tinha se dispersado. Observava minha terna amiga, com o canto do olho. Ela se levantara com o auxílio de uma bonita bengala de madeira esculpida e dava alguns passos em redor das árvores. Parava, olhando os galhos e a folhagem, e depois recomeçava seu curto passeio. Joachim, elegante em seu belo terno de linho branco, o lornhão preso no botão da camisa, tinha fechado o livro e olhava com atenção os passos e gestos de nossa amiga de tantos anos. Havíamos voltado nossos rostos na direção do castelo, quando um tinido de copos de cristal que se chocam levemente começou a se fazer ouvir. André, o mordomo de ar severo, seguido pelas mesmas duas jovens, com laços brancos e toucas de renda, aproximava-se das árvores sob a sombra das quais estávamos alegremente instalados.

— Madame de Kerlabec prefere um pouco de suco de damasco ou de framboesa? — perguntou o empregado.

— Não tem suco de mirtilo, André?

— Infelizmente, madame, as crianças tomaram-no todo de manhã.

— Bem, então um copo grande de framboesa. Espera, André, coloca um pouco de água no suco — disse Chantal.

— Madame condessa? O que a senhora deseja?

— O mesmo que Chantal... que madame de Kerlabec.

— General?

— Misture um pouco de damasco com framboesa.

— Hum... — André empalideceu.

— André, hum o quê? — perguntei. — Sirva o general.

— É que... Posso falar-lhe em particular, madame?

— Não, isso é detestável, André; não tenho segredos com meus amigos.

— Bem... segundo Marthe — que Deus a tenha! —, essa mistura dá azar...

— Como assim?

— Não sei de nada, mas ela sempre me proibiu de misturar as duas frutas.

— Que história é essa? Que futilidade! Como se isso fosse normal! Sirva o general e não se fala mais nisso.

— Como a senhora quiser, madame, mas saiba que foi o que servimos ao conde de Curcourt antes de ele morrer.

Quase desfaleci.

— Marie Adélaïde, ficarei feliz em tomar um suco de damasco puro — disse meu ex-noivo, o general marquês de Dollberg, levantando-se e precipitando-se em minha direção. Pegou-me as mãos e ordenou, atormentado:

— André, molha um guardanapo!

Colocou-o delicadamente em minha testa; depois, tirando meu pulso e examinando meus olhos, um pouco confuso afirmou:

— Já vai passar, graças a Deus.

— Perdoa-me por assustá-lo — disse, segurando-lhe a mão. — Mais uma vez obrigada, Joachim.

— Não precisa me agradecer por tão pouco.

— Senti medo, foi tudo.

— Essa história supersticiosa impediu-me de matar a sede — disse, bem desembaraçada, Chantal. — André, deixa os sucos na mesa e nós mesmos nos serviremos. Devo confessar que o que tenho a contar é imensamente mais opressivo e doloroso do que essa infeliz lembrança de nossa juventude. Mas há muito desejo me livrar desse fardo ou pelo menos, quem sabe, dividi-lo com alguém. Depois da morte de Sophie, sinto-me duplamente culpada... Às vezes, à noite, penso ter acordado e escuto a voz de Kerlabec rindo seu riso estridente e vulgar. Ele tenta falar comigo e só consegue me dizer estas palavras infames: "Tu não passas de uma Lady Macbeth em miniatura!" Acordo em sobressalto, aliviada ao perceber que não passa de um pesadelo. Após a morte de Sophie, os remédios de Keita e as poções de Joaquina têm aliviado minhas noites, mas as manhãs são terríveis, insuportáveis. Quando desperto, estou mais cansada do que ao deitar. Carrego, ao fazer minhas preces matinais, todo o peso de meus pecados, de meus... crimes.

— O que dizes? — exclamei, segurando-lhe as mãos.

Ela as retirou vivamente e virou-se.

— A sineta...

Hesitei...

— O que tem a sineta?

— Eu falava disso com naturalidade, mas cada batida que faz soar o bronze de um sino, não o de Notre-Dame, não o de Roma, mas um do tamanho desse aqui...

Apontou a sineta que estava no meio da mesa:

— Bem mais grossa que essas sinetas de mesa, um pouco menores que os sinos que chamam os estudantes e as religiosas à reza; ela lembra aquela que Morny agita do alto da tribuna da Assembléia Legislativa, no palácio Bourbon.

Uma ligeira lufada de vento fez balançar as folhas das árvores e voar os guardanapos da mesa. Chantal olhou os galhos subitamente agitados e em movimento.

— Olhem esses grossos ramos: parecem braços, braços fortes e monstruosos... Madée, sei que nunca gostaste do meu marido. Na verdade, hoje sei que... eu também não.

Ela voltara a se sentar, as mãos brincando com o cabo esculpido da bengala.

— É verdade, juro que pensei poder amá-lo. Tu te lembras, Madée, o quanto eu era sincera? — Seus lábios começaram a tremer. — Ele era gordo, feio, mas para minha família, minha nobre família pobre... ele era nobre e rico, o que não era nosso caso. Comecei a sentir nojo: de mim mesma, dele.

Calou-se por um instante.

— Após os meses terríveis de 1848, depois de ter chorado tua partida para o Brasil com todas as lágrimas de meu corpo, encontrei-me marquesa, exilada na Bretanha num castelo sem graça, à mercê de uma sogra odiosa e de um cunhado demente. Rezava horas a fio, desejando voltar a Paris, rever minha família o quanto antes, mas Gaëtan dizia estar convencido de que a guerra civil poderia recomeçar a qualquer instante e, portanto, era preferível que sua mulher continuasse em seu feudo, ao abrigo ilusório dos fossos nauseabundos, mal cuidados e cheios de ratos e mosquitos. O castelo é lúgubre, e se meu cunhado não vivesse como um morto-vivo, eu o teria vendido depois da morte de minha sogra, apenas dois meses após a morte de meu marido. Madée, nunca te contei as circunstâncias exatas da morte, não é mesmo?

— Não, nunca.

— Em dezembro de 1852, Kerlabec, ainda deputado, na proclamação do Império, fugiu para a Bélgica. Depois, tendo levado covardemente ao conhecimento de todos sua adesão a Napoleão III, voltou para Plouguerneau, com a promessa de lá permanecer obediente, sem participar de qualquer espécie de oposição. Para minha infelicidade, percebi desde os primeiros dias de seu retorno que jamais o amaria. Chorava até adoecer por ter tão facilmente aceitado casar com quem meu honesto pai julgava ser um futuro genro perfeito. Ele era católico, nobre, legitimista — ou assim pensavam na época —, e a diferença de idade (ele tinha 52 anos e eu 19 quando casamos em Vannes) não chocou nem meu pai, nem minha mãe; só meu irmão mais velho, herdeiro de nosso pobre título e tido como a "ovelha negra" da família, me havia alertado. Madée, eu deveria ter te escutado, escutado meu irmão Gérard, mas justo eu, a Chantal inteligente, a Chantal tão sensível às idéias modernas, aceitei, sem contestação, um casamento arranjado, forçado, porque ao contrário de ti, não questionaria, na época, a escolha de meu pai. O resultado foi que naquele castelo sinistro, entre uma sogra avara e mesquinha, um cunhado louco e lúbrico e um marido colérico e mau, passei os mais horríveis anos de minha existência. Kerlabec viajava com freqüência para visitar os vizinhos ou recolher ele mesmo o aluguel de suas fazendas. Por vezes ia a Rennes, onde tínhamos um palacete que poderia ser uma casa agradável, se fosse mais bem arrumada e mobiliada, mas nunca se propunha a levar-me a parte alguma. Os primeiros cinco minutos após sua partida eram, para mim, um alívio, mas rapidamente o desespero voltava a tomar conta de mim, diante da perspectiva penosa de estar a sós com minha sogra. Em cada peça de seu apartamento, no lugar de um cordão, havia uma sineta parecida com essa que está na mesa. Ela a usava, agitando-a com raiva, não apenas para chamar os empregados, tratados com severidade, mas sua nora, eu, Chantal. Quando a sineta tocava uma vez, era dirigida a seus empregados, mas quando, sinistra, tocava uma vez, parava e tocava uma segunda vez, então eu sabia que tinha de deixar meu triste quarto situado ao norte, úmido e frio, mal aquecido, para atravessar os corredores empestados pelo cheiro de bolor e de salitre, cobertos com papéis pintados e pinturas se desfazendo em tiras sem que ninguém parecesse se preocupar. Eu tinha de atravessar um pedaço de pátio mal pavimentado, para chegar à ala da marquesa. Certamente os apartamentos de minha sogra eram mais bem aquecidos, mas apesar de mais agradáveis, fazer-lhe companhia exigia um sacerdócio.

— A senhora lê tão alto que me doem as orelhas... Agora a senhora faz de propósito: eu não escuto nada. Detesto que façam barulho ao comer. Quantas vezes preciso repetir? As suas roupas não são roupas de uma boa católica... Ainda não engravidou... mas isso não me surpreende, pois não parece capaz de nada de bom. Não passa de uma pequena insolente, misto de idiota e estúpida. Sua mania de pedir na cozinha que façam assar os frangos é a prova de que a Corte a habituou mal, minha filha. Aqui devemos evitar as extravagâncias.

E quando eu esboçava um comentário, uma defesa...

— Não responda, minha filha, sua atitude é detestável. É melhor obedecer ou então lhe quebro o pescoço.

Então acontecia de eu ansiar pelo retorno de Gaëtan, mas sempre me arrependia disso.

— Por que se comporta tão mal com minha mãe? Quando vai aprender a não lhe faltar com o respeito? Por vezes creio ter feito uma má escolha para esposa. Deveria falar com o bispo.

Uma, duas vezes depois de meu casamento estéril, acusando-me de não poder lhe dar filhos, voltou a me falar do bispo. Pela primeira vez revoltei-me:

— Pois vá se queixar ao senhor bispo. Peça a ele não somente da sua parte, mas da minha, a anulação de nosso tão maravilhoso casamento. O senhor acha que estou feliz nesta casa, servindo de bode expiatório para sua mãe e seu...

— Cala-te.

Foi então que ouvi tocar a sineta uma, duas vezes.

— Diga de uma vez por todas a sua mãe que não irei, como se eu fosse a mais humilde de suas domésticas, até seu quarto ao ouvir essas duas badaladas.

— Irresponsável, desmiolada.

Foi a primeira vez que ele me bateu com suas pesadas e feias mãos. Os golpes atingiram minhas costas, minha cabeça.

— A partir de agora obedeça; não espere que duas outras pancadas de sineta façam com que cumpra seu dever, pois as minhas poderiam fazer com que retome a razão.

Descabelada, o nariz sangrando, escondendo as lágrimas de raiva e de vergonha, fui até minha sogra. No salão que precedia seu quarto encontrava-se meu cunhado. Quando ele me viu entrar sangrando, quis ver minhas feridas, como teria feito um animal, mas seus olhos nada tinham de um animal bondoso, e sim de uma besta enraivecida. Eu o empurrei tão violentamente que ele caiu. Ele teria levantado a mão para mim se sua mãe, vestida como sempre com seu mesmo horroroso vestido preto, não tivesse entrado no aposento.

— O que está acontecendo aqui?

Depois, após um silêncio, ao perceber o estado de minhas roupas e o sangue em meu rosto, reagiu:

— É assim que uma nora deve se apresentar diante da sogra? Olhe para mim, veja só o estado de teu cabelo, de teu rosto.

Eu espumava de raiva.

— Seu filho deve me amar assim, pois foi neste estado que me deixou.

— Ah! Vejam só que impertinente. Eu bem disse a ele que não devia esposar uma jovem habituada à Corte. São todas pequenas idiotas que conheceram o luxo e não podem se adaptar ao casamento com honestos fidalgos!

— Onde a senhora está vendo fidalgos?

— Pare imediatamente com essas impertinências e comece a leitura.

Ela tocou a sineta uma única vez, mas com bastante força. Dois criados apavorados, as librés puídas, as meias tão furadas e remendadas que nunca se poderia imaginar que usavam as cores de uma das mais antigas e mais nobres famílias da Bretanha, surgiram. Mal eles haviam saído, entrou meu marido, aparentemente acalmado.

— Vieste para provocar tua esposa ou para escutar sua voz de falsete ler para mim as "asneiras liberais"?

— Não, madame, vim para dizer que eu e Chantal partimos amanhã para Rennes, onde quero passar a primavera. Talvez façamos uma viagem a Paris.

— Meu filho, que idéia surpreendente! No entanto, pensei que me deixarias ao menos a medíocre companhia de minha nora. Aliás, por que eu não posso acompanhá-los?

— Com o maior dos prazeres, querida mamãe.

— Bobagem! Na verdade, a primavera na cidade me aborrece. Sem dúvida irei ao teu encontro se lá ficares por muito tempo. Vou pensar.

— Posso vê-la um instante no quarto?

— Deixa que ela leia para mim por alguns minutos, está bem? Não terei mais a alegria e o prazer de apreciar essa voz desagradável a partir de amanhã...

— Vou esperá-la em seu quarto, Chantal.

— Até mais!

— O que fazem aí parados, imbecis? — perguntou ela aos criados.

— A senhora marquesa nos chamou.

— Que idiotas! Já que estão aí, peçam a Lucie que levem para meu quarto uma escova de cabelos e procurem uma roupa limpa e água para minha nora. Andem, andem, desapareçam!

Precisei ler, estupefata, pensando no que significaria esse anúncio da partida precipitada para Rennes, a cabeça ainda zumbindo, pesada e dolorida dos golpes de Kerlabec, quando escutei tilintar duas vezes o som insuportável de uma sineta.

— Vai ao encontro de teu marido e comporta-te como convém.

Sem nada dizer, retirei-me e refiz o sinistro caminho de meu quarto, onde me esperava meu esposo. Ao subir as escadas que levavam ao quarto, tive uma espécie de estranho pressentimento de estar caindo numa armadilha. Por instinto, quando já tinha alcançado os últimos degraus, voltei a descê-los em silêncio para subir pela escada de serviço, que ficava no interior da casa, o que jamais fazia. Louvarei por toda a minha vida meu anjo da guarda que me fez refazer meus passos, pois ao subir, pisando em ovos os degraus de granito da pequena escada em caracol, pude frustrar seu... perverso crime. Ao entrar pelo outro lado, usado pelos empregados, descobri o estratagema, uma verdadeira cilada. Ele estava escondido atrás da porta do quarto com uma espada. Na frente, no corredor que dava acesso ao seu quarto, ele havia colocado um móvel para me impedir qualquer possível tentativa de fuga. Compreendi o que meu querido marido desejava fazer... ele queria, nem mais nem menos, me atirar pelas escadas de pedra, fazer com que eu caísse para quebrar o pescoço. E assim se tornaria o pobre viúvo de uma desajeitada jovem esposa que deve ter escorregado desastrosamente num degrau molhado, devia ele imaginar. O que fazer? O coração disparado, eu o sentia escondido atrás da porta. Mas eu não havia perdido toda a minha capacidade de reagir. Tinha pouco tempo, muito pouco tempo, pois ele devia ter ouvido meus passos no pavimento do pátio e talvez nos degraus da escadaria. Então, pé ante pé, entrei em meu quarto, atravessando-o até o salão. Ouvia o relógio na lareira que marcava o compasso de meu destino, rápido, muito rápido... Lá o marquês instalara os mais belos fuzis e pistolas da casa. Eu sabia que por tolice, por amor às armas, Gaëtan as deixava sempre preparadas para atirar, esperando talvez, secretamente, que um dia poderia utilizá-las para conter uma insurreição popular (sua obsessão). Peguei, às pressas, aquela que me pareceu a mais leve e, retirando meus *escarpins*, fui, na ponta dos pés descalços, em sua direção. Ele devia começar a se impacientar, pois deu um passo atrás e fez um gesto com a mão livre para alcançar a sineta que se encontrava sobre uma cômoda encostada na parede, a dois metros dele.

— Largue essa espada, largue-a ou atiro. Quem pensa que sou? Sou filha de soldado, e o odor da pólvora me incomoda menos ainda que o odor do sangue. Vamos, jogue-a bem longe.

Ele não se moveu; em seguida fez um gesto de lançador de dardo e tentou transpassar meu corpo com a espada. Tive o reflexo de saltar para o lado e assim evitar ser ferida pela arma. Ele a havia lançado tão bem, com uma tal força, que ela ficou cravada no parquê.

— Nem mais um gesto. — Estava lúcida, mas com raiva, com ódio. Forçava-o a mover seu gordo corpo de assassino em direção da escadaria. — Isso, desça dois degraus. Bravo!

— Foi somente nesse momento que percebi que iria cometer um crime. Seria em legítima defesa?, pergunto-lhes agora.

Joachim se levantou.

— Esperem, esperem, ainda não terminei. Num plano inferior, as costas voltadas para a escadaria, ele estava vulnerável. E sabia disso.

— O que vai fazer comigo, minha querida esposa? Seja razoável, senão vou gritar e virão...

— Não tenho medo, o senhor deve ter tomado as medidas cabíveis para enviar os empregados para bem longe.

— Vamos terminar com esta discussão estúpida. Amanhã seguimos para Paris, sem mesmo parar em Rennes.

— Que bela lábia, vê-se que o senhor marquês foi deputado. Ah! Com certeza eu irei a Paris, mas sem o senhor, sem sua loucura assassina, sem essa ameaça constante sobre minha cabeça. Não se mova! Mantenha as mãos longe dos bolsos.

— Espere, acalme-se, o que vai fazer?

Ele começava a suar abundantemente. Eu compreendia que não tinha outra opção. Quem de Vannes a Quimper, repetia para mim mesma, me absolveria? As pessoas honestas, os magistrados absolveriam uma jovem esposa que se sentira ameaçada e acusava o marido, homem honrado, conhecido em toda a região? Só veriam uma jovem mulher nobre, mas pobre, ambiciosa, preocupada em comprometer um homem de bem por motivos obscuros e sem dúvida pouco claros. Não, tanto um quanto outro havíamos compreendido que, do combate, ele ou eu não sairíamos a não ser como vencido ou vencedor.

De repente, ajoelhou-se.

— Piedade! — clamou. — Piedade!

— Pare de gritar e de chorar. De pé, de pé — declarei, com voz decidida, fazendo com minha pistola um gesto bem eloqüente.

Soube então que se não agisse nesse exato momento, rápido e de forma determinada, ele encontraria meios de retomar a vantagem.

— Toma... — Levantei bruscamente o pé direito e lhe dei um pontapé violento no estômago. Vi seu corpo curvar-se, as pernas dobrarem-se, mas suas mãos pegaram meu pé. Soltei um grito. Ele não me segurava com força, mas o suficiente para me desequilibrar e levar-me com ele em sua queda. Novamente o instinto não me faltou. Em vez de cair para trás, esbocei um ligeiro movimento para a frente. Era o que precisava ser feito, pois ele definitivamente perdeu o equilíbrio; uma mão conseguiu manter-se por um breve instante agarrada a meu pé, enquanto a outra pegava uma aba da minha roupa, mas era tarde demais, ele oscilou até cair da pior das maneiras, a nuca de encontro aos largos degraus de granito, uma das pedras mais duras do mundo. Ele berrou. O corpo girou sobre si mesmo diversas vezes. Permaneci como uma idiota, a arma na mão, olhando no andar de baixo o corpo inanimado de meu marido. Estaria ferido, morto? Fingia para me surpreender? Comecei a gritar por socorro, mas em vez de correr em sua direção, voltei para o salão, recoloquei de qualquer jeito a pistola no painel, e depois da janela gritei ainda mais alto. Nesse exato momento, criados e mulheres de tamanco chegavam ao pátio. Então me lembrei da espada cravada no parquê de meu quarto. Precisei voltar, tirar com dificuldade a lâmina firmemente cravada no piso e jogá-la debaixo da cama. Quando acorreram a meu quarto, eu empurrava com o pé o cabo da espada.

As horas que se seguiram pareciam passar lentamente. Ficaram em minha memória como longas horas, pois hora e minuto deixaram de ser unidades de medida normal. Elas foram substituídas pelos sentimentos, as sensações que têm por nome medo, angústia, morte...

— Madame, madame, o senhor marquês ainda respira.

Pensei que voltaria a passar mal, mas com a força de caráter que conheces, disse, balbuciando:

— Chamem rápido o médico, vão buscá-lo. — Hesitava, mas pensando que dissecariam cada um de meus gestos, desci a escadaria até onde ele estava. Ele respirava com dificuldade, como um peixe fora d'água, os olhos alterados e o sangue correndo abundantemente da cabeça.

— Não, não o coloquem no quarto, isso lhe pode ser fatal. Levem-no para a sala de jantar, instalem-no sobre a mesa — disse, simulando a angústia e o pânico de uma esposa devotada.

Para meu alívio, ele morreu três horas depois, três intermináveis horas. Quando os senhores de Vannes chegaram, eu havia conseguido recolocar a espada no painel do quarto de meu marido. Eu tinha dado provas de eficácia e de diligência. Graças aos céus eu parecia chorosa! Só minha sogra suspeitou, mas eu repetia sem cessar que estávamos tão felizes de partir no dia seguinte para Rennes e... Paris. Precisei viver ainda durante uns três meses naquele maldito lugar. Primeiro, representei o papel da viúva desesperada, chorando, desmaiando. Precisei mesmo reduzir meu ardor na tristeza quando, por acaso, ouvi um primo de meu marido dizer a um criado: "Acho estranho que ela pudesse amá-lo tanto, pois ele era detestável." Sobretudo não deixava minha sogra dia e noite, impondo-lhe, sob o pretexto de cuidar de sua saúde, minha presença e até mesmo dormindo durante semanas em seu quarto. Por sorte, as empregadas se sentiram liberadas de um jugo brutal e não me faltaram provas de simpatia. Juro que não matei minha sogra. Eu a sentia inquieta, assustada, mas ela não havia perdido sua maldade. Eu reagia com doçura melíflua. Uma semana depois do enterro, quando minha cunhada, presa pelas chuvas na região de Perpignan, foi enfim para Plouguerneau, ela não falava, não se mexia mais. Achei que essa doença tinha qualquer coisa de suspeita, mas os empregados foram unânimes: madame já apresentara esse tipo de afasia depois da perda do irmão. Simplesmente a doença se repetia após outro choque. Ela morreu rodeada pela afeição de sua filha e de sua nora, enquanto Jehan, o filho idiota, se mostrava nu a todas as moças e mulheres do castelo. Meu marido tinha morrido sem deixar testamento. Basearam-se no código civil e em meu contrato de casamento. Vejam por que sem ser rica sou uma viúva que goza de relativo conforto. Agora, meus bons amigos, seu julgamento.

— Por que — perguntei abatida — nunca me disseste nada sobre teu calvário, durante todos esses anos?

— Sabes o que é ser uma criminosa?

— Fale mais baixo, por favor — disse, temerosa de que alguém a escutasse.

Joachim se levantara, havia colocado uma mão sobre o ombro de Chantal e com a outra pegou-lhe a mão esquerda.

— Não há por que julgá-la, Chantal. A senhora precisou se bater, lutar como na guerra contra um inimigo pérfido e astuto. O mínimo que podemos dizer é que agiu em legítima defesa.

Fiquei impressionada com a emoção de Joachim e transtornada pelo sofrimento de minha amiga de tanto tempo. Pensava, ao vê-lo tão atencioso, que poderia ser um companheiro maravilhoso, ideal para Chantal. Eu já lhe dissera e repetira isso, quando ela antigamente elogiava as qualidades de meu noivo de outrora, mas ela não gostara e além do mais Joachim nunca perdera completamente a esperança até saber que João Pedro vivia e que era mais do que nunca meu marido.

No meio dessa confusão de sentimentos e ressentimentos, pensava que não devia desejar precipitar o destino. Então, sob o risco de destruir um sentimento que via fortificar-se sob meus olhos, intervim resolutamente. Foi a minha vez de levantar-me.

— Minha querida, como deves ter sofrido! Agora compreendo algumas de tuas alusões, em tuas cartas, como se tentasses enviar-me sinais, mas eu estava cega! Eu te admiro e lamento que tenhas vivido durante esses longos anos com esse pesadelo. Deverias ter me falado! Por que esse medo, quando minha vida também é cheia de dramas e infelicidades? Lembra-te do que eu dizia sobre ele no passado? Eu não o queria para teu marido. Era ele ou tu, sejamos claros. Não tinhas outra opção... ou morrias assassinada por um ser ignóbil, sem escrúpulos, ou eliminavas aquela besta imunda e perversa... que encontraria cedo ou tarde um meio de te fazer desaparecer para sempre.

Ela se pôs a tremer, a chorar. Então empurrei com a mão o ombro de Joachim. Ele aproximou-se. A dor e o desespero de Chantal fizeram o resto: ela jogou-se em seus braços e ele a embalou como se fosse uma criança.

— Joachim, é preciso que tomes conta dela. Quem mais que Chantal merece teu... teu devotamento? Tira-a desse inferno e o senhor também encontrará a felicidade.

Ele não respondeu, mas silencioso continuava a embalá-la, enfim liberada do peso insuportável do segredo.

Chantal, com um gesto repentino, afastou o rosto do peito do general, mas continuou encostada nele, bem apertada, assustada. Disse, com uma voz entrecortada pelas lágrimas:

— Esse segredo não é mais meu, mas nosso. Jurem que nunca o contarão a ninguém. Jurem. A ninguém... Jamais.

Quase em coro, Joachim e eu respondemos:

— Nós juramos.

O vento do sul havia se levantado, secando as lágrimas e trazendo a poeira das aléias.

— Vamos entrar, vamos — disse eu num tom decidido.

Retornando ao castelo, lembrei-me de forma vívida, do triste dia em que, voltando com meu tio Axel, assistíramos, no grande *hall*, a um recital de Chantal. Ela não sabia que estávamos à escuta, enfeitiçados pela música de Chopin e por seu talento de intérprete. Foram os últimos momentos de felicidade de meu querido tio, que viria a morrer poucos minutos depois.

Estranhamente, quando subia as escadas para meu quarto, um noturno do mesmo Chopin, de uma infinita tristeza, encheu com sua melancolia os salões e o *hall*. Fiquei imóvel, surpresa pela coincidência e beleza da melodia. Voltei-me. Chantal e Joachim, de braços dados, prestes a penetrar no primeiro salão, conhecido como o salão da guarda, ficaram estáticos a alguns passos da porta. Uns bons cinco minutos se passaram até que o encantamento fosse quebrado; cinco minutos durante os quais me perguntava quem tocava com tanta sensibilidade e convicção essa obra elegíaca de fazer chorar. Voltei a descer e, colocando um dedo nos lábios para pedir silêncio a meus amigos, entrei no salão da guarda em direção ao salão de música. Curvado sobre o teclado, a cabeça mergulhada nos braços cruzados, João soluçava. Não sabia mais o que fazer! Desnorteada pelo sofrimento de meu filho, tive vontade de me precipitar e envolvê-lo em meus braços. Ah, essa dor! Se eu pudesse fazê-la minha para poupá-lo! Aproximei-me a passos lentos e, com a maior doçura, pousei minhas mãos em seus ombros. Ele não reagiu. Disse somente com a voz tranqüila dos desesperados:

— Como gosto de seu perfume, mamãe.

Comecei a acariciar-lhe os cabelos, seus belos cachos. Não sei por quanto tempo ficamos assim. Bruscamente, ele fez girar o tamborete no qual estava sentado. Vi então o rosto tão jovem de meu filho, destruído pela dor e pelo sofrimento intenso.

— Mamãe querida, mamãe adorada, fiz uma tolice, uma enorme tolice.

Segurei-lhe a cabeça, aproximando-a de mim. Docemente, sem nada dizer, segurava sua cabeça com uma mão e com a outra lhe acariciava os cabelos. Teríamos permanecido assim colados um ao outro por muito tempo, se não tivessem me anunciado um mensageiro do duque de Breuce que insistia em me entregar pessoalmente um envelope. Meu filho ficou assustado, afastou-se de mim e, empurrando a mesinha de centro, fugiu em direção ao parque. Não tive tempo de detê-lo. Sentei-me numa poltrona e, com a ajuda de um marcador de páginas esquecido sobre o piano, fiz saltar o sinete marcado com o imponente brasão ducal.

Breuce, no dia de hoje
Minha muito querida criança,

A relação entre a juventude e as férias tem, por vezes, conseqüências imprevisíveis e perigosas. Acabo de saber por Clara, com essa inocência que de tempos em tempos soa falsa na boca das crianças, que João e Pedro devem, para disputar o amor de minha neta, duelar até o primeiro sangue, na alvorada de amanhã, na clareira do Fontain, de sinistra memória! Eu, o avô perfeito, puni Clara ordenando-lhe que fosse para o quarto e de lá não saísse sem minha autorização. Poderia a senhora chamar à razão e ao bom senso, que por vezes faltam aos jovens de nosso tempo, seus tão charmosos filhos? Assim sendo, "como poderá compreender", irei jantar em sua casa sozinho hoje.

Minhas homenagens afetuosas e eternas.
Duque de Breuce

O suor frio, esse terrível suor da angústia que congela os sentidos e que acompanha o risco, o infortúnio, recobria minha fronte, escorria pela gola de minha camisa, molhava minhas mãos, normalmente secas e quentes. Dispensei o mensageiro do duque, talvez um pouco bruscamente, e puxei o cordão até não mais poder.

— Procura Keita, rápido — disse ao criado com a respiração entrecortada. Vai rápido! Rápido!

Enquanto esperava, comecei a temer o pior. Para onde tinha fugido João, onde poderia estar Pedro? O que devia fazer?... João, Pedro! Mas é claro, o pai deles! Esse era o único recurso possível! Olhava seu retrato na parede do salão, belo para sempre, já que nunca o veria mutilado e queimado, nem mesmo envelhecido. Surpreendente pensamento nesse momento, quando em nosso estranho face a face, ele do alto de seu retrato, eu de pé à sua frente, tensa e trêmula de frio, sabia que traria à razão nossos dois filhos, nosso sangue, nossa felicidade e nosso orgulho.

— A senhora me chamou?

— Ah, Keita, até que enfim chegaste! Escuta, preciso de tua ajuda! Meus filhos enlouqueceram a ponto de querer duelar. Corre à Fazenda Poupard. Diz ou pede que digam a meu marido que o espero esta noite após o jantar. Diz que disso depende a vida de nossas crianças. Corre e vem a meu encontro assim que voltares para me dizer se transmitiste a mensagem.

Os convidados já haviam chegado e Keita ainda não voltara. Eu não conseguia agir com naturalidade. Todos, exceto o duque de Breuce, passariam a noite em Mortagne, e como se fosse de propósito, meus filhos haviam programado para o dia seguinte ao alvorecer uma espetacular e incrível cena dantesca!

A grande sala de jantar, toda iluminada pela luz do grande lustre, adornos e velas, nessa quente noite de verão, transformara-se numa fornalha. As mulheres tinham os leques para aliviar os efeitos do calor, mas para os homens, de fraque e gravata, a situação era ainda mais insuportável. Antes de passar à mesa, enquanto aguardávamos apenas a chegada de meus filhos, no salão das tapeçarias, tive a idéia para ganhar tempo, já que Keita demorava e meus filhos se faziam de difíceis.

— Meus queridos amigos, acabo de decidir que a mesa será posta no jardim.

— Ah, que boa idéia!

— Bravo! Este calor está insuportável.

— Desde que — zombou mademoiselle de Percieux, a solteirona de plantão — não sejamos devorados pelos mosquitos! O ano passado em Breuce...

Virei a cabeça em direção da porta. Joaquina estava parada procurando-me com os olhos e com um gesto discreto pediu que me aproximasse. Quase derrubei uma bandeja cheia de copos cheios de champanhe até a borda, pisei no pé de monsieur de Feuillants e, com o olhar desvairado, finalmente cheguei onde ela estava.

— Madame, João e Pedro estão na capela rezando...

— É bem o momento! Só faltava este ato à peça de mau gosto que se representa sob meu teto. Vou até lá!

Suspendi as anáguas e o vestido e, a grandes passadas, percorri metade da casa. A porta da capela estava fechada. Abri-a em silêncio, atravessei a nave até o altar principal. Meus filhos estavam sentados em um genuflexório, absorvidos em suas preces. Fiz uma profunda genuflexão e de pé, no meio do corredor, dirigi-me a eles.

— João e Pedro, meus queridos filhos. Como diz o Eclesiastes, na vida há um tempo para cada coisa. Um tempo para rezar, um tempo para morrer... — fiz uma pausa — um tempo para jantar.

Com um tom severo que os surpreendeu, disse bruscamente:

— Messieurs pequenos marqueses, acredito que a hora do jantar já passou. Que os adultos, a quem devem respeito tanto quanto a Deus, os esperam para passar à mesa. É um absurdo! Não acham? A pontualidade, dizem, é a cortesia dos reis. Saibam comportar-se, chega de criancices, messieurs, não desmoralizem o sangue dos Curcourt, dos Miry, seu nome, o de seu pai e o meu. Levantem-se! Vamos, sigam-me.

Levantaram-se lentamente, impressionados, e seguiram atrás de mim pelo caminho da saída.

— Se querem fazer uma vigília antes do duelo, ela começará depois que os últimos convidados tiverem deixado o castelo ou subido para se deitar. Entenderam? Respondam-me.

Pedro foi o primeiro a me responder timidamente:

— Entendi, mamãe.

João parecia hesitar. Eu os tratava com cerimônia e sem me voltar perguntei ainda com mais firmeza:

— E o senhor, monsieur meu filho?

Impressionado, respondeu:

— Entendi, madame — respondeu, da maneira como faz em português.

Tínhamos chegado à sala de bilhar quando Keita, sem dúvida à minha procura, entrou pela outra porta.

— Messieurs, juntem-se a nossos convidados que são tanto seus quanto meus, no salão de tapeçarias.

— Madame.

— E então?

— O conde só voltou tarde da caça, mas pude falar com ele. Ele pede para vê-la, no quarto de madame, como de hábito à meia-noite e meia e não antes!

Era preciso, a qualquer preço, passar pela biblioteca e não pelo *hall*, pois no corredor que leva a ela encontra-se um enorme espelho. Sabia que os dois candelabros fixados de cada lado me dariam luz suficiente para avaliar os efeitos dos últimos acontecimentos em minha fisionomia e elegância (a coqueteria triunfava mesmo num drama). Assim eu poderia dar uma aparência apresentável a meu penteado, ajustar as cinco voltas de pérolas do colar, suspender o corpete e, se encontrasse minha bolsinha, colocar pó num nariz certamente reluzente. Foi nesse refúgio que o mordomo me encontrou.

— Senhora condessa, o jantar está servido — disse, num tom meio cerimonioso e meio debochado.

— Muito bem, Joseph, já escutei. Dentro de um minuto vá ao salão e repita palavra por palavra o que acaba de dizer aqui apenas para mim! Tenho certeza de que isso encantará mais meus convidados do que... a condessa!

— A senhora condessa será obedecida.

— O que está acontecendo, Joseph? Transformou-se numa pessoa servil ou senil?

— Não sei o que isso quer dizer, mas acho que os dois, senhora con...

— Paremos com as brincadeiras e venha comigo, por gentileza.

Empurrei a porta da sala de bilhar. Alguns convidados ali se encontravam, cansados de aguardar, iniciando uma partida.

— Senhores — disse com ar indiferente —, passemos à mesa.

Achei ter escutado um esfomeado ou um patife dizer entre os dentes: "Já não era sem tempo!" Creio ter reconhecido a voz do indelicado, mas ainda hoje lhe perdôo, levando-se em conta as circunstâncias atenuantes.

Quando, assumindo o tom pretensioso do arauto do prefeito de Dijon, Joseph, colocando-se na ponta dos pés, anunciou: "A senhora condessa está servida", pensei que o mordomo do duque de Breuce e o meu tinham combinado disputar quem ganharia o troféu dos gracejos. Mas os convidados, "bons meninos", sorriram e finalmente passamos à mesa no jardim numa noite sem lua. Alívio! Satisfação! O jantar foi bem servido, a comida estava excelente, fresca e leve: *vichyssoise* gelada, *chaud froid de volaille, brochet en gelée,** sopa de melão, sorvete de amora. Os vinhos de Clos Vougeot e o champanhe de madame Clicquot acabaram tornando falantes os mais taciturnos e causando gargalhadas à viscondessa de Fortbel, conhecida por sua discrição. Joachim observava, inquieto, uma Chantal que devia estar cansada, embora não deixasse transparecer. O duque de Breuce só cochilou ao serem servidos os licores. Quanto a meus filhos, faziam esforços louváveis para tentar apagar a desagradável impressão que causaram pelo pouco espírito cavalheiresco, pela verdadeira falta de educação de antes do jantar, quando precisei arrancá-los... das orações.

À meia-noite precisei pedir licença e ameaçar um grupo de alegres beberrões de vinho da Borgonha, que não paravam de contar gracejos sobre a família imperial, e apagar os candelabros e os castiçais. Só atingi meu objetivo tardiamente e voltei a meu quarto quando faltavam quinze minutos para uma hora. Antes de abrir a porta, soprei a vela, tomando o cuidado de trancar todos meus empregados, inclusive Joaquina, a quem havia pedido, durante o jantar, que deixasse meu quarto na penumbra.

Ele me esperava, pois, da soleira da porta aberta, senti os sofisticados eflúvios de bergamota e lavanda.

— Ah, meu querido, como preciso do senhor!

Atirei-me numa poltrona, mas João Pedro tivera a mesma idéia. Encontrei-me sentada em seu colo.

— Fique, minha querida. Vou tirar essas vestimentas que lhe incomodam e sufocam.

— Que calor!

— Mas, diga-me, o que aconteceu de tão grave?

— Nossos filhos pensam ser adultos.

**Chaud froid de volaille e brochet en gelée* — O primeiro é feito com peito de frango e o segundo com lúcio, manteiga e creme, coberto com gelatina e servidos gelados (*N. da T.*)

— É da idade!

— Eu sei, inclusive a experiência da primeira paixão, mas daí a se destruírem pelo coração de Claire de Montfort... Suponho que ela se sinta lisonjeada e se divirta com essa competição... Quanto a João e Pedro, vivem isso de forma bem diferente. Tornaram-se inimigos, adversários, e agora querem duelar ao amanhecer! Ai! Assim o senhor me machuca!

— O que está dizendo?

— Ai de mim, meu querido, nossos filhos se julgam bravos cavaleiros! A pouca idade, a exaltação dos jovens de nossa época, as leituras dos romances...

João Pedro me interrompeu:

— Sabe o lugar?

— Ah! Um pesadelo! Os idiotas escolheram justamente a clareira de Fontain.

— O quê?

— João Pedro, ouvi baterem na porta.

— Tem certeza?

Nesse momento, voltaram a bater na porta.

— O que devo fazer, João Pedro?

— Pergunte quem é a esta hora. Talvez seja importante. Um convidado doente, quem sabe?

— Quem é? — perguntei com voz insegura.

— Mamãe, somos nós, João e Pedro, e queremos a sua bênção.

— Minha bênção a esta hora? Mas por quê? Já lhes desejei boa noite. Por que necessitam de minha bênção?

— Ela nos é indispensável.

— Podem esperar até amanhã!

— *Hélas*, amanhã será tarde demais.

— O que estão dizendo?

João Pedro disse-me no ouvido:

— Anuncie que vou falar com eles.

— Escutem, meus filhos; não sei por que essa bênção lhes é vital quando já passa da uma hora da madrugada...

— Mamãe, é que...

— Não me interrompam. Se não abro a porta é porque não estou sozinha no quarto. Não, não estou com Joaquina ou Keita. Não, estou com... seu pai.

— Desculpe! — escutei do outro lado da porta.

— Gostaria de apresentá-los em outras circunstâncias, em outro momento. Ele os conhece muito bem, muito mais do que podem imaginar. Através da porta, pela primeira vez em suas vidas, ele quer lhes falar.

— Meus queridos filhos João e Pedro. Preferia, como acaba de dizer sua mãe, ter um primeiro encontro totalmente diferente. O que conhecem de mim, à exceção dos retratos cuja imagem hoje não é verdadeira, senão o que sua mãe ao longo de suas vidas contou, com o amor e afeição que me devota? Além da afeição que nos liga, sou-lhe profundamente reconhecido por tê-los educado respeitando profundamente seu pai, portanto a minha pessoa. Esta noite, através da porta, é nossa bênção que vamos dar, a primeira de seu pai e de sua mãe juntos. Mas antes, vou lembrar-lhes uma regra fundamental: devem a seus pais respeito e obediência absoluta. Esse dever de obediência serão obrigados a demonstrar e da seguinte maneira: amanhã às seis e meia de manhã irão à floresta onde os esperarei num endereço que conheço muito bem: a clareira de Fontain. Não devem chegar adiantados e muito menos atrasados. Lá encontrarão um cavaleiro coberto com uma ampla capa, um largo chapéu e o rosto coberto parcialmente por uma venda. Este cavaleiro sou eu, seu pai. Venham sem armas, a cavalo, dispensem todas as pessoas que poderiam acompanhá-los. Agora se ajoelhem para receber nossa bênção: que Deus os abençoe, que Ele os proteja, particularmente na discórdia, que Ele afaste o demônio.

— Agora, meus filhos — disse eu, retomando a palavra —, eu e seu pai lhes desejamos uma boa noite. Ela será curta, portanto quanto mais cedo forem deitar, mais cedo dormirão.

— Mada... — Pedro tentou continuar.

— Obedeçam e não discutam mais — disse João Pedro, peremptório.

Ouvimos quando se levantaram e se foram.

— Amanhã — disse-me João Pedro, continuando no escuro a desabotoar meu corpete — eu lhes darei uma boa lição de vida. É preciso que voltem ao Brasil tendo compreendido que a adolescência é uma passagem da qual devemos sair fortificados para enfrentar o mundo dos adultos e deixar para sempre os prantos e as alegrias de criança.

— No momento nossos filhos têm mais necessidade do senhor do que de mim... Meus pés incharam, tire meu escarpim.

Essa noite não nos amamos; continuamos a falar de nossos filhos, um pouco de Chantal e do general. A novidade da perspectiva de um idílio lhe pareceu improvável e ele não se sentiu aliviado. Essa foi também a primeira noite de nossos relatos cruzados a propósito de minha carreira de "fazendeira" percorrida até o dia assombroso em que D. Tereza Cristina, ao me ver, disse respeitosamente: "Ah, eis a Imperatriz do Café."

Esse apóstrofo, célebre no Rio, tornou-se até hoje meu título, ao mesmo tempo lisonjeiro e zombeteiro, que fez com que eu me tornasse objeto de curiosidade do pessoal das embaixadas, dos estrangeiros de passagem, mas também da inveja de muitas das mulheres e principalmente dos homens da Corte e do campo.

Capítulo X

A conquista de um império

O final da estada em Mortagne transcorreu mais serenamente. O general de Dollberg uniu-se ao estado-maior do imperador em Compiègne, jurando-me cuidar de Chantal. Entretanto, não falou de casamento. Por outro lado, Chantal teve direito às confidências de meus encontros noturnos com João Pedro. Ela aceitava, apesar de lhe causar estranheza, o juramento renovado, sem discutir as regras impostas por João Pedro. Essa compreensão me era preciosa! Ela me ajudou a suportar a rigidez do pacto quando o fogo do reencontro esmoreceu, só subsistindo, na noite, a força do compromisso e... graças a Deus, o amor conjugal.

Os Feuillants e os outros convidados e vizinhos, sabendo que devíamos voltar a Paris para continuar nosso périplo em direção ao Havre e ao Rio, deixaram o castelo antes de nossa partida, talvez tristes por retornar à rotina e ao tédio de uma vida bem afastada da agitação tropical e dos acontecimentos.

Claire de Montfort e o avô, dois dias após o episódio da clareira, tomaram o caminho de Vichy a fim de lá se unirem à duquesa que terminava sua cura, pondo na mesa de jogo do cassino algumas das mais belas jóias de seu pequeno cofre.

Quando, por volta das três e meia, quatro horas da madrugada, João Pedro deixou meu quarto, sabia que ele estaria no prado com uma dúzia de seus homens a partir das seis da manhã. Na noite seguinte, contou-me que João e Pedro chegaram juntos a cavalo, pontualmente, na clareira. Apresentaram-se ao pai, já instalado bem no centro do círculo formado pelas altas faias.

— Messieurs meus filhos, bom dia. Desçam dos cavalos... Aproximem-se! Vamos, não tenham medo!

Os dois adolescentes retiraram o chapéu e cumprimentaram o pai. Ensaiaram um gesto em sua direção, mas pararam antes mesmo de o completarem.

João Pedro percebeu que estavam tensos, mas menos impressionados do que ele esperava.

— Pedro, já conheces este lugar?

O adolescente evitava olhar o pai.

— Conheço, papai.

— Sua mãe lhes contou que, para salvar minha honra, aqui me bati em duelo?

— Sabemos disso, querido papai.

— Sabem o que aconteceu com meu adversário?

— Ele... morreu — respondeu João.

— É verdade... Era um jovem, certamente um pouco mais velho que os senhores, uns sete ou dez anos talvez, mas mesmo assim muito jovem. Ele havia me insultado por uma tolice e também porque havia bebido demais... Uma estupidez... Por que insultar, humilhar os outros? Já atentaram contra sua honra?

— Não, senhor — respondeu Pedro.

— Só devemos nos bater em duelo por uma questão de honra. Se alguém quer se bater para definir uma escolha e decidir assim a quem pertencerá... um bem, por exemplo, então é melhor tirar a sorte!

Virou-se, chamou Jason e duas outras pessoas e ordenou:

— Pedro, João, sigam-me!

Os filhos abandonaram pouco à vontade as rédeas de suas montarias a um dos valetes do pai e, com passo hesitante, dele se aproximaram.

— Guardem distância, eu lhes peço. Que sabem de seu pai? Que sabem da vida, dos dramas que destruíram meu rosto e marcaram meu corpo a ponto de mutilá-lo? Durante meses fui dado como morto, mas escolhi viver, lutar. Sabem por quê? Por sua causa, para tentar protegê-los, para poupá-los do pior da existência, da inveja, da maldade daqueles que me maltrataram e que por muito tempo lhes desejaram o pior. Fiz isso na sombra; sem dúvida, por vezes, sua mãe o soube, mas os dois nunca perceberam e foi melhor assim.

"Hoje me apresento aos senhores em plena luz do dia, o que nunca fiz e nunca farei para sua mãe. Sua juventude, o aprendizado dos sentimentos que lhes são inerentes, colocam-nos em perigo profundo. Já fisicamente, mas o que é ainda mais grave, moralmente. Os senhores são irmãos, mais ainda, irmãos gêmeos... gêmeos idênticos! Para tristeza e inquietação de sua mãe e minha, os senhores decidiram destruir, ignorando as conseqüências... talvez por 'romantismo', certamente por tolice, a importante relação que os une. Mas, meus filhos, a vida não é um capítulo de *Os sofrimentos do jovem Werther*, não se dispõe assim do corpo, do destino! Claire de Montfort é ainda muito jovem e passará, tenham consciência, dois ou três anos de sua existência num convento. E os meus pequenos senhores crêem ter atingido a maturidade e experimentar o amor por sentir o sexo retesar-se à passagem de uma bonita mulher! Não são suas jovens e medíocres performances amorosas servis que devem autorizá-los hoje a deixar de lado a ponderação e sobretudo a obediência. Pois se trata de obediência. Os senhores me obedecerão, estão entendendo?"

Ele disse essas últimas palavras aos berros e continuou seu discurso:

— Os senhores devem, a uma admirável mãe, uma excelente educação e uma boa natureza, mas parem de confundir criancices com coragem. O único duelo que terá lugar esta manhã será contra mim! Jason, apresenta e propõe as espadas, por favor.

João e Pedro, envergonhados, tinham ficado silenciosos, a boca aberta.

— Andem, andem, decidam-se!

Eles pareciam não entender nada do que lhes acontecia. Obedeceram, impressionados e surpresos.

— João, tu que saíste primeiro do ventre da tua mãe, em guarda!

Teve início então o mais surpreendente dos duelos. Era ao mesmo tempo uma lição de armas e uma punição. João manifestamente não queria se bater e mostrou-se, no início do combate, desajeitado e inábil. O pai, para provocá-lo, disse:

— Esqueces que te bates com teu pai. Não ias te bater com teu irmão? Qual a diferença? Se continuares assim, farei tua espada voar bem alto. Entra na luta, mostra-me esta cólera que te leva a querer afastar teu irmão de Claire.

João fez alguns belos passos com a arma, mas em momento algum entrou verdadeiramente no combate. Então o pai chegou ao ponto onde decidira chegar. Com um impressionante jogo de corpo, fez saltar a espada de sua mão. Se fosse possível empalidecer ainda mais, João teria passado do branco ao lívido pois, através de um rasgão na luva cinza, escorria sangue que misturado à cor do tecido tomava um aspecto amarronzado.

— Cirurgião! Jason! — chamou o pai.

Eles acorreram, cortaram a luva manchada e examinaram o ferimento.

— Nada grave, um pouco de álcool, uma boa atadura e só lhe restará uma cicatriz — disse o cirurgião.

— Até o primeiro sangue! — gritou João Pedro. — A cavalo, Pedro! Mas antes escolhe um desses sabres.

Meu segundo filho parecia mais combativo, mas quando montou o cavalo, sua bravura esmoreceu. Perguntou:

— Senhor, julga que este combate seja indispensável?

— Indispensável é a palavra exata meu filho! Agora, em guarda!

Pedro demonstrou presença de espírito e de combate. Surpreendeu mesmo o pai, atacando, sem mais delongas, com arrebatamento. João, que recebia cuidados médicos, olhava, inquieto e com admiração, o irmão mais moço de alguns minutos enfrentar o pai.

— Muito bem, meu filho! — elogiou o pai.

Esquivou-se do ataque e o combate prosseguiu. Durante os primeiros minutos, Pedro fez boa figura, mas cansou-se depressa e parecia perdido diante da técnica e da experiência do pai. Este não abusou de sua superioridade, deixando regularmente a seu filho o tempo de recuperar-se e depois, acreditando que a lição já demorara o suficiente, João Pedro decidiu dar a estocada.

Quem sai aos seus não degenera. Pedro, recuperando a coragem e a energia, colocou o pai em perigo! A ponto de João Pedro ter dificuldade para livrar-se. Tendo retomado a vantagem, com um golpe marcou o rosto do filho.

— Até o primeiro sangue! — gritou pela segunda vez.

O combate cessou. Os criados e o cirurgião voltaram a se precipitar. A face direita de Pedro estava coberta de sangue. Ele caiu do cavalo, parecendo um pouco desorientado, mas indiferente ao sangue que lhe escorria pela face, manchando de vermelho sua camisa branca. O cirurgião, sutil como um paquiderme, disse:

— Por um triz seu olho não foi atingido! O senhor teve sorte, jovem! Certamente a cicatriz será mais visível que a de seu irmão, mas ela lhe dará o charme que os estudantes de Heidelberg arrastam pela Alemanha! — Riu... Era o único a rir!

Quando os ferimentos foram cuidados, as armas cuidadosamente guardadas, o pai voltou a chamar os filhos ao centro da clareira. A capa, o chapéu, uma larga venda sobre o olho que cobria também boa parte do rosto escondiam suas antigas feridas, mas também ressaltavam-lhes a existência.

— Os senhores queriam bater-se numa luta fratricida e estúpida e se tornariam, sem motivo, inimigos... Por quem? Por quê? Tenho o forte pressentimento de que Claire está apaixonada por uma idéia, um sonho, e não pelos senhores! Acreditam, por acaso, apesar da amizade que o duque de Breuce nutre por nossa família, que ele consentiria um dia a dar a um dos senhores a mão da neta? Duvido! São bem jovens e quase cheiram ainda a leite! Então, não destruam um de seus maiores tesouros: a afeição, a amizade que os une. Hoje, para que — assim espero — se emendem para sempre, praticamente os obriguei a se baterem comigo. Neste dia, o primeiro no qual descobrem minha figura destruída, eu os marquei. Possam seus ferimentos lembrar-lhes sempre dos de seu pai, feios e monstruosos, pois, apesar de minha feiúra, são tão parecidos comigo... Compreendam-me. Antigamente — a vida é assim... — eu é que me parecia com os senhores. Aqueles que me conheceram jovem, bem antes de eu ser desfigurado, lhes dirão, se já não o dizem, como são hoje meus retratos de então...

A emoção havia tomado conta dele. Calou-se.

— A cavalo — ordenou.

Ele não retirou a luva. Deu-lhes a mão para beijar, os apertou, um de cada vez, contra ele. Depois, saltou sobre sua montaria para fugir em meio à floresta.

Ao vê-los voltar, um com a mão enfaixada, o outro com um curativo na face, não compreendi nada. Estava abatida. Foi preciso que Keita me contasse o que sabia sobre o episódio da clareira para que eu percebesse o caráter "iniciático" daqueles combates.

Cinco dias depois, logo após o almoço, quando se servia o café sob as árvores, Pedro começou a me contar, na frente de Chantal e do irmão, suas primeiras impressões dos duelos. No início, falou lentamente, fazendo pausas freqüentes. Uma hora mais tarde narrava, comentava, de forma inesgotável, o extraordinário encontro. A ouvi-lo, o aspecto do pai nada tinha de extravagante. A roupa não era preta, como na lenda, mas marrom; sua claudicação era leve, nada a ver com a de um corcunda. Quanto ao rosto, ele só tinha visto, fascinado, um olho, um grande e belo olho castanho, cuja intensidade o havia impressionado a causar-lhe sonhos estranhos e constantes. Ele voltava sem cessar às virtudes guerreiras cavalheirescas, considerando, triste, que o pai tivera razão em marcar suas carnes e lhes ter dado essa lição de respeito. Pedro, orgulhoso de sua ferida, parecia ter esquecido Claire. Seu irmão, João, foi mais reticente, mas também estava convencido da lição que contribuiu para a formação de sua virtude. Falou do pai como de um *deus ex machina* prestes a intervir quando preciso. Sua ferida na mão, mais discreta porém menos gloriosa que a de Pedro, deixou-lhe uma ligeira amargura, compensada entretanto por João Pedro ter-lhe atribuído o título de filho mais velho. Os dois me questionaram, na frente de Chantal, os olhos arregalados, sobre a ordem, a proibição de ver o rosto de meu marido sob a luz. Para não ser forçada a submeter-me às suas perguntas, disse-lhes o seguinte:

— Conheci seu pai no auge de sua beleza de homem. Vivi com ele poucos anos. Ninguém, entendem, tinha o charme, a presença física de seu pai. Jurei, quando me fez jurar, que respeitaria seu pedido de nunca aparecer diante de mim na claridade. Respeitarei com felicidade e fidelidade meu juramento. Quando estou com ele, ele é exatamente o mesmo do primeiro dia! Não podem compreender... Sua voz, seu perfume, nossa conversa... têm o mesmo encantamento de antigamente. Nunca deixei de amar seu pai, e aquele que amo tem todos os traços do retrato da biblioteca... Os senhores são muito parecidos com ele!

Meu comentário, que confirmava o de João Pedro, deixou-os perplexos. Nunca haviam notado essa semelhança física que os unia ao pai? Pelo menos à sua imagem de antigamente? As crianças não percebem com clareza o que num espelho, entretanto, aparece por vezes de maneira flagrante: a semelhança entre pais e filhos.

Quatro dias antes de nossa partida para Paris, após um jantar perto do lago, em busca de um pouco de frescor, subi, fatigada, para meu quarto. Não havia um vento, uma corrente de ar, apesar das portas abertas entre o quarto, a antecâmara e o salão. Esticada em meu leito, tentava em vão conciliar o sono, vestida apenas com uma camisola de seda rosa. Não ousava virar-me, certa de que o menor movimento, o menor esforço, aumentaria o suor que já colava o tecido à minha pele. Exasperada, fiquei nua e peguei o leque para tentar simular uma brisa. Do lado de fora, pelas janelas abertas, o coaxar dos sapos tinha se tornado insuportável e a cada instante imaginava escutar o ruído ameaçador de um mosquito. Bem antes que caísse uma tempestade, tarde da noite, sem conseguir conciliar o sono, vi os primeiros raios de calor iluminarem o parque, o lago e a floresta. Tornaram-se, à medida que as horas se passavam, mais numerosos, permitindo distinguir, como se fosse pleno dia, o grande castelo imponente, mas sem grande beleza, o conjunto de construções anexas ao castelo e os estábulos onde os cavalos relinchavam de medo. Talvez um cavalariço tenha visto a patroa nua na janela do quarto contemplar o espetáculo inquietante de uma tempestade que se aproxima e que ignoramos se vai cair em Mortagne ou mais adiante, em Montbard ou Breuce... Fui eu que chamei Joaquina ou ela, inquieta, bateu sem que eu escutasse?

— Madame quer que lhe prepare um banho?

— Ah, que boa idéia! Claro que sim! — respondi.

Vinte minutos depois eu estava em minha grande banheira de mármore, imersa até o pescoço numa água deliciosamente morna. Dispensei, dado o adiantado da hora, Joaquina e seu pequeno séqüito de mulheres e foi ali, na sala de banhos, que a tempestade com seu cortejo de estrondos, raios e rajadas de vento encontrou-me. Saí da água, coloquei às pressas um penhoar e fechei precipitadamente as janelas do quarto, onde ondulava o *voile* das cortinas. Duas camareiras entraram correndo, deixando a porta entreaberta. A lufada de ar provocou a abertura brutal, imprevista, de uma das janelas mal fechadas. Todas as velas acesas por Joaquina se apagaram.

— Fechem a porta! — gritei. — Não, não a fechem totalmente... deixem-na entreaberta... Isso! Agora me deixem.

As primeiras gotas de chuva caíram, espessas, grossas, sonoras, sobre o cascalho e os tetos. Rapidamente o odor de terra molhada, dessa terra privada há tanto de água, exalou um perfume particular, delicioso, que sempre me surpreende e me encanta. Mas o vento tomou de súbito a forma de um turbilhão. A rajadas vinham não apenas do oeste, mas do sul e do norte.

Quando os relâmpagos cortavam o céu, vi, acima do sino da capela, o cata-vento descontrolado que girava, perdido sobre si mesmo. O granizo surgiu mesclado à chuva e batia a intervalos regulares nas vidraças de meu quarto como o cascalho que os apaixonados atiram nos vidros de suas amadas. A chuva de súbito tornou-se diferente, as pedras de granizo substituíram as gotas d'água, o barulho tornou-se aterrorizante. Faltava pouco para a meia-noite e meia, quando os primeiros vidros da varanda foram quebrados. Apenas poucos minutos depois, um galho arrancado pelo furor do vento caiu nos estábulos. A lamparina, no canto reservado aos cavalariços, foi derrubada com sua pequena reserva de óleo e rolou até pôr fogo na palha. Em cinco minutos, as chamas se avolumaram impelidas e animadas pelo vento violento. Já me encontrava no grande *hall* dando ordens e instruções quando o incêndio explodiu. Os cavalos, nervosos, assustados com o fogo, relinchavam. No canil, os cachorros latiam a mais não poder. Fallois, Keita e meus filhos dividiram as tarefas. Os criados já formavam uma cadeia, jogando baldes de água no fogo e mandamos buscar na vila a bomba que eu oferecera ao prefeito havia três anos, mas as árvores atravessadas na estrada impediram que ela chegasse a tempo de salvar a construção, tendo apenas nos ajudado a impedir que o fogo atingisse o castelo. Durante toda a noite, todos os empregados de Mortagne lutaram contra as adversidades. Das cozinheiras a Fallois, dos criados que nos acompanhavam quando saíamos a passeio a pé a meus filhos, todos atenderam ao chamado. No alvorecer, cansados, os cabelos e as roupas imundos, algumas rasgadas, todos reunidos, atendendo a meu pedido, na grande cozinha, fizemos um levantamento dos feridos e dos prejuízos. Conseguindo abrir a grande porta dos estábulos, alguns instantes antes que a armação do telhado desmoronasse, o jovem Louis, filho do cavalariço-chefe, queimou o braço e foi pisoteado por um cavalo enlouquecido. Foi salvo por um personagem de capa e chapéu que o tirou do braseiro quando as primeiras vigas em chamas desmoronaram. Quanto ao resto, muitas feridas e galos na cabeça, mas a arnica e os curativos foram suficientes. Em contrapartida, os prejuízos foram consideráveis. Os estábulos não passavam de ruínas, centenas de ardósias dos telhados tinham sido quebradas e os vidros da varanda do jardim-de-inverno precisaram todos ser trocados. As perdas mais severas tiveram lugar nos vinhedos, nas raras colheitas que ainda não haviam sido feitas.

Apesar disso, não retardei minha partida. Foi preciso trabalhar com muita perseverança para colocar em ordem o que se apresentava como mais urgente e preparar as compras necessárias para a reconstrução da estrebaria. Meu desejo foi confiar a Viollet-Le-Duc, o arquiteto da reforma da abadia de Vézelay, do castelo de Pierrefonds e da flecha de Notre-Dame de Paris, a responsabilidade do projeto. Sonhava com uma bela construção, gótica, elegante e que contrastasse com a deselegância da "Renascença" mal acabada de meu querido castelo de Mortagne.

Às nove horas estava na cama e todas as noites, até o dia em que minha caravana das Índias Ocidentais se colocou em marcha para Dijon, por volta das onze horas, quando eu estava em meu primeiro sono, João Pedro se esgueirava entre os lençóis, colava-se a mim e me dizia ao ouvido:

— Conta-me sobre os anos em que a aluna superou o mestre e tornou-se, se podemos acreditar em Dona Tereza Cristina, a Imperatriz do Café.

Durante três noites, até que a penumbra fosse substituída pela primeira claridade da alvorada e arrancasse meu esposo de meu quarto, eu lhe contava em detalhes esses longos anos em que sozinha dei continuidade à obra de seu avô, sua e de seu suposto pai.

* * *

Ao aprender meu ofício de fazendeira, descobri rapidamente que a grande força de João Pedro não residia na exploração das terras. Ele se distinguia no comércio do café que para ele representava um verdadeiro jogo, uma verdadeira paixão. Sabia vender como ninguém, negociando o melhor preço com os ingleses, os franceses e os turinenses. A outra importante qualidade profissional de João Pedro era respeitar os compromissos. Se tinha dado a palavra de entregar o fornecimento de cinco mil sacos de café para uma saída para Manchester ou Le Havre em uma data específica, seus parceiros tinham certeza de que a mercadoria estaria no porto do Rio à hora combinada, pronta para o embarque. Foi o negócio com café e por vezes outros que fizeram a fortuna de João Pedro ainda maior que a de seus pais. Quando lhe falava com conhecimento de causa sobre seus métodos, ele ria da minha perspicácia.

— É verdade — confessou — que nunca me interessei muito pela colheita, pelo melhoramento das sementes e das plantações. Em contrapartida, a discussão, a negociação, o cálculo do lucro, saber perder para ganhar mais adiante, isso me divertia enormemente.

Quanto a mim, para chegar a compreender esses mecanismos, precisei aprender muito, até mesmo forçar minha natureza. Entretanto, o aprendizado da terra e das culturas me foi mais fácil, sem dúvida por ser mais familiar, mais ligado a nossas tradições familiares que o sofrível aprendizado das negociações. Em nosso aristocrático mundo francês, o comércio significava desenobrecimento, ou seja, perda de status. Também havíamos sido educados desprezando os "comerciantes". Meu tio Axel era, sem dúvida, dentro de sua casta, um dos menos hostis, compreendendo melhor que a maioria dos seus que o mundo dos comerciantes e dos fabricantes representava, para o bem ou para o mal, o mundo de amanhã. Não obstante, por instinto eu possuía a capacidade de perceber se estavam mentindo, enganando-me. Para conseguir sair vitoriosa dessas armadilhas, precisei acostumar-me aos perigos que se apresentavam, utilizar estratagemas por mim inventados, abrir mão do pudor, da vergonha, até conseguir distinguir os desonestos dos simplesmente desprovidos de escrúpulos. O mais duro é que o pequeno mundo dos negociantes mostra-se hostil às mulheres, sobretudo os ingleses, que não admitem que uma mulher possa sentar-se à sua mesa e perguntar, feito tola: "*How much?*" Eles consideram, com raríssimas exceções, que nós mulheres, ao pretender negociar com eles, estamos endereçando-lhes insultos! A acreditar que em seu país só a rainha pode fazer com que se ajoelhem e que ela tem como nome Vitória! Lembro-me com desagrado dos primeiros encontros, quando perfumada, elegantemente vestida de semiluto, entrava num salão do Hotel Pharoux ou em uma casa de negócios da rua Direita, exclusivamente freqüentados por homens. Então todos se calavam, intimidados ou furiosos. Meu primeiro grande sucesso me valeu o respeito de alguns negociantes que não faziam parte do pequeno círculo de amigos de João Pedro que, no início de sua ausência, por fidelidade e amizade, ajudaram-me a vender as colheitas de Santa Maria e de nossas outras fazendas.

Todavia, seis meses após seu desaparecimento, quando eu começava a encontrar refúgio no trabalho, tive a oportunidade de comprar, um pouco antes da colheita, uma propriedade que João Pedro cobiçava havia anos. Havia capital disponível e a baronesa de Monte Alto, viúva, sem filhos, aceitou com mais facilidade negociar comigo do que com um homem a venda da fazenda.

Ela estava cansada de ir e vir do Vale do Paraíba ao Rio, mas a arrogância de seus vizinhos a havia convencido a não vendê-la. Teria sido a energia com a qual tomei as rédeas de nossos negócios, a solidariedade feminina? Não sei, mas quando fui lhe apresentar uma proposta de compra para sua casa-grande de Monte Alto, ela me acolheu com boa vontade. Em dois dias havíamos fechado o negócio. A venda de Monte Alto teve grande repercussão do Vale até o Rio, mas o que marcou minha entrada na corte dos grandes foi o resultado de uma longa conversação que vários fazendeiros, inclusive eu, tivemos com os negociantes ingleses. Eles estavam havia pouco na cidade e ninguém ainda os tinha encontrado. Os senhores Greenfield e Steinberg eram extremamente corteses; minha presença não os surpreendeu. O que me causou estranheza é que eles ignoravam a exata composição de nossa corporação! Precisavam de uma grande quantidade de café, mas pretendiam negociá-la a um ótimo preço. Eu sabia que minhas colheitas de Santa Maria e de Monte Alto podiam ser-lhes convenientes e ninguém tinha sozinho tantas toneladas de mercadoria à disposição.

— Precisamos marcar um novo encontro. Senhores, vamos nos retirar e retornaremos depois. Afinal, não conhecemos a reputação e a solvibilidade desses senhores. Gostaria que chegássemos a um acordo antes de retomarmos nossas discussões amanhã ou mais tarde — disse, de forma bastante descortês, o barão de Terra Seca.

Os senhores Greenfield e Steinberg não deixaram transparecer sentimento algum. Levantaram-se, acompanharam os fazendeiros à porta e eu, do alto de minha pouca idade, permaneci.

— Madame — disse-me muito amavelmente o sr. Steinberg —, creio que a senhora não compreendeu a posição de seus amigos.

— Meu caro senhor — respondi, com uma voz que pretendia segura —, não sou amiga deles. Para começar porque sou mulher, depois porque para eles sou e sempre serei uma estrangeira, mas, sobretudo, por acaso os senhores ouviram dizer "Senhora, senhores!". Não, o barão de Terra Seca deve ter pensado, como de hábito, que eu não existia. Por isso me permiti ficar.

— Estamos lisonjeados, condessa.

— Senhores, creio que "meus amigos" esqueceram que sou a única que possuo, sem que seja preciso negociar com qualquer outra pessoa, a quantidade de café que pretendem comprar. Digam-me a data e a mercadoria que precisam ter no cais e me comprometo a respeitar a palavra dada agora, se a aceitarem. Bastará apenas negociar o preço. O que os senhores propuseram é demasiado baixo para todos, inclusive para mim, mas sei que posso lhes propor um preço justo.

Peguei um papel e nele marquei um valor claramente mais elevado do que o que me convinha.

Os dois senhores, impecavelmente vestidos, afastaram-se para trocar algumas palavras. Depois, voltando à mesa, pegaram um papel e nele escreveram uma contraproposta que me passaram com um sorriso. O valor proposto era superior ao que esperava. Assim, para prolongar o jogo, peguei novamente um papel sobre o qual escrevi, divertida: "De acordo."

Beijaram-me as mãos, foram buscar uma garrafa de champanhe e, para minha surpresa, uma pequena caixa. Por superstição aceitei tomar um gole e avisei que enviaria alguém para receber a metade da soma combinada na data da assinatura do contrato.

O anúncio do acordo, dois dias mais tarde, quando meus "amigos", muito seguros de si mesmos, voltaram (sem a minha presença) à mesa de negociações, teve o efeito de um trovão num céu sereno. O único que ficou realmente com inveja da situação foi o barão de Terra Seca. Os outros, por fidelidade a João Pedro ou por respeito a meu *savoir-faire*, saudaram minha primeira grande vitória com *fair play*. Desde esse dia, Terra Seca resolveu desforrar-se e a raiva que tomou de mim não teve limites nem fim. Ele havia sido condiscípulo de meu marido no colégio na infância e na adolescência e desde essa época a animosidade entre eles não era segredo para ninguém. Seu desaparecimento, me disseram, o havia deixado indecentemente alegre. Esse sucesso talvez fosse a seus olhos uma forma de retorno imprevisto e humilhante de seu inimigo de sempre.

Tive a idéia de reinvestir o dinheiro dos ingleses o mais rápido possível, comprando terras na província de São Paulo. Não fui a única, mas certamente uma pioneira. A conversa que tivera na Europa, alguns anos antes, sobre a fragilidade e a inadaptação da escravatura como sistema econômico, independente mesmo de seu aspecto monstruoso e imoral, havia me servido de aviso e, como se eu o precisasse, de lição.

No entanto, quantos fazendeiros não compreenderam, por uma cegueira culpada, que não podíamos mais, por muito tempo, admitir que um ser humano pudesse ser considerado como mercadoria? Era preciso ser cego, limitado, para não ter entendido o alerta que foi a Lei do Ventre Livre. Quanto à máquina a vapor e às novidades técnicas, também representavam elementos que permitiam compreender que o tempo dos escravagistas estava terminado.

Reconheço que nunca pude me solidarizar com os retrógrados e nostálgicos. Fosse por instinto, sentimento religioso, educação ou pragmatismo, sempre afastei de meu espírito, de meus salões, de minha casa-grande esses barões que acreditavam, inflexíveis como o ferro, que o dia da abolição jamais chegaria. Que seu mundo era imutável, eterno. Por experiência, sabia que de um dia para outro o rei se torna um pária, obrigado a partir de imediato para o exílio, abandonando o poder e sua Corte para correr, como proscrito, as raras capitais dispostas a acolhê-lo. Sabia que os bens podem ser confiscados de um dia para o outro, sem compensação de qualquer espécie, deixando os mais ricos mais pobres que os pobres, já que incapazes de suportar a pobreza. A arrogância dos "ultras" me deixava irritada e inquieta. Que mérito tinham esses "senhores" com suas certezas inatacáveis? Em todo caso, não sua força de trabalho!

Durante longos meses e anos, percorri os difíceis caminhos das serras, acompanhada de meus filhos e de minha gente, a cavalo, em liteira, no lombo de mula para chegar a São Paulo, Campinas, voltar a Santa Maria e depois retomar a estrada para Santos e para o Rio. Minha caravana era conhecida e ridicularizada nas províncias de São Paulo, de Minas e na região fluminense, mas isso me era indiferente. Essa mobilidade me permitiu encontrar as melhores terras, tornar-me popular junto aos armadores, administradores e negociantes estrangeiros, surpresos e com freqüência conquistados por essa bonita mulher determinada, trabalhadora e — por que não? — charmosa.

Minha ascensão provocou admiração e inveja. Em 1859, quando voltei da Europa trazendo colonos suíços para plantar minhas terras de Bom Pastor, quando confiei aos escravos alforriados as terras de Pequena Maia, situadas numa região plana no sul de Campinas, provoquei estupor. O furioso Terra Seca, considerando que eu havia ultrapassado os limites e que assim comprometeria o sistema, tomou a frente de uma oposição aberta visando levar-me à ruína.

Terra Seca não era um homem totalmente desprovido de qualidades. Em primeiro lugar, era um homem bonito, culto e cavalheiro. Entretanto, sua misoginia, sua arrogância, sua brutalidade só encontravam paralelo no desprezo pelos outros. Ele só poupava alguns proprietários que o apoiavam e propagavam sua doutrina de um outro tempo.

No mês de junho de 1861, a caminho de São Paulo para Campinas, encontramos dois homens a cavalo. Estavam banhados de suor, as roupas desfeitas daqueles que se bateram. Apresentaram-se tão rapidamente que não compreendi seus sobrenomes nem o do patrão. Falavam nervosos de uma fazenda que fora atacada não distante dali e me pediram com insistência que cedesse parte de meus homens para atacar os assaltantes pela retaguarda e liberar o patrão, preso numa armadilha na casa-grande cercada. Concordei e pedi a Keita que selecionasse nossos homens mais destemidos para correr em socorro do fazendeiro.

Ao passo de nossas mulas, continuamos nosso caminho. Cerca de duas horas mais tarde, numa zona deserta e rochosa, caímos numa emboscada. Reagimos e dois dos meus foram feridos de morte. Soube que Keita, no caminho, assaltado pela dúvida, conseguiu com seus homens despistar os bandidos. Ao retomarem o caminho de Campinas, descobriram o cadáver de um homem agonizante e minha liteira abandonada. Os cavalos tinham sido roubados e só restavam as mulas pastando e alguns dos meus homens que não foram levados ou que tinham conseguido escapar da perseguição dos bandidos, escondidos atrás dos rochedos. Keita reagrupou-os, fez enterrar os mortos e seguiu as pegadas dos atacantes. A marca dos cascos dos cavalos desapareceu nas águas de um rio e, morto de inquietação, Keita resolveu dar um alerta em Campinas.

Durante semanas, rapidamente, com os soldados que o imperador pessoalmente colocou à disposição do coronel Sant'Anna Ribeiro, que comandava o quartel de Campinas, vasculharam a região na esperança de descobrir meu paradeiro. Em vão!

Meus agressores, uma vez chegando ao rio, separaram-se. Aquele que parecia ser o chefe desceu o curso d'água comigo e com Joaquina. Eu fui feita prisioneira, algemada, presa a um cavalo, uma venda na boca para me impedir de gritar e uma outra nos olhos para me impedir de ver. Devemos ter feito assim mais de vinte léguas antes de chegar ao lugar do cativeiro. Meus carcereiros encapuzados retiraram-me finalmente as vendas. Minha cabeça e a de Joaquina doíam horrivelmente. Foi preciso nos segurar e nos conduzir à peça que nos serviria de cárcere já que titubeávamos como mulheres bêbadas. Devíamos estar numa chácara isolada, pois escutávamos o canto de um galo, o cacarejo de várias galinhas e mais longe os grunhidos de um porco, do qual, quando o vento não nos era favorável, sentíamos também o odor. Através dos postigos que haviam pregado nas janelas, por vezes penetravam alguns raios da lua e do sol. Por uma dessas pequenas felicidades dos infelizes, as paredes de nossa prisão tinham sido, imediatamente antes de nossa chegada, caiadas, o que dava à peça, apesar de tudo, uma certa luminosidade. Foi uma sorte terem me deixado minha querida Joaquina. Graças a ela as semanas de cativeiro foram mais doces e suportáveis, apesar do leito sem estrado nem colchão, da água do poço e da farinha ruim de mandioca como única refeição.

Capítulo XI

O barão de Terra Seca

A prisão, o cativeiro, a privação da liberdade são uma terrível escola para qualquer ser humano! Quando se nasce livre, não há nehuma referência, nenhuma recordação, nenhuma idéia do que pode ser o enclausuramento. À parte a masmorra do convento, com sua água e seu pão seco, nunca soube o que representava a solidão do escravo preso a ferros no isolamento. Se eu já não fosse violentamente abolicionista, teria me tornado uma após minha triste experiência.

De vez em quando através da parede percebia que a vida continuava do lado de fora. Escutava um bebê chorar e crianças maiores discutirem por razões aparentemente fúteis. Por vezes mesmo um dos carcereiros cantava, com voz bastante bela, canções do Sul do país. Contudo somente a presença de Joaquina impediu-me de dissipar-me na melancolia. Sua força de caráter e grande delicadeza me serviram de bálsamo, remédios que me mantiveram viva.

— A senhora sente falta de seus filhos, mas que sorte terem ficado no Rio para o aniversário da princesa Isabelle. Senão estariam aqui conosco, trancados ou feridos, quem sabé até... mortos. Eles já devem estar à sua procura, madame, terrivelmente inquietos, infelizes, mas livres e vivos, graças a Deus! — dizia-me sempre.

Então nos ajoelhávamos, na terra batida, e agradecíamos a Deus por ter salvado meus filhos. Quando o desespero mostrava sua desagradável figura, Joaquina repisava, a ponto de me fatigar: "Como dizem os índios, o desespero é um erro."

— A senhora verá que Keita e os soldados nos encontrarão e nos devolverão a liberdade. Eu sei!

Nossa rotina de cativas reduzia-se a um mínimo estrito. Por volta das oito horas, um guarda encapuzado vinha servir duas tigelas de leite frio e pão. De vez em quando tínhamos direito a uma sopa espessa de feijão que fazia nossa alegria. Às dez horas da manhã uma mulher muda — tinham-lhe cortado a língua em circunstâncias para nós desconhecidas — nos trazia uma bacia de água para minha toalete, como se a de Joaquina não tivesse razão de ser. Essa velha era nossa única "mordomia" e, acima de tudo, nossa única ligação com o mundo exterior, a única de quem podíamos ver o rosto. Nos primeiros tempos, ela estava sempre acompanhada de um guarda que parecia um forçado de prisão, mas, à medida que os dias foram se passando, ela passou a vir sozinha. Não falava e tampouco sabia ler. Entretanto, por meio de gestos e de desenhos no chão de terra, conseguimos enternecê-la e obter dela — ah!, nada de extraordinário! — um pedaço de sabão e um pente de chifre. Nossa rotina também passou a incluir uma limpeza regular e a lavagem dos cabelos. Todavia, não conseguimos nunca um livro, nem mesmo a Bíblia. Então durante as horas da tarde, eu e Joaquina recitávamos as poesias que sabíamos de cor. Esse exercício nos permitiu — hoje sei — escapar da loucura. No final de nosso cativeiro, "a muda" nos trouxe um baralho que me pareceu, levando-se em conta as circunstâncias, o mais precioso dos presentes. À noite, depois de jantar mandioca, dizíamos nossas orações e, apesar de não termos terço, rezávamos nosso rosário. Recordo-me desse período de minha vida com tristeza, mas também com bastante emoção. Estávamos reclusas, irmãs carmelitas, sem no entanto termos decidido afastarmo-nos do mundo pela clausura e inventáramos nossa "regra". Ela nos susteve até o dia de nossa libertação. Antes de relatá-la aqui, gostaria de contar as contingências que nos levaram à liberdade e mesclar meu relato com o de meu salvador.

Havíamos há muito perdido a noção dos dias da semana; julgávamos estarmos em julho ou já em agosto. A noite era fria e dormíamos abraçadas, completamente vestidas. Uma manhã em que o vento do planalto soprava forte, escutamos um barulho de cascos e vozes de homens. Colocamo-nos de joelhos a rezar e foi assim que três homens portando espadas nos encontraram ao entrar em nossa prisão. Um deles pediu que eu me levantasse e esticasse os braços para que os prendesse. Joaquina não queria permitir, interpôs-se e foi violentamente empurrada e espancada.

— Não insista, Joaquina, estamos sob a proteção do Senhor todo-poderoso e da Virgem Maria. O que tiver de acontecer, acontecerá.

Quando a deixei, estava em pranto, ajoelhada, e um filete de sangue escorria de seu nariz ferido.

A luminosidade do dia me ofuscou a ponto de me deixar tonta. Colocaram uma venda em meus olhos e me instalaram no lombo de uma mula. Pegamos um caminho revestido de pedras sob o sol do inverno que, no meio da tarde, esquentava bastante. Ao cair da noite compreendi, pela reação de meus guardiões, que aproximávamo-nos de nosso destino. Cerca de vinte minutos depois, retiraram minha venda. Para minha enorme surpresa, encontrava-me num bonito quarto espaçoso com uma cama de baldaquino, no estilo de Minas, e os armários cheios de roupa branca. As grandes ripas de jacarandá do piso estavam recobertas por um enorme tapete de Portugal. Entre as duas janelas fechadas e trancadas, havia uma bonita secretária sobre a qual estava instalado um grande espelho. A porta fora fechada às minhas costas e, para minha grande tristeza, não havia um único livro. Por uma porta, discretamente situada à esquerda da cama e que só se abria com chave, entrou uma jovem mulher bem vestida. Fez uma reverência e me disse:

— Chamo-me Louise e estou aqui para servi-la. Gostaria de tomar um banho?

— Com muito prazer — respondi arfante. — Há meses só me lavo com água fria e um sabão horroroso. Diz-me, Louise... onde estamos?

— Recebi ordens de nada dizer a madame.

— E quem são teus patrões?

— Não me faça perguntas, madame, a senhora me obriga a não respondê-las.

— Onde posso tomar meu banho?

— Queira acompanhar-me, madame.

Segui, portanto, a silenciosa Louise. A porta dava para uma passagem estreita, ao final da qual três degraus bastante altos levavam a uma bonita sala de banho em formato octogonal com um piso de mármore rosa-claro. Na parede uma série de espelhos refletia a minha imagem e a de Louise. No centro do octógono, uma banheira de mármore de uma cor um pouco mais escura que a do piso. Minha nova camareira ajudou-me, resoluta, a despir-me. Essa atitude me surpreendeu mais do que me incomodou.

— Madame, queira ficar de pé na banheira.

Louise começou por me pedir que permanecesse de pé enquanto derramava, lenta e cerimoniosamente, água sobre meu corpo.

— Vire-se, madame; não desse lado, do outro.

Esse pedido tão específico me intrigou. Voltei-me, mas ela tornou a me pedir, insistente, que eu me virasse para o lado por ela indicado.

— Mas por quê? — perguntei, com uma ponta de irritação. Estranhamente, ela não queria ou não podia responder.

— Permita-me deitar na banheira! Quem me garante que um velhaco, um patife, não se encontra por trás de um desses falsos espelhos, a nos observar em nossas posturas de ninfas da Antiguidade?

— Madame, nem pense nisso!

— Penso sim! — Peguei então o sabão perfumado e joguei-o, com um gesto violento, em um dos espelhos.

— Madame! Não!

O espelho se partiu com um barulho de vidro estilhaçado. Achei ter visto um homem do outro lado, mas não tive certeza.

— Meses de cativeiro me deixaram nervosa, me colocaram à beira do desespero. E tu, que nem ao menos me dizes onde me encontro!

— Vamos voltar ao quarto; tenho ordens de vestir a senhora.

— Por quê? Diga-me por quê. Senão não farei esse esforço.

— O patrão quer encontrar a senhora...

— Me encontrar? Por acaso o conheço?

— Já falei demais.

Ela me vestiu, me perfumou, chamou uma outra mulher para me pentear. Eu não me opunha, mas era como um peso morto. Depois de ter me aprontado e até mesmo me maquilado, retiraram-se pela portinhola trancando-a pelo lado de fora. Meus olhos encheram-se de lágrimas. Quanto tempo se passou entre a saída das mulheres e a chegada do patrão? Uma hora? Duas? Não me recordo mais. O que recordo é que estava adormecida numa poltrona quando voltei a ouvir o barulho da chave na fechadura. A princípio só vi uma máscara. Ela escondia a parte de cima do rosto e o nariz de um homem alto. Depois a máscara se pôs a falar com uma voz nasalada, numa tentativa de disfarce. Apesar disso, pensei ter reconhecido a voz. Ainda tinha dúvidas, mas ao aproximar-me de meu carcereiro, requebrando para torná-lo confiante, consegui, de um gesto brusco, arrancá-la.

— Terra Seca, então é o senhor! Como pude ser tão idiota para não saber desde o primeiro minuto de meu rapto? Então o senhor chegou a esse ponto. Criminoso! Bandido!

Minha voz era fria, eu cerrava os dentes e os punhos, meus olhos lançavam faíscas. Ele me pegou o braço bruscamente e puxou-me contra ele.

— A senhora não passa de uma estrangeira, uma inimiga perigosa e perniciosa, uma espiã, uma ladra.

— Ha! Ha! Ha! — ri.

Ele me deu uma bofetada violenta.

— Pare de rir. A hora não é para zombaria!

— Quer que eu chore?

— Que se cale! Está à minha mercê! Compreenda de uma vez por todas.

— Quando vai me restituir a liberdade?

— Nunca! Pode acreditar em mim. Estou aqui para acabar com sua vida, mas antes vou usufruir do que seu marido gostava na senhora.

— Prefiro que me mate! Jamais cederei! Jamais!

— Ah! Isso é o que veremos! — Tirou do cinto um pequeno punhal e colocou-o em minha garganta.

— Ordinário! Miserável!

Torceu com força meu braço e imprensou-me contra a parede de um jeito que não me permitia me mexer. Com a outra mão, utilizou seu punhal para cortar os laços de meu corpete e rasgar meu vestido. Sentia sua respiração ofegante, sua cólera e seu desejo. Eu estava perdida, só me restava a fé. Então, em voz alta, comecei a rezar. Ele berrou:

— Cala-te! Estás escutando? Mais uma palavra e eu te furo com minha faca!

Eu não estava com medo, tendo me acostumado alguns segundos antes à idéia de morrer. Ao ouvir meu vestido cair e o último laço de meu corpete saltar sob os golpes do punhal, pensei em meus filhos, em João Pedro, em todos os meus, tanto os mortos quanto os vivos. Em uma visão fulgurante, revi Mortagne, a rua de Bellechasse, mamãe, Axel e meus tios Miry. Minha vida passava a toda velocidade, como se fosse um caleidoscópio em que, além dos rostos da minha família, desfilavam os de Joaquina, Keita...

De repente, quando ele apertava com força minha nuca com uma mão e com a outra torcia-me o braço, escutei barulhos terríveis de porta forçada, de vidro quebrado. Depois, mais nada; desmaiei.

— A notícia de seu rapto tornou-se conhecida quando um dos homens de Keita chegou, a toda velocidade, ao palacete do Catete. Em meia hora fui avisado. Tal notícia me transtornou e me deixou revoltado. Quis saber mais. Era preciso, a todo preço, saber os mínimos detalhes sobre as circunstâncias do ataque. Chicão, o braço direito de Keita, precisou, apesar da fadiga, explicar a um dos meus tudo o que se passara entre São Paulo e Campinas. Durante toda a noite pesei, analisei detidamente as informações assim obtidas. Minha primeira convicção foi de que não podia se tratar de uma ação conduzida por meros bandidos de estradas. Não havia nada que fizesse supor uma ação fortuita. Tudo tinha sido planejado, elaborado, preparado e bem executado. O pedido de ajuda feito pelos homens, pretensamente descontrolados, deixando-a sem grande proteção, facilitava a emboscada. A determinação dos atacantes que não hesitaram em matar covardemente e ainda por cima escondiam o rosto! Isso provava o medo de serem reconhecidos. Esse ponto me convenceu de que esses homens, esses capangas, podiam ter tido contato com sua gente. Deduzi rapidamente que a senhora conhecia seu agressor. Essa conclusão me levou a fazer por escrito (guardei o documento) a lista de pessoas passíveis de querer prejudicá-la a ponto de fazê-la desaparecer.

Em primeiro lugar pensei em Maria Regina, mas, nessa época, ela estava desconfiada e na defensiva. Seus meios de ação haviam sido consideravelmente reduzidos por meus ataques e vivia como uma fugitiva. Conhecendo, todavia, sua capacidade de causar mal, sua vontade de prejudicá-la, não descartei essa hipótese. No entanto, algo me incitava a procurar em outra parte. Pensei, por um momento, no barão de Itapirim, meu suposto pai, mas rapidamente desconsiderei essa conjectura. Meu desaparecimento e sua ascensão haviam-no colocado num estado de ódio e de inveja, mas minhas irmãs e minha madrasta sempre opunham-se às raras veleidades que por vezes o animavam.

Restava buscar alguém a quem seu *savoir-faire* e sua insolente vitória tivessem suscitado a inveja.

A ação era particularmente audaciosa, até mesmo arriscada. Era preciso, por conseguinte, que fosse bem organizada, e para tal era preciso homens e dinheiro. Ora, por meio dos relatos, não falta nem um nem outro.

Minhas suspeitas concentraram-se rapidamente no nosso pequeno mundinho da Corte, precisamente na nobreza do café! Quem era o barão, o conde, o visconde que poderia ter organizado esse ato de infâmia e com que objetivo? Seguindo o princípio de que a senhora não havia, durante todos os anos de minha ausência, jamais manifestado pública ou privadamente qualquer ataque à minha pessoa, muito pelo contrário, eu sabia que seus inimigos eram também meus.

Elaborei meu plano e, por volta das três horas da madrugada, reunia meus homens para um conselho. Para partir para a guerra, é conveniente preparar-se, organizar-se e quando as circunstâncias o permitirem — atacar! Por vezes a estratégia longamente pensada vai de encontro ao imprevisto, mas a análise do terreno, o estudo dos meios do inimigo, de sua psicologia, ajudam a limitar as hipóteses e a frustrar seus planos.

— Júlio, ao alvorecer, vinte de meus homens armados, com cavalos e mulas, deverão partir para Campinas. Aguardarão as instruções e não devem se impacientar.

Josué... Quero conhecer todos os movimentos de... Terra Seca. Onde ele está? Desde quando? Aonde vai? Quando? O que pensa? O que diz? Pague, pague o preço que for preciso.

Carlinhos! Faça o mesmo em relação aos aliados desse bandido. Vigiem Silveira, o amigo português de Terra Seca, bom cristão demais para ser honesto, o barão do Ipê e o gordo Rodrigues. Por ódio às idéias novas, eles seriam capazes de mandar Cristo de volta à cruz!

— Amanhã às sete horas da manhã e nos dias seguintes, se for preciso — ele mesmo sugeriu.

— Josué! Quero que a segurança de meus filhos seja reforçada. Há apenas dois dias, vi Pedro sem proteção alguma, cavalgando na praia do Flamengo.

Nos três dias que se seguiram, recebi informações suficientes para elaborar meu plano. Para minha surpresa, soube que Terra Seca estava no Rio. Havia mesmo sido visto em São Cristóvão, no Senado, e recebendo seu clã com fausto no cassino. Refletindo, achei que as atividades sociais e mundanas de Terra Seca não correspondiam à sua discrição habitual. Por que essa ostentação a não ser para assinalar sua presença na capital, livrar-se de toda suspeita e assim fazer supor o ataque e o rapto como obra de bandidos, de escravos fugitivos? A crer em meus espiões, ele se mostrava pesaroso quando seu desaparecimento era mencionado. Pois na Corte, assim como na cidade, não se falava de outra coisa. Lembro-me bem de que o imperador mandou chamar nossos filhos ao palácio da cidade onde concedia audiência, no dia posterior à chegada da novidade ao Rio. Foi quase afetuoso com as crianças, que não compreendiam muito bem o motivo de tal solicitude. Rezaram inúmeras missas de ação de graças na capela imperial, no Outeiro da Glória, na Igreja da Lapa dos Mercadores e na do Rosário. De súbito a cidade, em torno de minha madrasta e de minhas irmãs, tinha tomado os ares de um monastério carmelita. Não falo das procissões dos penitentes, aquelas das terceiras ordens que circulavam nas ruas do centro para chamar o povo à oração. O ministro da delegação da França, conde de Gobineau, cancelou a recepção de comemoração do aniversário do príncipe imperial, pois o momento não era para festas. No entanto, lembra-te de suas intermináveis discussões com Sua Majestade a propósito das idéias racistas de seu embaixador?

Quinze dias depois, Terra Seca deu a conhecer que se dirigia para o Vale do Paraíba. Coloquei meus homens de Santa Maria em estado de alerta e segui-o em meio à serra. Ele não mentia. Como previsto, tomou o caminho do Vale, mas eu tinha a íntima certeza de que ele não ficaria ali por muito tempo. Na realidade, deu a impressão de que iria se instalar. Comecei então a me inquietar até o dia em que meus homens interceptaram, no caminho da província de São Paulo, um emissário que eu havia mandado seguir desde sua saída da fazenda de Terra Seca. Ele levava uma mensagem enigmática, mas não o suficiente para que as intenções do barão me escapassem. Eu exultava. Eu tinha razão! Interceptamos o emissário quando ele se encontrava próximo à Fazenda do Pinheiro, seu lugar de destino. Despareceu para sempre, portador de uma mensagem que não chegou a lugar algum. *Hélas*, perdemos as ilusões, pois lá não estavam nem Joaquina, nem minha bem-amada.

Entretanto, a mensagem se destinava a Pinheiro. Mais uma vez, bastava a meus homens seguir aqueles que deixassem a fazenda. Meus espiões observaram dois homens quando estavam, sem dúvida, no caminho que separa a Chácara da Fonte, seu lugar de cativeiro, da Fazenda do Pinheiro. Houve uma perseguição memorável: um foi pego perto do rio por um de nossos cães; o outro, tendo tomado a direção da montanha, só foi capturado à noite. Terminou por confessar, depois de forçado, o endereço onde a senhora se encontrava. Terra Seca finalmente decidira deixar o Vale e tomou, como previsto, o caminho de São Paulo. Nós estávamos divididos em dois grupos: um formado por falsos monges franciscanos e padres seculares, chiques o suficiente para viajar a cavalo; o outro grupo lembrava uma seção de um regimento de cavalaria, supostamente dirigindo-se para Campinas. No albergue, sem se aperceber, Terra Seca hospedou-se ao lado de seu pior inimigo. Um homem vindo da fazenda fez-lhe o relatório do desaparecimento de vários de seus comparsas. Ele pareceu mais instigado que preocupado. Não podia supor uma ligação de causa e efeito entre esses desaparecimentos e a concepção de um plano de salvamento. Já na manhã seguinte deixou, sem mais ser seguido, o albergue em direção à Fazenda do Pinheiro, onde o havíamos precedido ocupando discretamente nossa posição em torno da fazenda.

Eu vi sua chegada, Marie Adélaïde, as mãos atadas, os olhos vendados, de meu posto de observação, vindo da Chácara da Fonte para lhe ser entregue. Poderíamos ter intervindo naquela ocasião, mas eu queria confundir o traidor, o infame, acabar com ele de um só golpe. Quando Terra Seca chegou, sabíamos onde haviam-na instalado na casa-grande. Só precisávamos saber, e rápido, quando eu desse o sinal, o caminho mais curto para chegar a seu quarto. Foram seus gritos que precipitaram minha decisão de atacar, quando nem todos os meus haviam ainda assumido seus lugares. O assalto, deve se lembrar, foi mortífero, muito mais do que eu imaginara. A resistência da guarda, a força e o excelente manejo de armas de dois dos espadachins colocaram em dificuldade o plano do qual eu estava bastante seguro.

Ao entrar em seu quarto, meus homens tinham ordem de arrancá-la das mãos dele, de trazê-la sã e salva e, uma vez afastada da casa-grande, tinha sido combinado que eu me encarregaria dele. Mas o desgraçado a mantinha refém! Josué, com grande presença de espírito, *hélas*, encarregou os irmãos Silva de manter a guarda até seu regresso. Ele se foi como um louco até a cozinha e ao passar por mim, me disse: — Fique aqui até meu retorno. — Quanto tempo durou sua expedição? A mim pareceu uma eternidade. Escutei seu passo rápido na escadaria e fui a seu encontro. Trazia na mão uma arma de fogo e na outra a espada. — Aguarde meu chamado. — Voltou a passar por mim para entrar no quarto. Vi que seu ombro sangrava. — Ai! Ai! — berrava Terra Seca.

Vi os dois irmãos saírem carregando um corpo, que sabia ser o seu, embrulhado numa coberta arrancada da cama.

— Patrão, patrão! — Josué me chamava. Ele mantinha refém um homem elegantemente vestido que limpava, com o avesso da camisa de renda, os olhos cobertos de fuligem.

Então era isso! Quanta astúcia! Terra Seca, o rosto escurecido de onde saíam olhos que piscavam ao me ver de capa e com uma venda no olho, berrou:

— Quem és tu?

— Ainda não me reconheceste? Em guarda! Passa-lhe tua espada, Silva.

O homem hesitou.

— Não hesite, não vou me bater com um homem sem espada.

— Patrão — anunciou Silva —, ele está armado com um punhal.

— Então passa-me a adaga de teu irmão.

Silva lançou sua espada a Terra Seca e João, o irmão, me deu sua arma. O combate durou cerca de quinze minutos e cometi o erro de mandar os dois irmãos e Josué verificarem o motivo de gritos no pátio. Acreditei que venceria rapidamente Terra Seca pois, que eu me lembrasse, não tinha a reputação de ser muito hábil. Eu o subestimei. Não se deve jamais subestimar o adversário. No entanto, eu o fiz. A espada não era — é verdade — seu forte, mas o manejo do punhal e da espada juntos lhe dava uma clara vantagem. A noite caía e eu esperava que a senhora já estivesse longe de Pinheiro. Eu mandara liberar Joaquina e, de acordo com meu plano, as duas galopavam em direção a Campinas. Tive uma idéia: e se eu o deixasse ver meu rosto de diabo? Isso poderia lhe causar uma espécie de náusea, desestabilizá-lo, e lembrando-me de que eu jogava capoeira melhor que meus escravos, quem sabe um salto não faria com que eu retomasse a vantagem? Com um gesto da mão que segurava o punhal, tirei a venda e, como um digno diabo, saltei. Era essa a tática correta. Vi em seu olhar todo o nojo do mundo; por um momento ficou surpreso. Aproveitei-me para lhe aplicar um pontapé na cabeça. Ele titubeou, bateu na parede. Um golpe de espada atingiu sua mão esquerda e ele deixou cair a arma. No momento o duelo era desigual: eu trazia numa mão o punhal e na outra a espada. Sou canhoto, como bem sabe, o que por vezes desconcerta o adversário. A luta deveria, portanto, ter rapidamente virado a meu favor, o que não aconteceu. A besta estava numa situação difícil, mas sua determinação para desvencilhar-se e recuperar terreno era total e — quem sabe? — planejava aproveitar-se de um momento de desatenção, para conseguir dar a estocada. Ele quase teve êxito quando a lâmina de sua espada roçou minha orelha esquerda. A visão de sua espada coberta com o meu sangue me enlouqueceu. Fui tomado por essa força estranha gerada pelo desespero e num contra-ataque consegui encostar-lhe a lâmina na garganta. Com meu punhal, cortei o colete, a camisa e, com um gesto de cirurgião, imprimi em seu torso uma cruz, minha marca da infâmia. Ele gritou, afastou a lâmina com a mão sob o risco de se ferir no pescoço, e, empurrando-me com o joelho violentamente, tentou me dar um golpe fatal na cabeça. Evitei-o por pouco, o suficiente, entretanto, para que o soltasse e ele com um pulo chegasse à janela. Com um impulso e o peso de seu corpo atravessou a janela e fugiu na escuridão da noite que caía.

— Não perdes por esperar, eu te encontrarei — gritei sem fôlego, com rancor.

De manhã bem cedo, seguimos as marcas de sangue, mas elas desapareceram rápido na grama dos campos. Mandei que organizassem batidas, mas em vão! Terra Seca, ferido, marcado por toda a vida com meu selo da infâmia, havia conseguido fugir e desaparecer em meio à natureza. Graças a Deus, o essencial tinha sido obtido... A senhora estava viva, livre. Mas não chegou a saber de todas as intenções de nosso inimigo. Viu que ele pretendia violentá-la, mas não sabia que depois a deixaria como diversão para seus capangas, antes que eles a matassem. Esse ato extremo, quem poderia imaginar? Vasculhando a casa-grande encontramos, num escritório, contratos de venda que destituíam nossa família de nossos principais bens a favor de seus testas-de-ferro, em particular o português Silveira, mas também em nome de muitos de seus aliados, dentre os quais o próprio barão de Itapirim. Eu os tenho em lugar seguro e eles ficarão nos arquivos familiares, como belas peças históricas!

* * *

Antes que a aurora chegasse, ele me deixou, afastando-se de minhas demonstrações de ternura e, mesmo no escuro do quarto, pegou suas roupas e vestiu-se com facilidade. Voltando ao leito, beijou-me uma última vez, longamente, e desapareceu. Como sempre deixou-me feliz, mas exausta. Só tínhamos mais duas noites em Mortagne, e havia tanto a nos dizer!

Antes do final do jantar nas duas noites seguintes, eu dava sinais de impaciência. Eu, normalmente tão disposta a cantar, a jogar cartas, a bordar enquanto ouvia meus filhos lerem uma passagem de um livro de aventura, dizia estar fatigada, apressada por subir para meu quarto a fim de repousar. Chantal não era tola! Eu não precisava confiar-lhe as verdadeiras razões de querer pôr fim às distrações após o jantar. Ela compreendia.

— Meninos, sua mãe precisa repousar; desejem-lhe boa-noite e não esqueçamos que é preciso levantar cedo para preparar a viagem! Só mais dois dias, meus pequenos senhores! Não! Não!... Não são mais crianças. Leiam então em seus quartos, isso lhes fará bem, mas nada de uma última partida de cartas. Por esta noite, terminou! Além do mais, estou bocejando, eu também estou cansada.

Eu beijava meus filhos, que, um pouco cerimoniosos demais, vinham me desejar boa-noite e balbuciando vagos agradecimentos a Chantal subia apressada para meus aposentos. A impaciência, a rapidez com que eu me despia e fazia a toalete me deixavam surpresa. Em alguns minutos, Joaquina e suas companheiras concluíam suas tarefas e eu me encontrava sozinha em meu quarto, sem o prazer de ler ou de tocar cravo, tendo apenas diante de mim longas horas de espera que me entediavam. Lamentava minha precipitação, mas de nada adiantava. Até a última noite, eu a todos apressava para encontrar-me tal e qual uma tola a perscrutar na penumbra os indícios: rangidos, correntes de ar e ruídos diversos de portas, de passos, de tecidos... Só Deus sabe como a noite é tagarela, povoada de um silêncio rico, autora de um alfabeto considerável, feito de tique-taques, de dezenas de pequenos ruídos não identificáveis e que tentamos decifrar. Ah! Esse ruído é o sinal... é ele! Dessa vez é ele mesmo, tenho certeza. Às dez horas da noite ele vai chegar... Um, dois... quatro... sete, dez, onze, doze... Bolas!... Enfim ele penetrava no quarto, sem barulho, surpreendendo-me com sua capacidade de frustrar todas as minhas considerações. Quando se instalava pertinho de mim na cama, eu ficava zangada por ele chegar tão tarde, quando a única culpada pela espera era eu e só eu. Rapidamente voltava a sentir prazer e ficar de bom humor; rapidamente retomava o curso de meus relatos "à maneira de Scherazade", pronta a enfrentar as longas e calmas horas noturnas para contar-lhe o que ainda não sabia da minha vida. Mas o que não sabia? Fingia descobrir com interesse e paciência esses dias inteiros de minha existência ou completava somente uma história que ele conhecia bem mais do que preferia deixar crer? Às vezes por um comentário, uma palavra, ele me dava a resposta sobre um ponto que eu não sabia, até o momento, explicar. Concluí antes do final da última noite que ele esteve presente em minha vida com muito mais freqüência do que eu pressentira e repetidas vezes compreendera. Esse João Pedro, liberado da influência nefasta de Maria Regina, ressucitado depois de ter sido considerado, por todos, como morto, me tornava feliz e confiante.

Capítulo XII

Axel, o outro neto do conde de Curcourt

Na vida de uma esposa — contava a João Pedro na última noite de nossa estada em Mortagne — existem momentos que marcam profundamente, mais profundamente ainda do que aqueles que, aparentemente, são os que contam na existência dos casais. O que eles valorizam, a nossos olhos de mulheres, nos parece bem ridículo. O outro sexo não conhecerá jamais o mistério das primeiras regras, suas dores e esse sangue que corre de uma ferida imaginária que pode deixar-nos apavoradas se, como vi acontecer com muitas de minhas colegas de convento, esquecem de nos advertir, de nos explicar, de nos tranqüilizar. Não falarei dessas outras alterações que surgem também na idade púbere dos jovens, pois os homens contraporiam que a mudança de voz, o aparecimento da barba e outros apanágios masculinos contam tanto quanto o milagre do desenvolvimento dos seios! Não! O que os homens jamais conhecerão é o poder, o orgulho que nós mulheres temos de gerar uma outra vida. Sem nós, nada a fazer, a raça humana não existiria. Eles podem nos menosprezar, diminuir nosso papel, nossos direitos, mas não poderão jamais nos tirar essa força, essa responsabilidade essencial de transmitir a vida. No entanto, isso é de uma obviedade ridícula: o que seria da mais poderosa das amazonas, da mais imperial das princesas, sem um príncipe consorte, sem esses zangões que se agitam durante o período tão curto, tão efêmero das núpcias? Mas então o que dizer de nossas uniões cristãs que por meio do sacramento nos fazem jurar fidelidade conjugal eterna? Muitas vezes trata-se de um pacto ultrajante, de um contrato hipócrita, de promessas aviltantes. Eis nosso destino! Eu havia casado, movida pela paixão, com um homem que ignorava ser filho de Axel de Curcourt, meu tio. O destino havia me transformado na esposa de meu primo-irmão. Ele me tinha dado três filhos. A morte nos levou a primogênita, Maria Adélaïde. Aquela pequena maravilha que João Pedro acreditava, em sua absurda auto-suficiência de "macho", como dizem no Brasil, que seria com toda certeza um filho e que, entretanto, Deus quis fosse uma filha. Filha que ele, graças aos céus, imediata e profundamente amou — tão profundamente que sua morte prematura lhe fez mal, um grande mal, provocando-lhe uma ferida profunda.

— Imaginemos — disse, dirigindo-me a meu marido, ao pai de meus filhos — que voltando para Santa Maria, depois de ter passado algumas semanas no Rio, a me exibir na Corte e na cidade, após o episódio da Chácara da Fonte, deparei-me com um desses mistérios que creio só uma mulher, principalmente uma cristã, respeitadora dos sacramentos, possa conhecer. — Senti de súbito João Pedro remexer-se no calor de nossos corpos enlaçados, apressado em saber aonde minhas considerações sobre o universo feminino queriam chegar. Continuei:

— Estávamos, Joaquina, Keita e todos os meus, instalados havia vários dias na casa-grande. A vida havia retomado um ritmo quase rotineiro. Bem cedo partia a cavalo para minhas plantações, sozinha ou com o intendente; depois de um café-da-manhã de frutas e queijo, instalava-me no grande escritório onde trabalhavam, sob minha supervisão, de dois a três secretários, cinco ou seis contadores e os representantes dos diferentes intendentes. Nas estrebarias, sempre prontos para partir, cavaleiros faziam a ligação entre o Rio e as outras fazendas. No Rio, Otto Schmitt, um colono da Suíça, originário de Schaffhouse, que me chamara a atenção quatro anos antes, dirigia com mão de ferro, sem extravagâncias, nosso balcão de café, nossos entrepostos e assumia com rigor e bom senso as negociações com os senhores da Europa em minha ausência. Ele também tinha à sua disposição uma estrebaria, o que lhe permitia enviar cavaleiros e mulas para retirar mercadorias e mensagens em tempo recorde em todas nossas fazendas.

Se compararmos os atrasos com os quais nossos concorrentes reagiam às oportunidades de ofertas vindas da Europa, já éramos, àquela época, os mais rápidos. Não me sentia à vontade, nesse universo severo, se Joaquina e Keita se encontrassem longe de mim. Se um ou outro precisava se ausentar, eu queria, para me tranqüilizar, saber onde se encontravam.

Havia vários dias vinha observando ausências repetidas e dificilmente justificadas de Joaquina. Uma quarta-feira de manhã, quando estava debruçada sobre a contabilidade havia três horas, quis fazer uma pausa e falar de coisas da casa e das crianças com ela. Perguntei onde ela se encontrava: os empregados e as mulheres se contradiziam. Fiquei um pouco colérica e ladeada por Keita, dois criados e por uma ninhada de belos cachorros ingleses, fui eu mesma à sua procura. Estranhamente Keita, normalmente tão diligente, demonstrava pouco entusiasmo e imaginação.

— O que todos vocês tentam me esconder? O que aconteceu com Joaquina? Keita — disse parando no meio do caminho —, conta para mim. O que ela tem? É grave?

Ele não me respondeu. Então, pela primeira vez, fui injusta com Keita porque estava inquieta com a sorte daquela que considerava, depois de tantos anos de intimidade, cumplicidade, amizade e afeição, como uma irmã.

— O que significa esse silêncio? Fala de uma vez!

— Prometi a Joaquina não traí-la.

— Desculpa, Keita! O que estás dizendo? Nunca tivemos segredos. Por que deveríamos começar hoje?

— Porque se trata de uma coisa... grave...

— Grave? Keita, perdeste o juízo? Trata-se de algo grave e eu devo ser mantida na ignorância?

— Sim, porque a madame pode viver sem isso!

— Não, não e não, Keita! Para começar, não entendo como uma coisa grave pode não me ser dita. É isso! Eu sei! É algo que diz respeito a meus filhos! Dize-me, confessa!

— Não, madame, isso não diz respeito a seus filhos, eu juro.

— Keita, já perdi tempo demais. Onde está Joaquina?

— Antes de dizer, gostaria de ir à capela com madame.

— Por que essa idéia?... Mas vamos, se é isso que desejas!

As capelas — algumas feias, outras belas — em nossas fazendas são quase sempre localizadas próximas da casa-grande. A de Santa Maria era um pequeno tesouro da arte do fim do século passado, coberta de estuques e anjinhos e colunas retorcidas. Lá, sob as ripas de jacarandá do piso — até a interdição do rei D. João VI —, os patrões de Santa Maria eram enterrados. Nas casas, a tradição era transformar os oratórios no local nobre das igrejas. Os mineiros foram, em todos os tempos, os artistas que melhor souberam criar maravilhosos lugares de reza e de recolhimento. Quando eu adquiria uma fazenda, contratava pintores de Ouro Preto ou de Mariana para reparar ou criar, sem que eu mesma visse os lugares, os famosos oratórios. Para mim, na realidade, eles eram mais importantes que as capelas com freqüência excessivamente pretensiosas. A porta estava entreaberta. Acelerei o passo, sem me dar conta de que nem Keita nem nenhum dos criados continuava me seguindo. Empurrei a porta. A claridade do dia impediu-me de ver quem se encontrava no interior, pois com certeza havia pessoas já que eu ouvia muito nitidamente vozes. No interior da nave, entretanto, não havia ninguém, o que me surpreendeu. Um único detalhe chamou minha atenção: a porta da sacristia estava aberta. Na altura do altar principal, parei. Olhei como sempre o Cristo na cruz num lugar de culto e, ao me ajoelhar, fiquei emocionada. Ao girar a cabeça em direção à sacristia vi uma cena inesperada: Joaquina, debruçada sobre o ombro de um jovem que tinha a cabeça entre os braços, inclinado sobre os livros e um caderno. Fiquei curiosa. Quem seria esse adolescente de pele morena, bem-apessoado, cuja voz se parecia com tantas vozes que me eram familiares? Um amante secreto? Não... é claro que não! Então um filho secreto? Por que nunca tinha me dito, confessado? Eu teria compreendido, sobretudo porque os pobres escravos são com freqüência objeto do furor dos patrões. Eu não teria nem mesmo motivos para perdoar. Era preciso saber, eu queria saber.

— Joaquina — disse, surpreendendo-os —, o que fazes aqui? Quem é esse jovem?

— Ele vem da senzala e divido com ele o pouco que sei e o que encontramos nos livros.

— Isso me parece ótimo, mas temos uma escola aqui. Por que ele não a freqüentou?

— Fique tranqüila, madame, ele foi à escola, mas a partir de agora, é preciso que ele estude ainda mais.

— Mas por que ele e não um outro? — perguntei, num tom irritado.

— Madame se importaria de se aproximar?

O jovem havia se levantado, parecia aterrorizado.

— Pois bem!

— Então a madame é...

— Quem é esse menino? Quem é sua mãe? Joaquina... passa-me uma cadeira, por favor.

O jovem, com uma gentileza à qual mesclava-se o medo, colocou-a perto de mim.

— Obrigada, obrigada. Poderia nos deixar a sós, por favor? Se ao sair encontrares Keita, pede-lhe que mande alguém trazer água e meu leque.

O menino repetia, dedicado:

— Água... o leque.

Saiu correndo.

— Quem é a mãe dele? — voltei a perguntar, suando, nervosa.

— A senhora a conhece, madame. Lembra-se daquela pobre louca que entrou em seu quarto para queimar o diário?

— O que queres dizer? Que estás a insinuar?

— Nada, madame, nada...

— Então cala-te!

— Se Madame assim preferir.

— Chega! Não me irrites! Não percebes que estou transtornada?

— Sim, sim — respondeu Joaquina recuando, subitamente prudente.

Durante os minutos que transcorreram até o retorno do rapaz, acompanhado de domésticas trazendo uma bandeja sobre a qual se encontrava um copo, uma grande garrafa d'água e meu leque, ficamos em silêncio.

— Quem pediu só um copo?

Tímido, assustado, o rapaz, que mal ousava entrar na sacristia, exclamou:

— Fui eu, madame, foi minha culpa.

Subitamente tive um acesso de indulgência e de ternura. Que culpa tinha essa criança de seu nascimento? Havia pedido para nascer? Entre lágrimas e sorrisos, pedi-lhe:

— Aproxima-te, por favor, senta-te entre mim e Joaquina.

Depois, virando-me para as serventes e os criados que observavam a cena estupefatos, disse:

— O que estão fazendo parados olhando a patroa? Vão já buscar outros copos e retornem à cozinha. Devem estar precisando de seus serviços para preparar o almoço!

Eles partiram quase correndo. Continuei em voz alta, mas como se falasse comigo mesma, mal articulando as palavras:

— Levando-se em conta que todo mundo estava a par — exceto meus filhos e eu —, como vou lhes contar?

Depois, saindo de meu devaneio, pus-me a examiná-lo. Como ele se parece com o senhor, João Pedro, como se parece com os irmãos. Eu estava perturbada.

— Como te chamas? — perguntei com certa amabilidade.

— Axel, madame.

— Axel? Mas quem te deu esse nome? Sabes ao menos quem é esse Axel de quem dizes trazer o nome?

Levantei-me, pálida. Sua resposta fez com que voltasse a me sentar.

— Sei, madame... é meu avô.

— De fato! Nada de mais verdadeiro...

— Fui eu, madame, quem lhe deu esse nome, há muitos anos. Fiz mal?

— Não, claro que não, Joaquina... Mas acreditas que eu esperava... ao te procurar para falar de futilidades, descobrir o irmão de meus filhos, um neto de meu querido tio Axel?

— Eu queria pedir desculpas, madame... Muitas vezes Keita e eu pensamos em lhe contar, mas nunca nos parecia ser o momento certo. Hoje Oxalá quis que assim fosse!

— Aproxima-te, Axel — disse-lhe. — Não, não, não te levantes. Aproxima simplesmente tua cadeira... É impressionante como te pareces com ele... Qual a tua idade?

— Acho, madame, que tenho 18 anos.

Eu disse, engolindo as lágrimas:

— Como é cruel! Tens a mesma idade que nossa filha, tua irmã, teria.

Ele se ajoelhou e me olhou com aqueles olhos grandes, os mesmos — idênticos — aos seus e disse:

— Não chore, madame. Se a senhora achar que eu não devo viver, não viverei. Eu sei o mal que minha mãe fez à senhora.

— Não fala assim, eu te suplico. Levanta-te. Tua mãe nada tem a ver com toda essa história. Estás vivo! Graças aos céus, estás vivo!

Levantei-me.

— Vem para meus braços, meu filho. Axel, vem abraçar aquela que será a partir de hoje tua mãe.

O pobre chorava todas as lágrimas de seu corpo. Ele não tinha lenço. Sabia ele na época o que era um lenço?

— Joaquina, passa-me o guardanapo que está na bandeja.

Então enxuguei-lhe as lágrimas e disse-lhe:

— Hoje é um dia de alegria. Teu avô ficaria feliz de te ver, bonito como és, carregando seu nome... Joaquina!

— Pois não, madame.

— Leve Axel para a ala privada. Faça preparar um quarto... o mais belo... não o de Maria Regina... qualquer um menos esse. Quando ele estiver instalado, peça que coloquem dois criados a seu serviço. Tu os escolherás... Ninguém que lhe seja muito familiar. Ele é o filho do patrão e meu! Compreendeste?

— Compreendi, madame.

— Em seguida, quero que tu e Keita venham encontrar-me em meu quarto. Diz no escritório que assinarei a correspondência depois do almoço, na biblioteca. Agora, deixem-me sozinha...

Permaneci por longos momentos sentada na sacristia. Sentia-me pesada, sem forças. Fiquei lá até que pela janela aberta aparecesse um beija-flor. Eu não me mexia, contemplava esse enviado de não sei quem, vindo de não sei onde. Ele voava como o fazem as libélulas na França, numa posição em que o corpo e a cabeça ficam imóveis, mantidos no ar por milhares de batimentos de asas que conhecemos em Mortagne nos insetos, mas não nos pássaros. Quando eles estão assim, estranhamente suspensos, pousados no espaço, bem estáveis, penso sempre numa espécie de milagre. Quem sabe se essas pequeninas aves, esses seres minúsculos, menores que nossos pardais, não são anjos? Anjos minúsculos, com um longo e fino bico que introduzem nessas indecentes flores dos Trópicos, enormes, oferecidas, totalmente abertas. Flores de cor malva, vermelhas ou amarelas, espalhadas em ramalhetes nas pontas de galhos sem folhas, cobrindo, no mês de outubro, as imensas árvores de milhares de corolas, semelhantes a milhares de borboletas com grandes asas abertas e imóveis. Minúsculos cupidos, enviados por outros deuses que os colocam no caminho dos humanos para lhes anunciar uma novidade, para lhes entregar uma mensagem. O que esse que me observava tanto quanto eu o observava procurava me dizer? O vento fez a janela se mexer; o encanto fora rompido. O mensageiro voltou a ser um pequenino pássaro comum com uma plumagem escura parecido com milhares de outros pássaros, voltando à banalidade de voar no meio dos cafezais. Ao partir, ele me deu forças para me levantar da cadeira e dar os poucos passos que separavam a sacristia da capela. Meu genuflexório ao lado do seu, havia muito tempo abandonado, nossos genuflexórios, sábia e conjugalmente instalados em frente ao altar principal, ao Cristo na cruz, à Virgem Maria em seu vestido de ouro e brocado, convidavam-me a rezar. Ajoelhei-me. Olhei seu lugar vazio e de joelhos decidi conversar com o senhor:

— Meu bem-amado! Onde estará a essa hora do dia? Por que não vem me visitar? Quem, a não ser o senhor, poderia ter me salvado das bofetadas de Terra Seca? Então apareça por fim, ocupe, a meu lado, o lugar que nunca deveria ter deixado. Eu lhe suplico, eu lhe conjuro... e depois venha ver seus filhos, seus três filhos.

Silenciei. Alguns minutos depois recomecei meu monólogo:

— João Pedro, hoje a vida me... não, o senhor me deu um presente bastante surpreendente: Axel! O mais velho de seus filhos, a quem Joaquina deu o nome que lhe convém. Como sinto saudade desse tio tão querido, o avô de seus filhos, de minhas crianças.

Depois voltando-me para o altar, implorei:

— Deus, o Senhor que é todo-poderoso, tenha piedade dessa humilde serva! Dê-lhe força e inspiração. Axel também tem o meu sangue; Axel é o irmão de meus filhos. É preciso que eu lhes diga e os faça admitir...

Escutei um barulho no fundo da capela e surpresa, virei-me. Acreditei ter visto a silhueta de um homem. Levantei-me, corri em direção à saída, gritando:

— João Pedro, João Pedro, não foge assim! Volta!

Devia ter a aparência de uma louca, chamando-o assim. Não sabia mais aonde ir: segui à direita, depois virei-me para a direção esquerda. De repente, vi alguém que corria em minha direção. Tinha lágrimas nos olhos, não enxergava bem, mas o suficiente para ver um homem tão parecido com o senhor que acreditei tivesse voltado. Titubeando, precipitei-me a seu encontro.

— João Pedro, João Pedro, finalmente o senhor voltou.

— Acalme-se, madame! Não chore mais.

— Por que me chamas de madame? Meu querido, afinal tu estás aqui, finalmente, finalmente.

— Sou Axel, madame.

— Ai! Ai! Ai! — E desmaiei murmurando: — Mas precisas vir aqui para ver teus filhos...

Quando despertei estava em minha cama. Joaquina recitava, na minha cabeceira, estranhas orações e Keita falava em voz baixa com um empregado. A primeira coisa que quis saber foi onde se encontravam meus filhos.

— Madame — respondeu Joaquina —, eles estão no Rio, estudando com os professores franceses.

— Quero vê-los, quero ir ao Rio.

— Madame... — disse ela com tom irritado — seja sensata! Seria preferível pedir que eles viessem aqui, sob um pretexto qualquer. Sua amiga de Vassouras, a marquesa de Mubapu, acaba de escrever anunciando sua chegada hoje. Isso é uma boa notícia. A senhora não tem segredos com ela, e se acha que seus filhos precisam ver a mãe com mais freqüência, peça aos professores que aqui se instalem, ou se não quiserem vir até o campo, substitua-os! Além disso, o mais alto é um leviano que só pensa em mulheres.

— Tu me fatigas... Não me canses com tuas reprimendas... Estou de acordo... Depois faz preparar os apartamentos da marquesa o mais rápido possível e organiza com Schmitt a vinda de meus filhos e dos professores. Faz o melhor que puder!

Em meu quarto, senti-me cansada, sem forças, fatigada. Quem era eu? O que fazia eu, Marie Adélaïde, no fundo desse vale no fim do mundo, eu, conhecida como mulher rica e poderosa, chamada de Imperatriz do Café? Título ridículo, conquistas ilusórias! O que era esse império feito de arbustos e de fazendas, sobre o qual eu reinava só, sem marido, longe de minha família, longe de meus filhos que os estudos retinham no Rio? Olhei-me no grande espelho. A imagem refletida era de uma mulher madura, mas ainda bela. Precisaria passar o resto da minha vida sozinha, sem ninguém que me tomasse nos braços para me dizer que sou uma mulher... desejável? Sim, João Pedro, eu o amaldiçoei... Tive um momento de desespero, pensando na distância que me separava de Paris, de Chantal, de meus tios. Atirei-me numa poltrona. Por que, me perguntava, todos esses esforços, essa luta implacável, esses riscos incessantes? Para quem os bonitos vestidos que trajava mesmo na fazenda? Para quem as jóias e os móveis feitos sob encomenda? Como estava longe o tempo em que meu tio Axel vinha passar dias especiais e deliciosos na rua de Bellechasse, na época do Natal! Perdido para sempre o tempo em que meu pai me levava para Mortagne montada em seu cavalo. Desaparecidos os momentos abençoados de nosso encontro, durante uma estada na fazenda Poupard, num dia de caça!... Sentada pouco à vontade, curvada, queria fugir... dormir... refugiar-me no sono. Deixar de pensar no horrível Terra Seca, na colheita ruim, até mesmo em meus filhos que muito me lembravam a ausência do pai... a sua. E o que iria lhes dizer a respeito de Axel? Esse presente secreto, por tanto tempo escondido! Muitas vezes me perguntei se o senhor desconhecia a existência da criança ou se, cruel, teria, após nossa chegada ao Rio, abandonado essa pobre escrava, cujo riso ainda assombra meus sonhos, como um terrível pesadelo. Admirável!... Suas irmãs, sua madrasta, a imperatriz, mesmo o imperador, todos me julgavam admirável. Naquela tarde, queria deixar de ser "admirável", descer desse pedestal e voltar a ser a jovem, inconsciente e voluntariosa, só pensar na música, nos passos da quadrilha, só ter como preocupação escolher, indecisa por horas, entre a fita azul e a verde. Não, meu querido João Pedro, não me interrompas! Deixa-me prosseguir com meu relato. Sempre teremos tempo em Paris, no Brasil, para que me conte a verdadeira história de Axel e da mãe.

Em nosso grande quarto de Santa Maria, que se tornou para mim subitamente insuportável — devo confessar? —, pequei contra o senhor, contra meus filhos e sobretudo contra Deus.

A existência de um filho inesperado que eu devia, sob pena de estragar ainda mais minha vida, aceitar e adotar o quanto antes... Devo lhe confessar que eu já o considerava meu, apesar das resistências que emergiam do mais íntimo de mim mesma, de minha educação.

Que educação? Em nome de que princípios poderia julgar e rejeitar o jovem Axel, quando sabia tão bem o que teria sido a França sem os bastardos? Fiz essa consideração já no caminho que separa a capela da casa-grande.

Nossos reis foram os primeiros a dar o exemplo: Henrique IV fez de seu filho ilegítimo duque de Vendôme. Luís XIV foi ainda mais longe, fazendo com que os filhos que teve com a Montespan fossem considerados iguais aos que lhe dera a rainha Maria Tereza. Ela devia, em seu túmulo em Saint Denis, achar que insultávamos sua memória de arquiduquesa de Habsbourg. Foi o que Felipe de Orleans, regente do reino, também achou... a menos que pedisse ao Parlamento de Paris para anular o testamento do tio. Por acaso teria ele esquecido que o rei o havia casado, para escândalo da extraordinária princesa Palatine, sua mãe, com Mlle. de Blois, justamente uma das filhas da Montespan?

Napoleão I, no entanto, tido como menos "galanteador" que Luís XV ou que seu próprio sobrinho, Luís Napoleão, precisou reconhecer algumas crianças nascidas fora do casamento dentre as quais o célebre conde Walweski. O destino deste último foi, por sinal, bem menos trágico que o do legítimo rei de Roma, futuro duque de Rastatt. Mais próximo ainda de nós e mais extraordinário foi o destino da rainha Hortense, que deu à luz a monsieur de Morny, meio-irmão de Luís Napoleão, filho que ela nunca mais reviu, durante toda a vida, depois de seu nascimento. Mas o mais incrível na família Morny é que seu pai, o general de Flahaut, também não era bastardo de um qualquer, já que seu pai tinha sido bispo, ministro, príncipe e embaixador do Antigo Regime, do Império, da Restauração e mesmo sob o reinado de Luís Felipe. O galante coxo, monsieur de Talleyrand-Périgord, seria conhecido como príncipe de Bénévent. Ao percorrer essa galeria de grandes homens, nascidos fora dos sagrados sacramentos do matrimônio, teria de citar Maurice de Saxe e... Mas por que não ter confessado, quando ele é o exemplo mais ilustre e o mais importante de minha vida? O de meu próprio marido! Filho ilegítimo de meu tio Axel de Curcourt! Precisava recorrer à história da França para justificar ter eu mesma, sem sabê-lo, é verdade, casado com uma criança nascida fora do casamento? No Brasil, só mesmo os cabotinos e os hipócritas para nos fazer acreditar na virtude de nossos esposos, e isso de alto a baixo na escala social. Mais uma vez a Corte, o imperador, quero dizer o pai de nosso imperador, D. Pedro I, deu um bem lastimável exemplo: Maria Domitila de Castro Canto e Mello, marquesa de Santos, com quem teve cinco filhos e que, a exemplo de Luís XIV, desejou "legitimá-los". O que deve pensar nosso recatado imperador, seu filho, quando lhe falam da duquesa de Goiás, sua meia-irmã?

Mas o Brasil, fundado por um punhado de portugueses detentores de princípios muito flexíveis e costumes muito simples, facilmente acomodou-se em ver a bastardia como uma norma de povoamento. Lembro-me de ter tido vontade de esbofetear um de meus vizinhos de mesa, durante um jantar em Vassouras, que, indecente, sem mesmo ter consciência de seu cinismo e de sua tolice, alardeava:

— Minha riqueza é o ventre de meus escravos!

Afinal, quantos barões do café colocaram um pé, algumas vezes os dois, na cozinha? E quantos mais tivessem, mais teriam colocado. "O pé na cozinha!" Expressão típica de nossos trópicos. Ela ilustra o gosto que meus pares, às vezes meus amigos e aliados, têm por certas de suas escravas fazendo-lhes dois, três, por vezes cinco filhos.

Lembro-me de um espetáculo deplorável encenado pelo filho de um rico plantador de cana em Campinas, primo de João Pedro, do qual fui madrinha de casamento. Ele se casara com uma charmosa vizinha, não muito feia, não mais tola que qualquer outra, mas a noite de núpcias terminou numa farsa. A casa foi acordada pelo choro da recém-casada, que não aceitava a presença de uma bela mulata no quarto nupcial, única solução encontrada pelo esposo e os pais cúmplices para que o marido conseguisse desempenhar seu dever conjugal.

Eu me reprovava por ter reagido como a filha de um burguês de província a uma realidade com a qual convivo todos os dias em minhas fazendas, especialmente nas senzalas. Quem dentre os patrões impõe rigor e boa conduta? Devo ser uma das mais rigorosas, empurrando para o casamento e oferecendo dotes aos jovens alforriados. Mas por ser a mais forte e a mais rica é que meus pares toleram minha visão de "estrangeira"? Se levássemos em conta o que diziam, eu representava um perigo e sobretudo um mau exemplo. Pois bem, isso me convém! Sim, tenho orgulho por considerar que o casamento não foi feito apenas para os patrões! Que ele não é um meio extra de conservar um patrimônio em poucas mãos, evidentemente aparentadas.

Nessa poltrona em que havia afundado, senti-me de repente aterrorizada por meus sentimentos. Precisei dominar uma sensação de confusão e de desprezo. Na minha mais profunda lassidão e fadiga, a angústia se instalara. Ela batia à minha porta, invadia minha cabeça a ponto de martelar minhas têmporas... Esquecer, esquecer a qualquer preço... Nem que fosse por algumas horas! Expulsar de minha mente os fantasmas do passado, os filhos ignorados! O ódio de meus inimigos! E acima de tudo... a ausência do bem-amado. Ah, sim! Era preciso esquecer! Mas como? Uma idéia atravessou-me o espírito, mas para colocá-la em execução teria sido preciso que o desejo de terminar com a angústia vencesse a inércia, uma preguiça que me impedia até mesmo de me levantar para tocar a sineta. Por acaso, sem mesmo bater, uma camareira que trazia a roupa limpa para o gabinete de toalete entrou. Pareceu surpresa, envergonhada de ter me incomodado.

— Como te chamas?

— Conceição, Madame.

— Conceição, pede na cozinha que me tragam cachaça, açúcar e suco de laranja.

Ela saiu andando de costas, recuando, sem nem deixar as toalhas, motivo pelo qual entrara em meu quarto sem bater, acreditando, sem dúvida, que a essa hora do dia eu não estaria lá.

Quando um criado veio, carregando uma bandeja, eu disse negligentemente, quase em voz baixa:

— Deixe tudo na mesa perto da janela. Eu mesma me servirei.

— Madame não precisa mesmo de ajuda?

— Não e não! — respondi irritada, presa na armadilha da impressão que poderia causar servindo-me pela primeira vez de álcool.

Novamente sozinha, fiquei muito tempo a observar, sem me mexer, de minha poltrona, a bandeja de onde emergiam a surpreendente garrafa de cristal engastada de prata na qual se encontrava o suco de laranja, o açucareiro de porcelana de um azul-céu perfeito e a garrafa de grés envernizada de cachaça. Finalmente decidi levantar-me. Isso me consumiu uma energia imensa, semelhante àquela despendida pelas velhas mulheres redondas, corpulentas para se levantar de um sofá, e comecei a preparar minha bebida como os boticários preparam os remédios: aplicada, meticulosa, misteriosa. Esse jogo despertou-me o desejo de experimentar minhas misturas de alquimista. Minha primeira bebida me pareceu doce demais; a segunda me agradou, mas na terceira eu já não estava mais em condições de perceber se o gosto do álcool se sobrepunha ao da laranja. Talvez eu tenha bebido rápido demais, como fazem as crianças quando engolem uma laranjada fresca num dia de verão, depois de terem corrido. Eu não tinha idéia da rapidez com que a cachaça fazia efeito e ignorava que essa fosse a reação. A embriaguez me deu vontade de dançar, de cantar, mas meus pés não conseguiam me sustentar, minha cabeça girava; então, com um copo na mão, fui esticar-me na cama. Lá me encontrou Joaquina no meio da tarde, dormindo de roncar. Inquieta por não me encontrar na biblioteca onde eu deveria assinar minha correspondência, ela havia passado em revista os mesmos locais que eu tinha, naquela mesma manhã, percorrido à sua procura.

— Ah, vejam só o estado da madame! E quem vai assinar a correspondência?

— Amanhã... Amanhã...

— Madame, os mensageiros estão à espera, os cavalos estão selados... Precisa fazer um esforço!

— Estou com dor de cabeça! Estou com sede... Tenho a boca pastosa...

— Pedirei que tragam água e eu mesma trarei os documentos a serem assinados.

— Ajuda-me a colocar-me numa posição em que possa assinar... Ai! Minha cabeça está rodando.

Trouxeram-me uma escrivaninha portátil e comecei a mais difícil leitura de minha vida. As letras saltavam como pulgas, as linhas se encavalavam... eu aproximava o papel dos olhos, mas de nada adiantava.

* * *

Não ouvi quando entrou em meu quarto. Ninguém me havia anunciado sua presença. Muitas vezes voltei a pensar no assunto: como madame de Mubapu conseguira transpor, sem que ninguém a interceptasse, o *hall* da entrada, o salão principal, o pequeno salão, a sala de bilhar, meu pequeno salão, a antecâmara, meu quarto, sem que ninguém perguntasse à minha amiga, ainda vestida com roupas de viagem, se ela queria ser anunciada ou se trocar, antes de ser introduzida em meu quarto? Em vez disso, quando eu me batia com as cifras e as cláusulas de contratos, numa cama coberta de papéis, vi uma aparição: uma mulher bonita, sorridente, de pé na frente da minha cama, retirando os alfinetes do véu de seu chapéu.

— Como entrou? — perguntei com ar surpreso. — Quem lhe disse que eu estava no quarto?

— Que importância tem? Estou aqui a seu lado como me pediste.

— Esse trabalho me aborrece. Há mais de uma hora tento compreender o que os empregados escreveram e acho que não sei mais ler. Começo a acreditar que o bom Deus me crê mais forte do que sou para me enviar todas essas provações.

— Quais são as novas provações?

Toquei a sineta para que viessem recolher o que eu tinha conseguido reler e assinar do trabalho do dia. Joaquina, ao entrar, demonstrou surpresa com a presença de minha convidada.

Ela se aventurou:

— Madame gostaria de me acompanhar até seu quarto?

— Não, Joaquina, não; sinto-me muito bem com a poeira da viagem. Sinto apenas sede... Mas o que é isso que vejo sobre a mesa?

— Um remédio para a memória, uma verdadeira bordoada — retorqui estupefata.

— Ha! Ha! Ha! É exatamente disso que preciso!... Joaquina, poderia mandar trazer um pouco mais de suco de laranja e suco de limão?

Joaquina olhou-a com suspeita mas se foi, os braços carregados de dossiês, buscar os sucos de frutas.

Quando voltou com uma bandeja, encontrou minha amiga de corpete, pronta a deitar na minha cama. Em torno da cama, vestimentas espalhadas que despira com ar brincalhão e malicioso, escutando distraída meu relato sobre a descoberta de Axel.

— Sua história me faz rir! O que me espanta é que não soubesse até hoje disso!

— Desculpe, mas fala como se já soubesse.

— Claro! Claro que sabia... Enfim, não dessa história, mas milhares de outras, de João Pedro e de todos os outros... Um patrão não é um homem, um homem de verdade, se além dos filhos legítimos não engravidar as favoritas. Veja meu falecido marido. Ele não foi capaz de me dar filhos, mas pensa que não os teve? Não me diga que ninguém nunca lhe falou a esse respeito! Anda, vamos beber!

— Ai não, eu já estou com tanta dor de cabeça...

— Mais uma razão suplementar para beber. Vê-se que é a primeira vez! Nada melhor do que tomar um bom gole quando se está com dor de cabeça causada pelo álcool.

Ela pulou da cama, preparou as bebidas e voltou, um copo cheio até a borda em cada mão. Bebeu um gole do meu copo, antes de entregá-lo dizendo:

— Hummm... Assim vou conhecer todos os seus segredos! — Degustou lentamente dois grandes goles e estendeu-me o copo com um olhar estranho, surpreendente, provocativo.

Deitou-se a meu lado, animada.

— Ah! Como é bom reencontrar um ser querido, não ter de pensar em mais nada, a não ser no prazer de estarmos juntas a contarmos mil histórias... Soube tudo a respeito de seu rapto... Mas sabe que a única coisa que interessa a Vassouras, e suponho que ao Rio também, é saber se é verdade que Terra Seca conseguiu abusar da senhora? As mulheres parecem assim se vingar de seu sucesso. Quanto aos homens, adoram pensar que eles poderiam, independente de ter participado do crime, estar presentes! Os monstros!

— Diga-me que exagera! Diga-me que me conta tais coisas para me assustar.

— Bebamos um pouco mais... Anda, seu copo está pela metade... É preciso encontrarmos a embriaguez...

Ela aproximou-se de mim, pegou o copo de minha mão e levou-o a meus lábios.

— Bebe, meu anjinho! Bebe rápido para esquecer os horrores da vida.

Uma vez nossos copos vazios, ela voltou a sair da cama.

— Nossa! — disse ela. — Como é bom! Minha cabeça começa a girar. Vou aproximar a bandeja da cama. Assim será mais cômodo. Ai! Como sou estúpida, esqueci de colocar açúcar. Sabe beber à moda russa?

— Não, nunca bebi assim.

— Passe seu braço assim, entrelaçado ao meu... Isso mesmo. Agora nós duas bebemos juntas... Que engraçado! Isso me diverte! Ai! Que idiota, acabo de manchar meu corpete... Que jeito! Só me resta tirá-lo.

Sem pudor algum, sem o menor traço de embaraço, divertindo-se com a situação, retirou lentamente a peça de seda que lhe servia de última proteção contra a nudez.

— Ah! Como ficamos confortáveis assim. Tu farias bem em fazer o mesmo! Verás como te sentirás bem.

Minha cabeça girava e eu não mais compreendia o que se passava...

Quando acordei, por volta das seis horas da manhã, estava nua e dormia nos braços de Helena. Tinha uma dor de cabeça espantosa e não me lembrava de nada que se tinha passado durante a noite.

Levantei-me em sobressalto, envergonhada de me encontrar assim, nua, olhando o belo corpo adormecido de minha amiga, seus cabelos esplêndidos espalhados como um leque sobre os travesseiros.

CAPÍTULO XII BIS

O quilombo ou a vingança de Terra Seca

Meus relatos noturnos terão fim neste capítulo. Muitos dos acontecimentos que aqui relato, suspeito já fossem do conhecimento de João Pedro. Depois da terceira noite, meus filhos, Chantal, Joaquina, Keita, nossa pequena trupe e eu tomamos o caminho de Dijon, onde pegaríamos o trem para Paris.

Ficamos umas três semanas na capital, o tempo de oferecer um grande jantar, despedirmo-nos de Suas Majestades, de meus tios, de Morny e de alguns amigos da Corte. Paris, nesse início de outono, começava a mostrar um ar de festa que o verão lhe confiscara, mas era preciso pensar em fazer as últimas compras para meus amigos e parentes do Rio, encontrar os livros que agradariam o imperador do Brasil, precipitar-me no turbilhão de recepções e bailes e na vaidade das grandiosidades mundanas. Nesse período de grande prosperidade, Paris e a Corte não pensavam em outra coisa que não fosse dinheiro e frivolidade. Só pensavam em enriquecer, especular, enganar o próximo. Durante essas curtas semanas, nunca senti com tal intensidade a inutilidade e a esterilidade da vida mundana como objetivo nessa existência. A leitura das memórias do duque de Saint Simon, os retratos de La Bruyère que Chantal colocara em minha mesa-de-cabeceira em Mortagne me pareceram de uma triste atualidade ao caminhar pelos *boulevards*. Como pude me conformar com essa vida vã de ostentação, em que as pessoas só pensam em impressionar e colocariam em risco sua honra e sua família por um "dito espirituoso". "Tudo por um dito espirituoso." Essas palavras engraçadas e assassinas que ferem a alma dos mais sensíveis e provocam a mordacidade dos que sabem se defender. Ora, o humor não custa nada aos cruéis; pelo contrário, com ele se deliciam! Vítimas, cuidado! Pois se a fórmula for bem elaborada, espirituosa, então os pontos fracos, as reputações, os segredos de família mais bem guardados serão expostos! Quantos caíram assim na armadilha, vítimas da leviandade parisiense, tão fina, tão elegante e no entanto tão mortífera...! O retorno ao Brasil se impunha. Tinha pressa de afastar meus filhos das luzes enganadoras dessa vida, as mesmas que na opereta de Offenbach nos acusam de vir aqui apenas "para gastar o dinheiro que teríamos roubado em outro lugar!". De repente, não mais suportava esse universo de mentiras e inconseqüências. Desejava eu mesma segurar as rédeas de minhas exportações o quanto antes, retomar o caminho de São Paulo e de Campinas, o do futuro... Fazer vir ainda mais colonos da Suíça e do sul da Alemanha. Promover também, à imagem de Keita, aqueles que poderiam pretender as responsabilidades da gerência e da administração de minhas novas terras. Eu estava convencida do sucesso da aposta que fizera comprando áreas planas nas quais seria mais fácil cultivar e explorar que em nossas encostas do Vale do Paraíba.

Meu projeto, depois de descobrir a existência de Axel, foi privilegiar minhas plantações de Campinas. Uma vez cumpridas minhas visitas protocolares ao imperador D. Pedro, viajaria para minha Fazenda Ipê a fim de abrir estradas e — por que não? — obter um trem para melhorar o escoamento do café até Santos. Desde então, toda vez que eu encontrava D. Pedro II, ele me perguntava, sarcástico:

— Como vai seu sócio, o barão de Mauá?

Havia uma ponta de perfídia na sempiterna pergunta de Sua Majestade, cujo relacionamento com Mauá nunca foi de grande cordialidade; mas eu sabia, havia muito, que a visão de Mauá era a correta! Precisávamos de estradas de ferro. O futuro de nosso país delas dependia e depende ainda hoje.

Deixei meus filhos, contra a minha vontade, no Rio, inclusive Axel, tolhidos por recomendações, mais controlados que as próprias filhas de nosso soberano.

Deixei-os e parti para a província de São Paulo. A reação deles à novidade de um irmão caído do céu deixou-me na dúvida. Eles fingiram não compreender e recusaram-se a vê-lo. Insisti em vão... Renunciei momentaneamente.

A decisão de viajar era a mais correta, a mais sensata, levando-se em conta o futuro de meus negócios, mas ela revelou-se desastrosa para meu feudo de Santa Maria. Minha ligação com "minha terra", presenteada por João Pedro quando de minha chegada ao Brasil, com as pessoas a mim ligadas ou pelo menos assim eu julgava, como por exemplo as crianças a quem em sua maioria eu tinha dado a liberdade e pedaços de terra, foram o objeto e os atores de uma triste manipulação de ânimos que originou uma rebelião das mais sangrentas nos anos de 1860/1870.

Por comodidade, havia pedido a Joaquina que refizesse o caminho complicado de Ipê por Santa Maria, para entregar pessoalmente minhas instruções ao intendente. Ele deveria replantar entre a casa-grande e os cafezais um pedaço de floresta, segundo as indicações bastante preciosas do coronel Cochrane.

Cochrane me convencera que o desflorestamento era a principal causa da diminuição de intensidade das chuvas e da rápida erosão dos solos. Eu queria o quanto antes experimentar seus métodos, mas quando Joaquina, que eu aguardava no Ipê, chegou ao Vale do Paraíba ali encontrou uma situação que não tinha nada a ver com a que havíamos deixado. O intendente, refugiado na casa-grande, enfrentou grande dificuldade para deixar entrar Joaquina e os que a acompanhavam. A atmosfera era tensa, e o clima, de revolta. Joaquina, que, no entanto, defrontara-se com situações piores, não compreendia a histeria que havia tomado conta dos ânimos.

— Jonas, diga-me, o que está acontecendo aqui? — perguntou inquieta ao intendente.

— Há rumores de que a condessa cancelou as doações de terras e também mudou de idéia quanto à libertação, ainda não oficializada, dos escravos de suas fazendas do Vale do Paraíba.

— Mas tudo isso não passa de uma mentira! — exclamou.

— Imagino que sim, mas há homens infiltrados, bandidos, demônios. Eles dão de beber às pessoas, inflamam, no sentido literal e figurado, os ânimos. Ontem queimaram as novas granjas e uma parte da senzala. Os bandidos creditaram o incêndio a mim! Quase fui linchado! Eles têm não só os machetes, mas também fuzis. Consegui despachar dois mensageiros para Vassouras: um não conseguiu ultrapassar as linhas e os revoltosos vieram jogar seu corpo mutilado debaixo de minhas janelas. Toda noite eles se aproximam bêbados, ameaçando-me de colocar fogo na casa. Somos uns cinqüenta aqui, apenas os que compreenderam que tudo não passa de uma mentira. Muitos partiram para Puruaçu, a três léguas daqui, onde organizaram um quilombo.

— Um quilombo?

— Isso mesmo! Dizem que a condessa chamou o exército para expulsá-los de Santa Maria. Sentiram-se traídos. Aos que sabem ler, distribuem uma folha... um jornal falso em que está escrito que madame mudou de idéia quanto à decisão de convencer o Senado Imperial e a Assembléia a votar a abolição da escravatura. Ela teria mesmo ordenado que espancassem e colocassem Axel, o filho bastardo do marido, a ferros para vingar-se da escrava que a teria insultado outrora.

— Mas tudo isso é falso, totalmente falso... O que precisamos fazer?

— Se o homem tiver chegado são e salvo a Vassouras, despacharão um mensageiro a madame e depois enviarão a tropa.

— Madame não vai querer isso, nunca!

— O que mais pode ser feito? Por quanto tempo vamos nos manter? Temos água e víveres para cinco dias.

— Só cinco dias?

— Infelizmente! Depois vamos ter de nos render, bem cedo de manhã, se preciso for, pois de manhã eles estão menos bêbados, menos violentos!

— Preciso partir ainda hoje para Ipê. É preciso impedir que a tropa cometa um massacre. Só madame...

— Mas está louca? Conseguiu entrar aqui por milagre! Nunca sairá viva!

— Veremos.

— Mas já está visto!

— Quero encontrar todos os que se mantiveram fiéis à nossa patroa.

— Agora?

— Agora, imediatamente!

Jonas partiu com a morte na alma para reunir todos os que haviam se instalado na casa-grande, muitos por fidelidade e reconhecimento, outros por medo do tumulto do lado de fora. Quando todos estavam reunidos no grande salão, à exceção dos guardas e sentinelas, Joaquina, superando o embaraço, tomou a palavra. Colocou no discurso todo o coração, toda sua fé de uma verdadeira heroína, feita de coragem, inteligência e determinação. Os que sobreviveram a essa tragédia contaram sobre sua força de caráter naquele momento e em todos os outros terríveis que se seguiram.

— Meus amigos, irmãos e irmãs. O demônio ronda do lado de fora, já conquistou dezenas, centenas de almas, inoculando-lhes a dúvida, a mentira e o ódio. Quem dentre os senhores, seres humanos justos, homens e mulheres livres, pode crer que nossa patroa tenha renegado sua palavra, abandonando suas promessas? Um emissário do diabo semeia a dúvida, esse veneno que faz com que o pai renegue o filho, o irmão traia a irmã, a mãe se julgue enganada pelo marido! Hoje Santa Maria está nas mãos de bandidos e sobretudo de boas pessoas ludibriadas. É preciso evitar que o horror se torne ainda pior! Decidi, portanto, partir à noite, para a província de São Paulo, para prevenir nossa bem-amada patroa do que se passa nesta terra até pouco tempo abençoada e que traz o santo nome da mãe de Cristo, nosso Salvador. Farei com que ela venha o mais rápido possível, antes que os soldados massacrem aqueles que nos cercam e que, em breve, matarão a todos por ignorância, cometendo o crime mais injusto. Preciso partir com dois ou três valentes pois caso eu seja aprisionada ou ferida, um dos senhores poderá — quem sabe com a ajuda de Deus — chegar até Ipê!... Quem aceita vir comigo?

Após um curto silêncio, uma primeira voz se elevou do meio do grande salão. Era Tonhão, com quase dois metros de altura. Depois uma outra, atrás dele, e logo contávamos com mais de quinze voluntários. A escolha foi difícil pois a determinação desses companheiros os fazia superar o medo e o receio de morrer. Jonas escolheu dois entre os melhores. Ele sabia que seus dois outros companheiros, espadaúdos e determinados, conheciam de cor os caminhos desertos, os riachos e bosques que demarcam o percurso de Santa Maria até o rio Paraíba. À noite um grupo de fiéis despistou os revoltosos, indo na direção oposta à da fuga. Nesse momento preciso, durante o qual reinou a confusão, Joaquina e os acompanhantes aproveitaram para deixar a fazenda pela senzala. Os primeiros cem metros não foram, estranhamente, os mais difíceis; em contrapartida, quando atingiram a Passagem do Lagarto, que leva à Fazenda dos Olivas, foram descobertos. Começou então a perseguição. Apesar das calças de homem e do esforço em acompanhá-los, Joaquina atrasava o avanço do grupo. Ela ordenou a separação. Os três deviam, a partir de então, avançar separadamente até o burgo de Setúbal. Não carregavam nenhum documento. A mensagem a ser entregue à condessa, sabiam-na de cor. Consistia em três frases: "Há uma revolta em Santa Maria, fomentada por um inimigo desconhecido. A tropa deve ter sido convocada. É preciso chegar antes para evitar o pior." Jonas não atingiu a meta, foi pego ajudando Joaquina, que, no escuro, havia torcido o tornozelo. Em contrapartida, Isaías e Josué desempenharam sua missão à perfeição. Extenuados, emagrecidos, esfolados, apresentaram-se três dias mais tarde no Ipê, depois de alguma dificuldade em se fazerem reconhecer e escutar.

— E Joaquina, e Jonas? Onde estão? — indagava sem parar.

— Não sabemos de nada, madame. Decidimos que nos encontraríamos na Fonte de Setúbal. Esperamos, mas era urgente partir para avisar a senhora. A fazenda está a ferro e fogo. O que importava a Joaquina era prevenir a senhora com rapidez para salvar o que ainda pode ser salvo. Mas, sobretudo, Joaquina dizia todo o tempo que se a senhora não chegasse antes dos soldados...

— Cala-te! Keita, reúne o maior número de homens armados e cavalos que puder. Partimos agora para Santa Maria.

Nunca fiz os preparativos de uma viagem tão rápido. Foi preciso mudar de montaria várias vezes na estrada. Creio mesmo ter deixado uma vez, uma única em minha vida, que roubassem cavalos de um fazendeiro que não queria escutar nossos argumentos e só se interessava em tomar tudo o que trazia comigo em peças de ouro e prata. Lembro-me de que, quando Keita e seus homens foram obrigados a "pegar emprestadas" as montarias, retomamos a estrada a galope e, depois de ter feito algumas centenas de metros, voltei sobre meus passos. Tinha no bolso de minha pantalona de homem algumas peças de prata. Peguei uma dezena delas e para surpresa do homem, ainda sob o efeito dos argumentos musculosos de minha trupe, joguei-lhe na cara:

— Toma, eis o preço de tua asneira, mais do que o de teus cavalos! Lembra-te de que eu perdôo, mas não esqueço nunca.

Quando estávamos a duas horas de Santa Maria, cobertos da poeira vermelha dos caminhos, vi uma coluna de fumaça que subia em direção ao céu.

— Keita! É nossa casa?

— É, madame.

— Tens certeza?

— Não há dúvida.

Meti as esporas nos flancos de meu cavalo e parti em direção da fumaça cinzenta. Ao chegarmos, por trás de Árvore Pequena, uma colina de onde se avista a fazenda, Keita mandou que cada um de seus homens tomasse posição e aguardasse suas instruções. Olhou, escondido na mata cerrada, o vale abaixo com a luneta e, depois de ter avaliado o estado aparente do lugar, passou-me o instrumento.

— Madame, o engenho está em chamas, as granjas foram pilhadas. Estranhamente, a casa-grande não foi muito destruída.

— O que devemos fazer agora?

— Os revoltosos já devem ter deixado Santa Maria. Por que pouparam a casa-grande?

Voltou-se para os homens escondidos atrás dele e disse:

— Todos a cavalo. Ergam as bandeiras azuis com as armas de nossa patroa.

Seguimos em uma única coluna, descendo prudentemente o declive. Na altura dos grandes pinheiros, haviam erguido uma forca, na qual pendia o corpanzil hirto e desnudo de Jonas. As moscas cobriam as feridas e as marcas dos golpes. Pedi que parássemos. Keita colocou homens em sentinela e ordenou a quatro outros retirar o corpo do patíbulo. Ajoelhei-me perto do corpo que acabavam de cobrir com uma capa. Ela era muito pequena para cobrir a cabeça inchada e os pés queimados na sola.

— Que barbárie! — disse, contra minha vontade.

Vendo nossa bandeira azul Curcourt, vendo o cuidado e o respeito que os recém-chegados dedicavam a um de seus mortos, os homens, as crianças, os velhos saíram da casa. Tinham o ar assustado, desvairado. Avançavam em minha direção, silenciosos e desconfiados. Um deles, apesar de meu traje masculino, me reconheceu e gritou:

— É a condessa! É a condessa!

Então, percorrendo a pé o resto do caminho que me separava do patamar, vi cadáveres entre as flores devastadas e sobre o cascalho rastos de sangue como estigma da violência dos combates. Por todo lado garrafas vazias, muitas quebradas, e um odor pestilento de morte que me obrigou a colocar um lenço no nariz.

— Ah, madame! Se a senhora soubesse!

Todos, sujos, esgotados, vinham até mim, os olhos ainda cheios das imagens dos horrores presenciados, mal acreditando no fim do pesadelo.

Um de meus homens se pôs a berrar:

— Madame, madame, não entre, é uma cilada.

Corri de volta, o mais longe que pude, levando comigo duas moças da cozinha que me beijavam a mão. Keita não compreendia nada do que se passava. Foi um dos que saíram da casa que me alertou gritando:

— Na parte de baixo, ao lado do tanque, colocaram um barril de pólvora. Há um pavio saindo da pequena senzala.

Correu como louco, seguido de Keita e de vários homens. Menos de um minuto depois, uma explosão terrível fazia tremer a terra e a casa. As telhas saltavam no ar e iam espatifar-se no chão e os vidros voaram em estilhaços.

Esse era o motivo pelo qual a casa-grande fora poupada! Ela devia ser meu túmulo! Terra Seca!... Só esse louco sanguinário podia imaginar esse estratagema infernal.

Três fedelhos, três pobres crianças perdidas num combate que não lhes dizia respeito, vítimas da vontade assassina e homicida de um doente, lhe haviam servido de instrumento! Terra Seca desaparecera de Pinheiro e, apesar de mil buscas, não o haviam encontrado desde então. Eis que ele assinava uma nova tentativa, pensada, planejada e, à exceção de algumas falhas, notavelmente executada. Ele não devia estar muito longe, respirando o odor da pólvora e dos cadáveres, esperando que lhe transmitissem a notícia de minha morte. Quis ver esses três pequenos infelizes. Os dois maiores deviam beirar os quinze anos, pareciam Gavroches* dos Trópicos, sem boné, os pés descalços, as mãos assassinas e grandes olhos pretos que esperavam a sanção... quem sabe a morte.

— O que deveriam fazer depois da explosão? — inquiriu Keita, com ar perverso. — Respondam!

Levantou o chicote. Os três fedelhos, obstinados, permaneciam calados.

— Sabem o que lhes aguarda se não responderem? — continuou Keita no mesmo tom de ameaça.

— Eu não quero morrer — disse o menor, caindo de joelhos.

— Então diga o que deviam fazer — persistiu Keita, ameaçador.

O menino se virou em direção aos dois outros, que o fuzilaram com o olhar.

— Não, não... não vou dizer nada...

---

*Gavroche — personagem do romance *Os miseráveis*, de Victor Hugo — menino de rua parisiense que vive de pequenos furtos. Gavroche representa o povo que, mesmo subjugado, não deixa de lutar pela Revolução. (*N. da T.*)

Com voz doce, até mesmo afetuosa, tomei o lugar de Keita no interrogatório.

— Levanta-te, pequeno. Como é teu nome?

Mais uma vez olhou seus companheiros e não respondeu.

— Aproxima-te de mim... mais perto... senta-te.

O menino, tremendo, mas empurrado pelo cabo do chicote de Keita, avançou e sentou-se.

— Que me tragam água e um pano. Afastem os dois maiores, vigiem-nos sem colocá-los a ferros e, acima de tudo, nada de pancadaria. Pelo contrário, cuidem deles. Dá-me tuas mãos, pequeno!... Vamos! Dá-me as mãos!

Ele hesitou, cerrando os punhos, mas ao fazê-lo sentiu-se ainda pior e seu rosto assumiu uma expressão de dor e tristeza. Lavando-lhe as feridas, tentando transmitir-lhe um pouco de afeição e compaixão, eu, que me sentia sem vida, sem saber o que acontecera com Joaquina, pensava em Cristo, em seu sofrimento e no da Santa Mãe. Fui recompensada por meus gestos de bondade, de fé e de esperança, pois ele disse baixinho:

— Eu me chamo Guabo... Tu roubaste a terra de meu pai.

— Quem te disse isso? — retorqui, mantendo o tom calmo.

— Todos, inclusive os que vieram de outras fazendas, aqueles que a senhora expulsou roubando-lhes tudo!

— Sabes o nome das fazendas?

— Não, mas a senhora... tu...

— Não te mexas, Guabo, senão não conseguirei cuidar de ti! Não me importo se acreditas ou não em mim. Mas, eu te digo, nunca tomei o que dei, pois se o tivesse feito seria um pecado, um dos mais graves, e iria para o inferno... Te contaram mentiras... Aqueles que vieram para cá não vêm de minhas fazendas, são pessoas pagas para mentir, para destruir todo o belo trabalho que fiz com tua família e todos aqueles a quem dei a liberdade. Mas deves estar cansado. Por acaso comeste?

— Não, estou com fome.

— Pega nossas provisões e dá-lhe pão — disse, fazendo sinal a um dos homens de Ipê. — Mas conta-me, aonde devo te levar?

E sem querer, maquinalmente, ele respondeu:

— Bem... ao Quilombo de Puruaçu!

— Ah, ao quilombo!

— Não vais fazer mal a meus irmãos?

— Por que achas que vou fazer alguma coisa com eles?

— Não sei... Tu és malvada!

— Talvez seja malvada, mas eu te cuido, te dou de comer. Isso é ser malvada?

— Não sei de mais nada... Quero dormir, quero ver os outros.

— Se queres dormir, melhor que te instalem em um quarto ou em outro lugar, mas não com eles.

— Eu tinha certeza que eras má.

— Se achas que sou... mas penses no que eles farão contigo se eu lhes disser que sei teu nome, que comeste e que eu mesma te tratei! Tens a memória curta? Há pouco mais de uma hora, tu querias me matar em minha casa e agora dizes que eu é que sou malvada porque quero te proteger dos dois maiores que, no entanto, não sabem distinguir o bem do mal.

Parei e, dirigindo-me aos guardas, recomecei:

— Levem-no a um lugar seguro onde possa dormir. Boa noite, Guabo.

— Boa noi...

Em tempo de guerra não se limpam armas. Fiz uma toalete de soldado atrás de uma bandeira com um pequenino pedaço de sabão e um pano sujo como toalha em uma mísera bacia d'água.

A casa sacudida pela explosão, o teto em alguns pontos danificado, resistira e funcionava como hospital de campanha e acampamento improvisado. Todas as peças foram ocupadas pelos feridos ou pelas velhas cercadas de crianças. Numerosos serviçais que me permaneceram fiéis ajudavam a cozinhar, a limpar e a preservar, com uma atenção que me emocionou, todos os pequenos e grandes tesouros que fazem parte de uma casa de fidalgos. A única peça que não havia sido requisitada era meu quarto. Por respeito, por superstição, ninguém ousava penetrar "no quarto de madame." Então fiz do lugar meu quartel-general e foi lá, até bem tarde da noite, que discutimos os passos e as decisões a tomar.

A primeira foi enviar um estafeta às tropas para lhes informar a situação real de Santa Maria.

A segunda, bem mais difícil, consistia em convencer os meus a partirem comigo para o Quilombo de Puruaçu.

Todos eram contra minha vontade de me pintar de preto, cortar os cabelos e unir-me à coluna. Nada nem ninguém pôde demover-me de minha determinação. Quando partimos ao alvorecer, em fila indiana, na direção do quilombo, eu estava sem boné, os cabelos cortados curtos e minha pele adquirira a cor havana. Nas orelhas, no lugar dos brilhantes, trazia dois grandes anéis de latão e um bracelete de marfim no tornozelo esquerdo. Entretanto, não podia renunciar aos sapatos — escolhi velhos chinelos pretos que fiz de sandália — nem à blusa a fim de cobrir meu peito, pela primeira vez sem corpete.

Como se fosse para a roça, deixei para trás a terra violada, destruída de Santa Maria e observava os homens mais velhos e as mulheres que não nos acompanhavam cavar, próximo à lagoa, as fossas onde seriam enterrados, o quanto antes, os corpos dos mortos. Keita, atendendo a meu pedido, mandara queimar tudo o que pudesse trazer miasmas e epidemias e o ar já se tornava mais respirável — a menos que tivéssemos nos acostumado até mesmo ao odor terrível da morte.

Para tornar ainda mais plausível nossa pretensa fuga precisei, durante a noite, explicar nosso plano, por carta, à marquesa Mubapu. Só ela podia compreender "minha" loucura para tentar pôr fim a uma outra loucura, ainda pior. Pedi-lhe que nos enviassem fiéis que pudessem ser suscetíveis de tomar parte na revolta. Eu assegurava-lhe a justeza da causa e as recompensas que estava disposta a distribuir. Ao chegar a Campo Verde, terra que lhe pertencia e lugar combinado para o encontro, ficamos abismados ao ver mais de quarenta homens, mulheres e crianças sentados à beira do caminho. No meio deles, de pé, uma bela mulher branca destoava dos demais. Quando ela percebeu nosso grupo de falsos rebeldes, correu a nosso encontro, à procura daquela que devia forçosamente se distinguir do resto da trupe. Examinava um a um, triste e inquieta, por não me ver entre os meus.

— Keita — disse, de súbito assustada —, para onde foi Marie Adélaïde? Por que não está com vocês como me dizia em sua carta? O que aconteceu com ela?

— Que madame fique tranqüila e continue a procurar. Estou certo de que terá uma surpresa.

Coloquei um ponto final em seu medo ao sair da fila, o passo o mais desembaraçado possível, imitando, certamente mal, a graça das africanas, e parei à sua frente.

— És tu?

— Se não me reconheces, é prova de que posso enganar a todos!

— Estás louca em embarcar nessa aventura insensata?

— Helena, se não o fizer, o quilombo será destruído pela tropa... pelas armas... Não quero passar para a história, como Terra Seca tenta utilizando todos os meios, com a reputação de escravagista; pior ainda, de uma falsa abolicionista. Com mais de cem homens e mulheres que terão abandonado tuas terras e as minhas para escapar à tua tirania, creio estar em melhores condições de poder reverter a situação.

— E tua gente? Não te reconhecerão?

— Não, na verdade são poucos vindos de Santa Maria, a maioria vem do Ipê. Quanto a Keita e os de Santa Maria, eles se instalarão a duas léguas de Puruaçu, para ficar de tocaia e nos advertir dos movimentos das tropas e de qualquer outro perigo.

— Que história! Confesso que te invejo... Quem, senão tu, teria tido essa coragem? Ninguém...

— E conheces muitos que como tu têm a coragem de vir até aqui, tendo conseguido convencer toda essa brava gente que, sem dúvida, não ignora os riscos e o perigo?

— Não te preocupes com eles, são os meus mais fiéis... sobretudo o velho Zebé, o chefe uólofe. Quando voltarem lhes darei a alforria, como fizeste com os teus!

— Ah! São todos escravos.

— Tua teimosia em querer abolir a escravatura é, no Vale, uma exceção! Não os libertei por preguiça, por medo de tudo perder. Já tenho tantas dificuldades, imagine então se tivesse de enfrentar o ódio de Terra Seca e seus amigos. Por falar nisso, faça-o acreditar que estás morta! Não estou totalmente segura de que ele não tomará conhecimento em breve de que escapaste à sua cilada.

— É verdade, tens razão. Ele precisa acreditar que morri.

— Escuta, vou partir para Santa Maria. Chegando lá me encarregarei de encontrar as provas de tua morte e de fazer chegar tais notícias a todos, mesmo aos ouvidos daqueles que sonham com isso.

— Isso! Bravo! É o que deve ser feito! Tens razão! É a minha vez de te desejar boa sorte... A dificuldade é que meus filhos, minhas cunhadas vão acreditar em minha morte...

— Se puder evitar, o farei, mas prefiro que te encontrem viva ao retornares de Puruaçu! Quem sabe, hein? Quem garante que voltarás? É preciso que eu me cale!

— Tens razão! Melhor "ressuscitar" se Deus assim quiser. Parte à minha procura em Santa Maria; eu vou ao quilombo... não tenho outra opção.

Nos despedimos emocionadas, tristes. Em meu disfarce, era difícil nos abraçarmos, pois como justificaria as manchas escuras de fuligem e de piche na seda de seu *jabot* e no linho de sua camisa?

O crepúsculo se aproximava quando escutamos, trazidos pelo vento, os cantos que vinham do platô. Keita partiu à procura de um local para o acampamento. Precisamos passar toda a noite a esperar, silenciosos, no calor úmido. Eu, assim como todos, estava atenta ao grito de cada animal, ao menor barulho suspeito, mas ao alvorecer não havia sinal algum de hostilidade real; nem mesmo o passo de uma onça ou de um macaco havia perturbado a guarda e o sono daqueles que me acompanhavam.

Em compensação, para mim, que tenho um terror irreprimível de aranhas e cobras, a subida que conduzia ao sopé do platô foi uma árdua provação. Levando-se em conta os que encontramos, nosso caminho estava infestado de enormes bestas peludas e répteis que passavam serpenteando debaixo de nossos pés. A memória exagera a realidade de então? O velho Zebé que devia, sem dúvida, ter sido um grande dignitário da Corte de lá, explicou a cada um dos que serviam de guarda no quilombo que a revolta ganhara a fazenda de Campo Verde, onde não mais suportavam as eternas promessas de emancipação nunca cumpridas. Deve ter sido eloqüente, pois ao chegarmos ao platô fomos saudados com gritos e danças. Rápido, comecei a mancar como combinado com o chefe Zebé. Ele me fez passar por sua filha a fim de que me deixassem em paz e não me importunassem. As choupanas do quilombo eram minúsculas, sem dúvida menores ainda do que as da África, mas é verdade que aqui o grau de solidariedade entre os infelizes era bem mais elevado que entre as tribos hierarquizadas da África. Havia em Puruaçu escravos originários do reino de Dahomey*, outros do país dos Peuls**, muitos da terra de Angola e alguns do longínquo Sudão, mas também homens e mulheres livres vindos de Santa Maria. Havia também um

---

*Reino de Daomé — foi colônia francesa no oeste da África, tendo declarado a independência em 1960. Hoje é a República de Benin (*N. da T.*)

**Peuls — língua falada em cerca de vinte países da África Ocidental e Central (entre os rios Senegal e Níger) pelo povo Peul, cuja principal atividade é a criação de gado. (*N. da T.*)

pequeno grupo de mestiços e, para minha surpresa, três brancos. Dentre eles, uma bonita moça de aproximadamente 25 anos parecia, ao ouvi-la, uma negra branca, mas não sei por que eu não conseguia acreditar, vendo-a caminhar e balançar a cabeça, que seu gestual, sem graça natural, fosse de uma mulher negra. A branca tinha uma altivez de rainha, os movimentos das mãos e dos braços elegantes; mas não pôde alcançar a perfeição das princesas que os negros fazem cativas nas terras do Marfim, da Somália e que são vendidas na Ilha de Gorée.*

O chefe Zebé foi palavrear, como não havia perdido o hábito, com o conselho do quilombo. Voltou exultante, com a certeza de que Joaquina estava viva. Viva! Ela vivia, pertinho de mim, ela, que havia dado a vida pelos meus, por mim. Ela esperava, certamente. Talvez esperasse sofrendo. Era necessário vê-la, falar com ela... mas como? O velho Zebé me observava, escutava sabiamente meu discurso apaixonado. Depois, interrompendo-me, disse em voz baixa, sentado no chão sobre uma esteira de palha trançada:

— O que importa no momento, grande dama, é a vida de todos. Não a minha em particular, não a de Joaquina, mas a de todos aqui. Eu sou velho e aqueles que acreditaram poder me roubar a liberdade se enganaram. Sim! Fui humilhado, espancado, eu que em meu país tinha escravos! Mas em minha cabeça sou livre, tão livre quanto os espíritos de meus antepassados. Mas eu trouxe ao pessoal do quilombo uma notícia que lhes despertou medo, um medo imenso!

— Conte-me, senhor!

— Aqui não passo de um chefe deposto; então, não me chame assim.

— Eu também não sou nada aqui; não passo de uma fugitiva...

— Mas eu sei que a senhora pode salvar aqueles que jamais vencerão a força e o desprezo.

— O senhor acredita?... Mas conte-me o que o senhor lhes disse.

O velho pôs-se a sorrir com sua boca desdentada e depois a rir, a gargalhar.

— Eu disse que os soldados já estavam em Campo Verde a essa hora, que eram numerosos e tinham canhões e fuzis em grande quantidade. — Parou de falar e recomeçou a rir. — Disse-lhes que tinha vindo para cá com os meus

*Ilha de Gorée — localizada no Senegal perto de Dakar. Ponto de partida dos barcos para as Américas. (*N. da T.*)

para morrer dignamente junto aos que preferiam morrer livres do que com correntes nos pés ou pendurados em Vassouras, sob os brasões das gordas mulheres brancas.

— Eles ficaram com medo?

— Se ficaram...

— O que faremos agora?

— É preciso esperar. O chefe é um homem nervoso, mas a negra branca sabe acalmá-lo. Daqui a pouco o conselho voltará a se reunir. Pedirei que enviem dois dos meus como batedores para ver onde estão as tropas. Eles encontrarão Keita para dizer-lhe que a senhora promete a rendição do quilombo, o que muito honrará o chefe dos soldados, se as tropas não atirarem. O perdão será concedido àqueles a quem foi prometida a alforria (como aos meus), e aqueles que já são livres e a quem os bandidos mentiram terão de volta suas terras e seus direitos. Quanto aos outros, deverá haver indulgência.

— Estou de acordo com tudo, monsieur.

Ele se esticou, fechou os olhos. Retirei-me um pouco para não incomodá-lo, esquecendo que nessa promiscuidade das senzalas e dos quilombos ninguém incomoda ninguém. Meus companheiros amassavam, cantando, a cevada com a qual fariam mais tarde uma papa e bolos. Tive medo quando um deles se aproximou para me dizer que a negra branca queria falar com a filha do chefe. Ousei acordar o ancião para consultá-lo.

— Senhor, senhor, a negra branca! Ela está vindo! Ela quer falar comigo!

— Minha filha, coloca um pano na cabeça — disse-me, como se eu tivesse, por encanto, se transformado em sua filha. — Fica atrás de mim, com a cabeça baixa, e responderás imitando o sotaque de seus escravos, quando eu te autorizar.

Em poucos segundos ela chegou, pedindo para falar comigo.

— O que queres com ela? — perguntou Zebé.

— Quero que tua filha participe da grande dança de amanhã para festejar a proclamação do julgamento da traidora de Santa Maria.

— Viste que minha filha manca, mas não me oporei.

Depois, inesperadamente, perguntou:

— É só isso? Porque eu também gostaria de te fazer uma pergunta: de quem és filha? Tu, cuja pele é branca, do mesmo branco que os brancos que nos oprimem. Dize-me o nome de teus ancestrais.

Ela recuou e esbarrou num mensageiro que vinha anunciar que o conselho iria se reunir. O velho se levantou, pegou seu cajado e disse ainda:

— Tu, que sabes acalmar o chefe, escuta o que vou dizer no conselho, pois a hora do combate está próxima.

Ela empalideceu, virou-se em minha direção e depois seguiu o ancião. Quando ele voltou, pediu que reuníssemos todos os nossos. Ele havia conseguido... dois dos homens partiriam o mais rápido possível em direção a Campo Verde para avaliar a distância e o tempo que separavam as tropas de Puruaçu. Entretanto, havia perdido em um ponto: o conselho ordenara que um outro homem, pertencente à guarda do chefe, acompanhasse os nossos. Obviamente ele não tinha se oposto. Falando numa língua que eu não compreendia, fez um gesto bastante explícito para me indicar que o terceiro não voltaria jamais. Explicaram-me a seguir que somente um dos nossos dois homens retornaria, enquanto o outro ficaria a fim de não despertar suspeitas.

Retirou-se para sua esteira e pediu que eu ficasse a seu lado. Mascava uma erva que eu não suspeitava o que pudesse ser. Por vezes ele cuspia um naco para recomeçar imediatamente a encher o espaço que separava a gengiva da bochecha com seu estranho tabaco.

— Sou o mais bravo, o mais valente. Desperto medo aos covardes dizendo que mataremos aqueles que não quiserem lutar. O conselho ficou dividido. Os homens dos bandidos partirão um pouco depois do primeiro conselho esta manhã. Melhor assim! A falsa negra incentiva a negociação. No momento eles querem me acalmar. Melhor fazê-los passar uma noite ruim e amanhã os ajudaremos a encontrar alguma solução se eles não quiserem lutar!

Eu estava admirada com tanta habilidade e inteligência. Só um antigo chefe uólofe da África para conseguir suportar a humilhação da captura, os porões imundos dos navios transportando os escravos negros, a vida nos depósitos de escravos do Rio ou da Bahia e manter o espírito justo e forte, apesar de todas essas provações durante não sei quantos anos nas plantações.

Os tambores e o canto das mulheres me despertaram. Havia várias noites e dias eu não me permitia o menor descanso, quando de súbito a fadiga tomou conta de mim, mergulhando-me num sono não muito pesado, pois às primeiras "batucadas" emergi dos sonhos estranhos e deliciosos que tinham invadido meu cérebro. Teria sido para me aliviar dessa sucessão de pesadelos que Morfeu me transportara para bem longe do quilombo, a bordo de um navio no qual João Pedro, meus filhos, Chantal, Joaquina e todos os que me são caros dançavam e bebiam ao som de uma encantadora orquestra e ao ritmo das ondas? Do meu sonho bruscamente emergiu um outro ritmo que interrompeu violentamente aquele suave dos violões e de um piano, para dar lugar ao ritmo surdo e lancinante das mãos e das baquetas abatendo-se sobre as peles esticadas dos tambores. Seria a dança à qual eu tinha sido convidada, funesta dança, prelúdio da sentença que o conselho deveria emitir sobre o caso de Joaquina? Ninguém, graças a Deus, nem a negra branca nem seus enviados, veio me tirar do torpor causado pelas batidas das percussões. Durante duas horas, talvez três, a sinistra bateria não parou de martelar minha cabeça. Eu já não agüentava mais a longa e obcecante música; me retorcia, envergonhada do sentimento de impotência no qual me encontrava, dependendo de um velho de quem eu só conhecia certamente a engenhosidade. Mas o que ele podia fazer para salvar Joaquina, minha Joaquina, da forca? Enxuguei com as costas da mão as lágrimas negras de fuligem que deviam deixar marcas brancas perigosamente visíveis em meu rosto, mas não podia mais resistir à dor e ao desespero. Foi nesse estado que o chefe Zebé me encontrou. A princípio, ele não distinguiu nessa trouxa informe um ser humano. Tateou com seu cajado, na semi-escuridão, o embrulho sem imaginar por um instante que tocava a condessa de Santa Maria.

— Ai, chefe Zebé, o senhor está me machucando!

— Desculpa, desculpa, não sabia que estavas no chão enroscada a me esperar.

— O que aconteceu?

— Exatamente o que eu pensei!

— Diz-me rápido, conta-me!

Sentei-me, as mãos postadas na frente para me sustentar, meu torso debruçado em sua direção. Tinha a boca aberta e olhava o chefe com olhos arregalados. Ele sentou-se sobre uma pedra, cuspiu a raiz, franziu os olhos e, com a arte de um contador de histórias, relatou:

— Não fui dos primeiros a chegar pois minha posição e minha idade me permitem essas prerrogativas. Bem perto do chefe havia um pequeno homem das savanas, barbudo e falante como uma mulher. Eu não podia, portanto, sentar-me até que o chefe lhe ordenasse deixar o lugar. Fiquei fora do círculo, as mãos e a cabeça apoiadas em meu cajado. Eu via o chefe que conhece um pouco a lei dos ancestrais tentar afastar o pequeno barbudo, mas o homem fingia não compreender. Então a negra branca, que continuava sentada atrás do chefe, chamou uma cega, aquela que sabe acalmar os espíritos e com eles conversar. Foi ela quem fez sair o idiota do lugar. Disse apenas algumas palavras e o outro, assustado, colocou-se num lugar em que não ficava de costas para a lua. O chefe saudou-me segundo ritos diferentes dos nossos e o conselho pôde ter início. O chefe não pertence à raça dos reis. Ele fala sem saber e não ouve aqueles que sabem.

Ele dizia: "É preciso defender o quilombo. Temos armas suficientes?... E os homens que acabaram de chegar, sabem todos lutar?"

Tomei a palavra:

— Não é o número, não são as armas, mas é a bravura que leva à vitória! O sangue! O sangue! É preciso estar disposto a morrer para nunca mais ter de entrar na senzala e encontrar o chicote dos patrões.

Bati meu cajado para mostrar que havia terminado.

— Crês que os que nos ajudaram...

— Eles partiram esta manhã, fugiram... como ratos — repetia o barbudo.

— Melhor assim. Eu, o chefe Zebé, sei muito bem que não precisamos de covardes na guerra. Quem é a mulher a ser sacrificada?

— Sacrificada? — O barbudo inspirava pena, tamanha era a angústia acumulada em seu espírito fraco. — Não! É Joaquina, ela não vai ser sacrificada, foi julgada.

— Quem é Joaquina? — Eu sabia a resposta, mas tinha uma idéia na cabeça.

— É a traidora vendida à francesa! Aquela que nos fez acreditar que estava a nosso lado, contra a escravatura!

Surpreendi a todos pois me levantei de um salto como um leão para colocar-me no centro do círculo e disse, dançando:

— Ah! Vejam quem apagará todos os insultos e golpes que recebemos. Essa mulher traiu a causa de sua raça e deve ser punida. É preciso festejar sua futura morte, pois ela, finalmente, nos vinga dos brancos. Eles vão ficar loucos, matarão até o último de nós, mas isso não tem importância, pelo contrário, teremos orgulho! Os espíritos dos ancestrais nos receberão com festa.

Zebé tornou-se ainda mais veemente:

— É preciso estarmos preparados para morrer! Falo por mim, pelos meus! Por quê? Existe alguém aqui que não esteja preparado para essa prova?

Dois grandes magros de Santa Maria decidiram confessar, a cabeça baixa:

— Nós não queremos morrer. Quem sabe se os que partiram esta manhã não nos enganaram? Eu estava bem em Santa Maria, antes que eles chegassem para nos dizer que a dama havia voltado atrás em sua decisão. A dama era gentil, proibira o uso do chicote e dos ferros. Os que tinham sido alforriados, como nós, eram pagos!

— Mentira — retomou o barbudo —, ela enganou a todos.

— O que sabes a respeito? — retorquiu o magro mais alto.

— Me disseram...

— Quem?

Então gritei:

— Silêncio... — Eu estava furioso. — Se alguns aqui não estão dispostos a morrer, eu me enganei. Não era para Puruaçu que devia ter vindo com meus homens! É preciso procurar outro caminho para alcançar a vitória!

— Encontraste o caminho? — o chefe me perguntava, virando-se constantemente para a mulher branca de cabelos trançados.

— Eu não gosto da falsidade dessa mulher!

— Devo pedir ajuda aos espíritos dos ancestrais. Quero ver a mulher cega. Não, aqui não! Leva-me a seu encontro!

Falei com a mulher. Ela conhecia minha língua — não muito bem, mas o suficiente para compreender minhas perguntas e responder aos espíritos.

A lua já estava baixa no céu quando o chefe veio, sem respeitar nossas regras. Ao ver a mulher em transe, voltou correndo para o seu lugar. Já estava bastante escuro e eu escutava as vozes dos homens em conferência. Tendo os espíritos falado claramente, podia retomar meu lugar ao lado do chefe. Os pobres membros do conselho estavam todos apavorados, luzindo de suor sob os reflexos das chamas da grande fogueira que queimava no centro da assembléia. O chefe colocara, para se proteger, colares de amuletos e me olhava inquieto, com ar interrogativo.

Capítulo XIV

O fim de Puruaçu

Eu continuava de cócoras, escutando com o máximo de atenção de que era capaz, o velho chefe Zebé contar-me suas proezas — não as de um tempo antigo, mas as de nosso tempo presente. Eu o observava produzir, diante de meus olhos, uma lenda que — ele bem sabia — deixaria orgulhosos seus ancestrais, bem como seus descendentes, pensei. O que ele fazia com a força que lhe proporcionava a fé nos espíritos era sobretudo levar a esperança de um dia ser livre a todos os que se encontravam no platô, perdidos, desvairados, não esperando nada além do castigo vindo do Rio.

Enquanto me narrava a história, seu olhar vagava distante, bem longe de meu pobre corpo curvado sobre os joelhos. Seu olhar o conduzia ao escuro da noite, além de mim, como se contasse sua extraordinária história a outras pessoas que eu não via, que eu não podia ver. Por vezes, seus olhar cruzava meus olhos claros e então sorria, malicioso e de súbito sonhador.

— Os espíritos falaram.

Com uma voz terrível, andando e dançando em torno das chamas, ele finalmente prosseguiu:

— Vou pronunciar o veredicto dos espíritos: uma vez que nem todos aqui estão preparados para morrer e poder a eles unir-se, livres (todos estavam petrificados!), é preciso arrancar a liberdade aos brancos. A prisioneira servirá de moeda de troca: alforria para todos de Santa Maria! Alforria para todos de Campo Verde. Liberdade e perdão para todos os outros, à exceção daqueles que fugiram.

E prosseguiu grave, impressionante:

— Esta noite, aqui mesmo, todos os animais vivos serão sacrificados para acalmar os espíritos insatisfeitos e sofredores.

Deixei-me cair ao chão, prostrada.

— E o que eles disseram? Chefe Zebé, conte-me. Eles concordaram?

— Minha filha, quem pode se opor à palavra dos espíritos? A decisão deles é irrevogável sob pena de...

Nesse momento um mensageiro veio anunciar que somente um dos três enviados a Campo Verde acabava de chegar. Segui Zebé, meu majestoso pai africano, até o conselho. Nosso espião estava com a roupa em farrapos, ferido, fatigado, os olhos desvairados. O chefe convidou-o a falar. Havia, sem dúvida, em seu semblante um quê de farsa, mas não só isso.

— Conta! Onde estão os outros?

— Os outros estão mortos. Só estou vivo porque o fuzil do soldado não tinha mais balas e eu estava bastante afastado... Nunca tinha visto tantos soldados em minha vida! Têm canhões, muitos cavalos e mulas. Clamam por vingança a todo instante, exaltados, rancorosos.

— Mas onde estão?

— Acampados em Santa Maria e outros em Campo Verde. Todos os fazendeiros foram ver o que restou de Santa Maria. Tenho medo... Nossa morte está a caminho!

— Sabes quando eles virão?

— A essa hora os de Santa Maria já devem ter se unido aos de Campo Verde. Eles estarão aqui depois de amanhã, o mais tardar ao meio-dia... Chefe Zebé, soube por dois de nossos irmãos de Santa Maria que fomos ludibriados! A patroa nunca voltou atrás em seus compromissos. Eles dizem que a de Campo Verde está disposta a perdoar se Joaquina lhe for devolvida com vida. Eles afirmam ser ela uma de nossas irmãs verdadeiras e que nunca nos traiu.

Novamente as lágrimas me subiram aos olhos. O que podia fazer para evitar que as lágrimas escorressem por meu rosto pintado?

O homem retomou sua narrativa às pressas:

— A três léguas daqui, um fugitivo que quase matei acreditando ser um dos espiões dos soldados me contou uma história que me deixou arrepiado. Ele viu um bando... uma espécie de milícia cujo chefe tinha a cabeça coberta por um grande chapéu e uma capa preta sobre os ombros que da Chácara da Árvore Seca tomava a direção de Campo Verde. É o Justiceiro! — concluiu.

— Quem? — perguntou o chefe.

— O Justiceiro! Aquele que traça uma cruz na mão ou na testa dos bandidos. O fugitivo me disse também que Puruaçu... é a vingança do pai dos vilões... Terra Seca contra a proprietária de Santa Maria! Fomos usados!

— Chefe Zebé — perguntou o chefe obá em pânico. — O que pensas de tudo isso?

— Os espíritos tinham razão. Morrer por um bandido? Não, jamais! Mas é preciso sair daqui livre. Quando os soldados estiverem à vista, irei — com ou sem sua aprovação — encontrá-los. Levarei minha filha e discutiremos.

— Deixa tua filha aqui. O que nos garante que...

— Cala-te, barbudo infame. Crês que cheguei à minha idade para escutar semelhante insulto? Se não fizesses parte do conselho, te diria que tua morte está próxima. Minha filha fala bem a língua deles, ela me servirá de intérprete. Agora, cuidem do mensageiro: ele fez por merecer. Preparem o sacrifício dos animais!

Com seu cajado fez um gesto ao mesmo tempo solene e ameaçador. Os outros, numa mistura de respeito e medo, afastaram-se para lhe dar passagem. Ele adiantou-se, grande e aterrorizante, e eu segui seu rastro, mancando, até nossa choupana. Essa noite tudo foi completamente diferente do que eu sabia até então sobre os ritos africanos. O ritual do sacrifício, os transes, quando homens e mulheres são invadidos, "possuídos", diriam em Mortagne, pelos espíritos, o sangue dos galos que esguicha molhando todos os que, com os olhos revirados, conversam com os deuses e os mortos. Eu acreditava conhecer, mas percebi que nada conhecia desse mundo estranho e longínquo e ao mesmo tempo tão próximo de mim. Joaquina e Keita não me abriram, durante todos esses anos, a não ser pequenas frestas dando acesso a minúsculos planetas de um imenso universo desconhecido.

Fiquei assombrada com tamanho fervor, por vezes entrevisto, mas até então jamais vivido por meio de meu próprio corpo e alma. Não direi, como certos viajantes, que fui iniciada na religião dos ancestrais do chefe Zebé. Sou e continuo católica, mas essa noite, tão cheia de emoções e impressões, transformou-me para sempre. Na confusão do final da festa, quando quase todos dormiam, aproximei-me, mancando, da jaula estreita onde fora trancafiada a mais fiel de minhas amigas. Ela dormia ou fingia dormir. Colei-me às grades improvisadas, feitas de madeira de bambus. Ao redor não havia ninguém. Todos os que foram encarregados da guarda tinham partido para reforçar os postos vigiando os pontos de acesso ao platô.

Puruaçu era uma anomalia geológica nessa região do Brasil. Um sábio geógrafo poderia acreditar ter descoberto uma cratera aplanada e nivelada de um vulcão apagado. Mas até então eu nunca tinha ouvido falar de nenhum fenômeno do gênero nessa parte do Império. No entanto, a vista desses pães de açúcar do Rio de Janeiro podem nos enganar. Esses estranhos picos não seriam o vestígio de um período muito antigo onde essa parte do mundo teria sido coberta de pústulas escarrando pedras e lavas? Segundo o conhecimento de meu imperador, não se trata disso. Essas pedras que, por sinal, se fragmentam facilmente, seriam constituídas de areias comprimidas a uma temperatura muito alta que perduram quando a erosão faz desaparecer tudo o que as rodeia. Puruaçu não se parecia em nada com as paisagens cariocas. Para lá chegar é preciso caminhar através de vales e planícies; depois, ao contornar uma garganta, descobre-se um largo círculo de montanhas formando uma depressão e lá no fundo, bem no meio das encostas íngremes e difíceis cheias de árvores, uma pequena planície, também em declive, parcialmente coberta de árvores. A descoberta do local para o viajante vindo da Europa transmite-lhe o sentimento de já ter visto esse tipo de paisagem, propícia na Europa às fortalezas da Idade Média ou na Antigüidade aos *castra** romanos. Aquele que percorreu, em peregrinações, Rothenburg na Baviera, Carcassonne em Languedoc e Cordes no Périgord imaginaria com toda certeza ver torres ameadas, portas protegidas por grades e, bem no centro do platô, um castelo como o de Pierrefonds, construído, como um brinquedo, pelo arquiteto Viollet-Le-Duc, para o menino incorrigível que era Napoleão III.

A localização de Puruaçu é propícia à presença de um quilombo. Do alto das encostas pode-se vislumbrar ao longe o inimigo. É possível fugir com facili-

*Palavra latina usada pelos antigos romanos para indicar qualquer construção ou pedaço de terra usado para servir de defesa militar. (*N. da T.*)

dade... Cercar o local não é tarefa fácil pois a circunferência do promontório na base deve medir aproximadamente de quatro a cinco quilômetros. No cume, essa extensão bem plana não é o novo Éden, o paraíso na Terra, mas lá se encontram mangueiras e bananeiras. Aqueles que antes de nós lá buscaram refúgio plantaram cevada e mandioca.

Mas a vinda de uma colônia numerosa desestabilizou os parcos recursos locais. Era preciso, portanto, organizar expedições que partiam durante o dia e à noite, para roubar, nas fazendas mais vulneráveis, ali o gado, acolá os víveres. A falta de água torna-se rapidamente a obsessão de todos. Na estação das chuvas, uma espécie de bacia serve de reservatório, mas durante os longos meses de seca, o abastecimento transforma-se num pesadelo. São as mulheres e as crianças que descem ao vale para ir às fontes, num passo lento e esforçado, carregando na cabeça baldes de madeira improvisados.

Já falei das choupanas: elas são extremamente rudimentares, o solo de terra batida coberto por um teto de folhas secas de palmeiras. Raras são as casas com paredes de madeira e alguma espécie de argamassa. Se o calor do verão nos protegia do frescor comum à noite nessa região, não nos protegia das chuvas que transformam em lama a poeira do platô ou do vento que, por vezes, se transforma em tempestade.

— Joaquina, Joaquina.

Chamei baixinho, mas alto o suficiente para ver sua triste carinha, tão querida, virar-se em minha direção.

— Quem está aí?

— Sou eu, Marie Adélaïde.

— Quem? — Ela arregalou os olhos.

— Marie Adélaïde.

— Quem és tu que finges ser minha patroa?

— Aproxima-te para ver de perto. Estou coberta de fuligem, tenho os cabelos cortados, mas sou eu mesma.

— Madame!... aqui?

— Sim, minha querida! Estou aqui para te salvar, se conseguir, e para salvar os nossos também.

— Mas eles vão me matar. A senhora está me escutando? Me matar. — Ela parecia tensa, fatigada.

— Era essa a intenção, mas depois da chegada de nossa coluna, as coisas mudaram bastante. Agora vales muito mais do que imaginas.

— Fale mais baixo, podem escutar a senhora, madame.

— Estou tão feliz de te ver!

— É mesmo? Não compreendo mais nada! Mas... Madame, ninguém te reconheceu?

— Por enquanto, não. É preciso nos mantermos a salvo, tanto tu como eu, até a chegada dos soldados. Observaste que o rufar dos tambores cessou há bastante tempo?

— É verdade... mas eles chegarão? O socorro chegará em breve?

— Sem dúvida amanhã, o mais tardar.

— E o que acontecerá?

— Não te inquietes! Já sofreste demais. Repousa. Não poderei ficar aqui mais tempo.

— Que Deus abençoe a senhora, madame! Se soubesse como estou contente por saber que a senhora está viva. Mas tem certeza de que não corre perigo?

— Não te preocupes comigo. O pior já passou. Deus te abençoe.

— Madame, estou chorando de alegria por saber que a senhora está aqui.

— Achaste que não envidaria todos os esforços para te salvar?

— Eu sabia...! Sempre soube! Mas...

— Até amanhã.

— Até amanhã.

Voltei para minha esteira. Ao atravessar a pobre aldeia, revi todos aqueles corpos adormecidos, por vezes a boca escancarada, os braços com freqüência afastados do corpo. Quando cheguei, sempre mancando, à nossa pobre morada, meu pai africano não dormia. Mascava sua erva, o tronco ereto, as mãos cruzadas sobre as pernas.

— O que está fazendo, pai? — perguntei, inquieta.

— Penso no que farei de minha vida quando tiver recuperado a liberdade.

— Pai, vou recompensá-lo. Farei com que se instale em Santa Maria e mandarei construir uma casa para o senhor.

— Oh! Eu sei, minha filha, que estás dizendo a verdade, mas eu não acreditava mais que esse dia chegasse... Sabes o que foram os dias que me separam de minha infância, de minha juventude? Ah! Como eu era forte... Um dia, quando meu pai quis partir para caçar em direção ao Norte, os enfezados, os desgraçados... nos atacaram de surpresa. Meu pai lutou até a morte, não queria conhecer outra vida que não a de guerreiro. Meu irmão caçula foi ferido por um golpe de zagaia e o vi esvair-se em sangue. Fomos vencidos... Nos levaram junto com nossos guerreiros e nossos escravos. Como essa gente da costa é maldita! Meu irmão resistiu, as feridas fecharam, mas não cicatrizaram direito. Quando fomos vendidos no Rio, ele não valia a metade do preço que pagaram por mim! Mas por que te contar tudo isso?... Amanhã eu e os meus também seremos livres!

— O transporte da África até aqui é tão horrível quanto suponho?

— Minha filha, já que me perguntas, vou te falar do que talvez seja o pior sofrimento de todos. O chicote, os golpes, a escuridão do porão onde nos acorrentam uns aos outros na podridão de nossos próprios excrementos não é nada. O pior é o olhar dos que arrancam nossa alma, nos vêem como se fôssemos animais, mas não um cavalo ou um cachorro. Não! "Um negro!" Conheces este olhar que renega teus ancestrais, renega teu pranto, que te bate quando te sentes mal? Eles são... — Ele sacudiu a cabeça, não conseguiu prosseguir.

— Vou dormir — contentou-se em dizer.

— Boa noite, pai.

— Boa noite.

Essa conversa me impediu de conciliar o sono. Eu via sem cessar o chicote dos feitores desumanos. Escutava o insulto saindo da boca das matronas que se dizem cristãs e que, por tudo ou por nada, colocam a ferros até mesmo os irmãos de leite de seus filhos. Essa situação não podia perdurar. Aproveitando o fato de as bases de meu império estarem sólidas, e antes mesmo que Santa Maria renascesse das cinzas, precisava voltar a fazer nova campanha. Levar aos ministros, ao Senado se fosse preciso, a oposição a esse *modus vivendi*. Forçar as muralhas da falta de coragem de meu próprio mundo, obrigá-los a abrir mão dessa situação vergonhosa, fazer com que a consciência lhes mostrasse o crime sendo cometido: esse era o objetivo. No sistema escravagista o que existe de mais pernicioso, de mais monstruoso, era explicitado pelo chefe Zebé por meio de suas palavras e imagens de forma tão precisa que me pareceram insuportáveis: a arrogância, a certeza de que ninguém — dos patrões aos mercadores de negros, dos comerciantes do Rio aos caçadores de escravos da África — experimenta qualquer remorso, qualquer culpa, ou tem problemas religiosos ou de consciência, até mesmo morais, por considerar um ser humano, um filho de

Deus, como um objeto, uma ferramenta, uma mercadoria. À minha volta vejo homens generosos, boas cristãs, que fazem caridade, adoram seus cavalos, dormem com seus cãezinhos e chegam a mandar construir mausoléus para eles, à imagem de um Calígula, mas que não se emocionam com os gritos vindos da senzala e que, satisfeitos e cientes do dever cumprido, ordenam chicotadas e, tomando-se por Deus, condenam à morte. Sou vista por eles como inimiga — uma louca, na melhor das hipóteses — por defender esses "negros". Parecem duvidar que eles têm alma, que eles podem dividir com os patrões o dia da ressurreição, ir para o céu, à direita de Nosso Senhor! Parece que os Evangelhos são diferentes para os que são ricos e brancos e para os que são pobres e negros. O que significa para eles:

"Tinhas fome e não me deste de comer."

"Bem-aventurados os pobres, porque deles será o Reino dos Céus."

"É mais fácil um rico passar pelo buraco de uma agulha do que um pobre entrar no Reino dos Céus."

Até mesmo certos bispos e padres que, sem saber interpretar as Escrituras, procuram justificar o injustificável e repelir, com freqüência, a emancipação de seus escravos. Todos esses bem-pensantes, esses tartufos sem pudor, lêem Victor Hugo, Lamartine, aprendem a cantar *A marselhesa* e adoram citar Voltaire e Rousseau. Porque não são todos incultos, rústicos e vaidosos! Pude apresentar em Paris, na Corte, brasileiros refinados, educados, sensíveis — pelo menos aparentemente —, mas atenção! Que não nos atrevamos a aceitar um convite para visitar uma fazenda pois o barulho do chicote e dos gritos de dor pode incomodar as almas sensíveis de algumas excelências européias. Existe no Brasil um culto a Jano.* Uma face representa uma imagem lisa, impecável, bela e aceitável, mas a outra é obscura, feia e retrógrada, ainda mais vergonhosa por essa dicotomia ter sido gerada há muito tempo por nossa elite social formada por acrobatas e malabaristas! Durante quanto tempo esse exercício sobre uma corda bamba poderá ainda durar? Posso ser injusta em relação aos que lutam pela

*Jano — Saturno, agradecido por Jano ter lhe dado abrigo no Lácio, abençoa seu anfitrião com o dom da mais alta prudência, conferindo-lhe o poder de ver o passado e o futuro ao mesmo tempo. As moedas cunhadas com a efígie de Jano mostravam sempre dois rostos numa mesma cabeça, voltados para direções opostas, de modo que suas faces nunca se olham. Júlio César, ao adotar o ano solar com período de 365 dias e ¼, determinou que o ano começasse em 1º de janeiro, fazendo jus à divindade bifronte capaz de estar entre o tudo e o nada, olhando concomitantemente o passado e o futuro.

abolição cujas vitórias não são pequenas! Dizer que há uma unanimidade entre nós, pessoas de bem, seria mentir, mas quanta demora, quantas discussões inúteis para chegar a resultados pífios, insatisfatórios. Podem me julgar apressada, podem me acusar de não levar em consideração a realidade da economia do café. Me opor então continuando, como faço já há bastante tempo, a comprar terras e fazendas na província de São Paulo, a trazer colonos da Suíça que não têm meios em sua terra para sobreviver. Há muito dei terras aos meus escravos de Santa Maria e um salário pelo trabalho. Não, não e não! Não sou uma "sábia mulher", uma dessas "damas caridosas" que preconizam, exaltadas, nos salões onde os jovens absorvem suas palavras piedosas até caírem desmaiados!

Eu reflito, planejo, construo. À minha maneira, demonstro que podemos preparar, antecipar o inelutável fim da escravidão. *Hélas*, o que me assusta são os antolhos que meus pares colocaram. Eles vêem seu mundo como imutável, seus privilégios, eternos. O que sabem da vida dos homens, da História? Acreditam que sua ociosidade, em geral resultado do trabalho obstinado de seus pais e empregados, é a garantia e a perspectiva de uma vida para sempre sem nuvens? O que diriam, se eu não tivesse consolidado minha fortuna e a de João Pedro? Mas... mas... já ia esquecer, tomada pelos meus pensamentos e minha revolta, que eu devia minha presença nesse lugar de rejeitados, de marginalizados, a esse personagem cínico, odioso, que parecia querer fazer da sua vida o oposto da minha. Como se ao escolher a luz não tivesse deixado para ele outra opção senão as trevas. Ele queria guerra? Pois a teria. Mas primeiro eu precisaria pôr fim a essa batalha de Puruaçu! Em seguida, com a ajuda de uma estratégia digna dos militares, continuaria a lutar em todas as frentes de batalha.

A primeira vitória significativa só aconteceu, entretanto, dois anos após os acontecimentos que relato, em setembro de 1871, embora se tratasse apenas de um primeiro passo: "A Lei do Ventre Livre". Nome estranho para uma lei estranha que concedia a liberdade às crianças nascidas "do ventre" de uma mulher escrava. Quando li o texto da lei, que então considerava como uma verdadeira vitória, fui tomada de remorsos. Os artigos constituem meias-medidas, resultados de negociações intermináveis, vergonhosas, de compromissos arrancados à soberba dos conservadores que pareciam colocar toda a inteligência na defesa de um sistema condenado. Meu salão no Rio, nessa ocasião, tornou-se ponto de encontro de personagens tão ilustres quanto Joaquim Nabuco, que — como eu — era monarquista e abolicionista, o célebre ex-escravo Luiz Gama, Jerônimo Sodré, o baiano André Rebouças e alguns republicanos como José do Patrocínio e João Glapp. Entre os monarquistas, com os quais eu tinha mais afinidade, havia uma espécie de musa inspiradora, quase tão rica quanto eu. Ela adorava a França, onde passava freqüentes e longos períodos. Suas relações com a família imperial eram muito íntimas e suas alianças familiares, na aristocracia do café, das mais prestigiosas. Culta, epistológrafa notável, Eufrásia Teixeira Leite (Eufrasinha), além de todas essas qualidades, tinha uma silhueta interessante e elegante. Confesso que o que me deixou enciumada, durante anos, era o espantoso senso para negócios, que transformava essa eterna noiva de Joaquim Nabuco na banqueira mais ilustre de toda a região. Mas eu me disperso...

Pela manhã, as sentinelas deram o alerta. Da garganta onde eu tinha percebido, pela primeira vez, a beleza do sítio de Puruaçu, descia, bem enfileirada, uma longa coluna de soldados.

Ao alerta, seguiu-se um patético "preparativo de combate." Todo mundo gesticulava e corria para dar a impressão de coragem e bravura. Para um olho tão atento quanto o do chefe Zebé e o meu, isso apenas mascarava o pânico e escondia mal o desespero. Zebé não se moveu; esperou que viessem procurá-lo e seguissem-lhe as instruções. O chefe obá não chegou a resistir e, seguido de alguns membros do conselho, veio rapidamente colocar-se sob suas ordens.

Eu estava acocorada a uma pequena distância e via avançar esse estranho e decadente poder, simulacro de um estado-maior, assustado mas vaidoso ao extremo. Parecia-lhes custar muito vir colocar-se sob a autoridade do genial ancião. Mas não sobrava tempo para hesitações e indecisões.

— Zebé — falou o chefe —, eles estão se aproximando do vale...

— É preciso esperar — respondeu, após um breve silêncio, Zebé, o nobre.

— Esperar?

— O que achas que os soldados farão? Eles vão se instalar no flanco das montanhas, de frente para Puruaçu, sem pressa. Lá estarão ao abrigo de nossos pobres fuzis e flechas... Dentro de duas horas enviarão os mensageiros para saber nossas intenções. Não devemos nos render e sim negociar. Nossos mensageiros enviarão uma carta com nossas intenções. Essa carta será redigida por minha filha Kenitra. Será uma carta curta, anunciando que o chefe Zebé ficará encarregado das negociações. Nada mais será dito.

— Mas é preciso que outras pessoas — no caso eu — te acompanhem na missão.

— Os brancos não aceitarão... Kenitra, como eles chamam o homem que tem todos os poderes para negociar?

Ele me pegara de surpresa, mas respondi num tom grave e alambicado:

— Um plenipotenciário, meu pai.

— Isso mesmo! Eu já disse o que nos convém exigir, uma vez que não vamos nos engajar em lutas... A menos que o conselho tenha mudado de opinião.

— Eles são tão numerosos que seria um massacre.

— Então essa Joaquina nos servirá de moeda de troca, pois a proprietária de Santa Maria deseja tê-la de volta a qualquer preço. Ela não é nada sem o poder da mulher branca. Compreendam também que seu sangue de nada lhes servirá junto ao imperador e aos brancos de seu país. Deixem que eu conduza as negociações; já atravessei anos suficientes para compreender perfeitamente como as coisas funcionam. No momento é preciso acalmar os homens. Volta a teus afazeres e manda me chamar quando os mensageiros dos soldados estiverem à vista.

— Tens certeza de...

Zebé interrompeu-o:

— Estou cansado... vais ver. Por enquanto, encontra um papel para que Kenitra possa escrever a carta.

O chefe Obá retirou-se com seu cortejo. Todos falavam baixo, acatando, sem muita confiança, temerosos, os conselhos daquele a quem a experiência, a idade e a postura conferiam autoridade.

Deviam ter se passado duas horas e meia quando o chefe obá em pessoa chegou, gaguejando, para anunciar que, como Zebé previra, dois mensageiros com uma bandeira branca presa na ponta de uma lança tinham tomado o caminho de Puruaçu.

— Minha filha, dá-me a carta.

Zebé mostrou-a ao chefe, que não sabia ler, depois pediu que informassem aos dois mensageiros que, quando o sol estivesse além das montanhas, o chefe Zebé desceria com sua filha Kenitra para a negociação.

— Espera, chefe! Os mensageiros devem dizer que o encontro deverá ter lugar a meio caminho entre Puruaçu e o acampamento dos soldados.

— Sim, a meio caminho... — e partiu quase correndo.

Quando a luz se tornou mais fraca, o calor menos intenso, Zebé, o nobre, acompanhado de uma criatura indefinível, sua filha manca, percorreu do meio dos "marrons",* num silêncio impressionante, o caminho que separava sua palhoça do posto de sentinela. Zebé, com a ajuda de seu cajado e apoiando-se em meu ombro, desceu a encosta que leva ao pequeno planalto e depois caminhamos, a passos lentos, mas sempre mancando, até o ponto combinado, situado à eqüidistância dos dois campos, o que demonstrava confiança nos militares.

O general, barão de Vila Grande, acompanhado de sua guarda e de um comandante que eu não conhecia, compunha a delegação do exército.

Ele havia feito instalar dois bancos dobráveis, sem dúvida para os militares, mas quando me dei a conhecer, fui a única a me sentar. Solicitei ao general, em respeito à idade avançada de Zebé e a seu devotamento desde o início do triste episódio, que ele também se sentasse. Eu pensava que de lá de cima deviam estar nos observando a distância e que, por conseguinte, as negociações deviam obedecer a um ritual, respeitando a formalidade de uma verdadeira negociação.

Foi preciso quase uma hora e meia para chegar aonde a inteligência e o bom senso do chefe Zebé já haviam chegado havia muito. Percebi, mais no general do que no major, uma espécie de arrependimento por não chegar às vias de fato e "destruir os vermes", mas felizmente as recomendações de Sua Majestade em pessoa e a clareza de minha demonstração o impediram. Ficou combinado que Zebé regressaria sozinho, mas que, à espera da libertação de Joaquina, eu ficaria no local das negociações, visível, à luz das tochas, à luneta dos rebeldes.

Foi redigida, de próprio punho pelo major, uma carta que estabelecia não apenas as modalidades da liberação de Joaquina, mas as condições da redenção dos revoltados. Eu vigiava, como a chicaneira que posso ser, a formulação de cada um dos termos da negociação e copiava a carta para que meu exemplar, assinado pelo general e por Zebé, pudesse ser entregue por ele ao chefe obá. Mas como Zebé poderia assinar? Ele surpreendeu até mesmo ao general desenhando com a pluma o perfeito perfil de um grande antílope que devia ser, em seu reino longínquo, a marca de sua ilustre linhagem.

*Em francês, *marronage* significa quilombo. Marrons, os habitantes de um "marronage".

Guardo a imagem de todos os fatos que se passaram em seguida gravada na minha memória, intacta, apesar de tantos anos, assim como os ofícios diplomáticos enviados por nosso embaixador ao imperador dos franceses. Em Paris, o jornal *Le Moniteur* chegou a relatar, assim como *The Times*, de Londres, a surpreendente aventura da condessa brasileira numa evasão de escravos e a forma pela qual obteve, às barbas de muitos, a liberdade e perdão para todos aqueles que, caso contrário, seriam aprisionados por toda a vida, talvez até mesmo mortos como coelhos.

Joaquina, retirada de sua cela, foi a primeira a chegar à noite, na parte inferior do platô, ajudada por dois homens. Depois, incapaz de andar, foi preciso que eu e o major a buscássemos no lugar onde havia sido abandonada. A pobrezinha tinha perdido o costume de andar em sua prisão exígua. O major resolveu tomá-la nos braços, único meio de conduzir esse corpo debilitado até o vale.

À noite, exausta, fisicamente irreconhecível, cheguei ao acampamento, de braços com o major, acompanhando Joaquina, que os soldados tinham vindo buscar em uma padiola a meio caminho, no local de nossas discussões. O comitê de acolhida, formado por meus filhos, Keita, a marquesa de Mubapu, vários outros proprietários e quatro de meus intendentes, quase me irritou. Apesar da demonstração de amor, de fidelidade, eu só pensava, o que beirava a obsessão, no extraordinário Zebé, aquele que havia feito de mim sua filha. Sua ausência, após tantos momentos fortes e marcantes, não era compensada pela presença dos meus.

Desde a alvorada, eu fiscalizava, ao lado dos soldados, as cláusulas do acordo, de forma a assegurar-me de que seriam respeitadas. Eu exigira que o pessoal de Campo Verde e de Santa Maria partisse comigo. Quanto aos outros, eles tinham a opção de juntar-se aos meus ou tomar a direção que lhes aprouvesse.

Muitos não escolheram Campo Verde, nem mesmo Santa Maria, mas seguir o chefe Zebé, cuja força de caráter e inteligência haviam, até então, se mostrado extraordinárias.

Assim poderia ter terminado a história do Quilombo de Puruaçu, mas ela teve dois epílogos que convém relatar, tamanha sua importância, que rivaliza com a incrível experiência da revolta em si.

O retorno a Campo Verde e a Santa Maria, sem a minha vigilância e a do major, poderia ter se transformado num drama sinistro. Os soldados, fatigados, frustrados, mal comandados por um general de salão, não haviam sido vigiados. O general, barão de Vila Grande, era, infelizmente, o mau exemplo do que a aliança entre o obscurantismo de nossa casta de plantadores e uma formação militar prussiana pode gerar. Ele era pura arrogância e intolerância. Sua carreira e o pouco prestígio de que gozava vinham somente da confiança que lhe dedicava o conde D'Eu, marido da princesa herdeira, Isabel. O conde D'Eu era filho do duque de Nemours que eu conhecera nas Tulherias e em Neuilly, na casa de seu avô, o rei Luís Felipe. Quando, em 1865, voltando da França para o Brasil, a pedido do imperador D. Pedro II, para combater as hostilidades que se opunham havia um ano à Tripla Aliança do Brasil, Argentina e Uruguai contra o Paraguai, um coronel, falando um francês excelente, formado pela Escola de Cadetes de Berlim, foi encarregado de assegurar o comando da casa militar do jovem príncipe consorte. O conde D'Eu, por quem jamais nutri nenhuma simpatia particular, se impressionou com o rigor, bem ao estilo alemão, de seu tutor. Nessa época, nosso general era na verdade o já pretensioso coronel Batista dos Santos, filho do primeiro barão de Vila Grande. Ele tinha uma esposa, bem mais brasileira do que ele em suas maneiras e alegria. Ela era a mais adorável das damas de companhia da imperatriz Tereza Cristina. Antonieta amava apaixonada, cegamente, seu marido, o que a impedia de ser imparcial. Embora fina e inteligente, considerava seu aborrecido marido como um modelo de homem do mundo e um verdadeiro gênio militar. Quando ele interveio em 1869, em Puruaçu, na triste história do quilombo, o clarividente marquês de Caxias, generalíssimo no Paraguai desde 1866, após a derrota brasileira de Curupaiti (à qual o nome do barão de Vila Grande está intimamente associado), aconselhara veementemente ao imperador mandar chamar um tão brilhante general para fazer-lhe companhia e assim afastá-lo da frente de batalha e de sua Alteza Imperial e Real, seu genro, muito sensível à visão estreita e limitada de seu mentor "prussófilo".

No Rio ele incomodava menos. Entretanto, o general barão estava persuadido de que sua presença na capital devia-se ao reconhecimento de seu mérito pelo imperador. Ora, todos sabiam na Corte da desconfiança de Sua Majestade em relação ao seu chefe de estado-maior particular. Tanto que quando D. Pedro II foi avisado por seu ajudante-de-ordens, o comandante José de Mello, da complexidade da situação, encarregou-o de acompanhar o general na expedição que este último pretendia comandar como chefe absoluto. O general não escondeu sua irritação de ter ao lado o ajudante-de-ordens de Sua Majestade, mas o imperador não hesitara um só instante, nem mesmo consultando, com sua gentileza costumeira, o chefe do Estado-Maior para saber se ele via algum inconveniente em ser secundado na missão por seu fiel representante. O general barão havia deixado claro ao comandante que ele deveria se justificar, perante seus oficiais, da escolha feita pelo soberano do nome e das qualidades de seu segundo, mas, em resposta, Mello lhe transmitiu um bilhete assinado por D. Pedro II e ditado ao próprio comandante, delimitando precisamente as funções do general. A fórmula que irritou e — e sejamos claros — humilhou profundamente o "grande soldado" estava redigida assim: "Toda ação que possa colocar em perigo a senhora condessa de Santa Maria deverá ser descartada. Quando a senhora de Santa Maria estiver fora de perigo, será conveniente, se for possível, incluí-la no processo das decisões a serem tomadas assim como em todo o processo de negociações. Seu conhecimento das circunstâncias locais e das diferentes ações desse conflito lhe darão voz preponderante na escolha das soluções."

Desde a partida da caserna, situada em um nível abaixo do palácio, o general manifestou pelo silêncio, apenas interrompido por ordens lacônicas, seu mau humor. Ele havia pensado, ao ouvir falar da revolta, que seu *savoir-faire* militar seria coroado com uma auréola suplementar, que poderia usar os revoltosos como exemplo, reduzindo a cinzas essa corja ancilar, e julgar no local os motins cujo exemplo colocava em perigo o equilíbrio institucional e social do Império. Ele já vislumbrava as explosões, os pelotões de execução, as chicotadas e os ferros. Em vez disso, o imperador o submetia ao estranho poder de uma mulher cuja reputação de "francesa liberal" soava como uma ofensa ao espírito "germânico" do general barão. No bivaque, quando se encontrava na mesa elegante e bem servida, conforme as circunstâncias, tentou "sondar" as intenções do major. Quem sabe não compartilhariam da mesma opinião? Assim, perguntou-lhe casualmente:

— Diga-me, meu comandante, o senhor conhece pessoalmente a condessa de Santa Maria?

— Não, meu general. Apenas a avistei de relance com a imperatriz e por vezes no escritório de Sua Majestade.

— Ah! Ela parece gozar da confiança de nosso soberano!

— Não tenho opinião a esse respeito nem qualquer evidência que possa confirmar sua afirmação. O que sei, pela condessa do Barral, é que a condessa era amiga da falecida rainha de Portugal, D. Maria da Glória, irmã mais velha de Sua Majestade, e da princesa de Joinville, também irmã de D. Pedro II, meu general.

— Ah... bom! — respondeu, embaraçado. — O conde D'Eu mencionara algumas de suas relações, mas eu as havia esquecido. Entretanto, convenhamos! O que faz essa dama num quilombo, no meio de escravos marrons? Não acha surpreendente, desculpe-me... inconveniente que uma dama de sua categoria tenha ela mesma "se atirado" em semelhante inferno?

— Daí, meu general, a inquietação de Sua Majestade. O imperador comentou, em diversas ocasiões, a inteligência e o bom senso da condessa. Se ela está...

— Então o senhor concorda que o imperador confia nos julgamentos da Senhora de Santa Maria! — interrompeu ele, triunfante.

— Sem dúvida o senhor tem razão, meu general. Devemos confiar numa pessoa sobre quem se comenta a "inteligência" e o "bom senso".

— O senhor vê bem que eu tinha razão! Os senhores, capitães, comandantes, que não têm a experiência dos oficiais-generais, não compreendem essas sutilezas.

— O senhor certamente tem razão, meu general!

— Ah, meu amigo, não deve me interpretar mal, mas somente a experiência prolongada convivendo com os grandes da Corte e os combates me dão a certeza de raramente me enganar. Há quanto tempo está junto do imperador, meu comandante?

— Dois anos e meio, meu general.

— Ah! Mesmo assim penso pedir à Sua Majestade que o promova e considere enviá-lo ao *front* de batalha paraguaio.

— Ficaria reconhecido a Sua Excelência, pois o imperador me fez voltar do *front*, quando para lá fui enviado em 1864.

— Ah! Mas por que tê-lo privado, em tão pouco tempo, da única verdadeira vida militar, ou seja, a guerra?

— É uma longa história!

— Ande! Conte-me! — insistia.

— Meu general, após ter conseguido chegar a Montevidéu e depois a Buenos Aires, através das linhas inimigas, para fazer chegar à mão do presidente Mitre da Argentina as mensagens de Venâncio Flores, o uruguaio, junto com as informações confidenciais de nosso governo das quais eu era o portador, o próprio presidente Mitre fez esse pedido a Sua Majestade, sem que eu soubesse, numa carta cheia de elogios.

— Ah! O senhor encontrou Flores e Mitre.

— É, meu general, o senhor sabe... são os acasos, as obrigações das missões. Por vezes oficiais sem grande experiência se encontram, porque sabem correr, galopar, falar uma língua estrangeira, em condições de entregar mensagens secretas a...

O general voltou a interrompê-lo, irritado:

— Não preciso de lições, meu comandante. Por quem me toma? Os principais segredos de Estado passam por meu escritório... Conheço a música.

— Não tinha a intenção de...

— Boa noite, meu comandante. Apresente-se amanhã às 7h30.

— Boa noite, meu general. Até amanhã de manhã.

O major Mello bateu continência, saudou e se retirou perplexo para a tenda.

É verdade que, nessa época, não conhecia o comandante Mello. Nosso encontro, em circunstâncias tão dramáticas, foi a causa de... Mas falarei de minhas outras aventuras mais tarde. Quando o general sugeriu correntes e punições na ausência de julgamento, reagi com energia. Sem dúvida as perucas e os vestidos trazidos por minha amiga de Campo Verde me davam uma postura que faltava à manca Kenitra. Para tentar amansá-lo e convencê-lo, passei dos artifícios mais femininos que são o charme e a delicadeza ao comportamento da filha de general que sou. Eu repisava a cada instante, fazendo uso da memória familiar: "Seu colega, meu pai, o general conde de Miry... "

Para levar a melhor, pois nosso homem era teimoso, utilizava o mais perigoso dos argumentos: "Sua Majestade, nessa circunstância, teria apreciado muitíssimo sua coragem em..." E indicava aquilo que convinha, a nosso grande chefe militar, fazer. Depois retomava a mesma fórmula: "Sua Majestade aprecia seu espírito de iniciativa" ou "seu senso de dever" ou ainda "sua magnanimidade". Por extravagância, ele adorava particularmente a idéia de que o imperador apreciava essa qualidade nele, da qual, na verdade, era totalmente desprovido: a magnanimidade. Então, ao longo desse retorno memorável às minhas terras, o general barão mostrou-se, em diversas ocasiões, "magnânimo". Ao fim da expedição, de volta ao Rio, recebeu do imperador uma distinção honrosa que o comoveu profundamente, já que ela enaltecia esta qualidade rara nos grandes deste mundo: a "magnanimidade". Ele pensou em passar a ser chamado de "O magnânimo barão general" no lugar de "Excelentíssimo", mas as línguas ferinas dizem que, depois de certa hesitação, renunciou a esse título...

O comandante Mello colocou, a meu pedido, um burro à disposição do chefe Zebé, e o resto do quilombo, em fila, tomou o caminho de Santa Maria escoltado pelos soldados que pareciam não compreender estar acompanhando homens livres e não cativos. Em múltiplas ocasiões, o sangue-frio de José de Mello e minhas cavalgadas incessantes, de um lado a outro da fila, evitaram que várias coronhadas fossem desferidas! Houve uma altercação entre um suboficial e o chefe deposto do quilombo mas Keita, sempre atento ao desenrolar das coisas, alertou a tempo o comandante.

Todos nos instalamos em Campo Grande. Os soldados acamparam e, para nossa grande satisfação, partiram para o Rio na manhã seguinte. O general pediu licença, aliviado e quase contente. Eu deveria ter agido diferente? E se o tivesse feito, será que o curso dos acontecimentos teria tomado outro rumo? Carregarei até a morte o peso da dúvida. Assim que cheguei à casa-grande, pedi a Keita que cuidasse para que o pessoal de Santa Maria fosse tratado como convinha. Pedi a Helena que cuidassem de meu pai africano como eu havia me comprometido a fazê-lo, antes de, extenuada pela fadiga, os nervos à flor da pele, trancar-me em meu quarto para dissipar-me numa espécie de imersão longa e profunda, feita de sonhos, de pesadelos, de fases de inércia das quais pensamos que, apesar de esforços desesperados, jamais será possível sair. Durante essa descida ao mundo subterrâneo horrível e complicado do sono, um ser extraordinário voltava a ocupar seu lugar na senzala, para onde eu havia jurado que ele jamais retornaria. Ora, por comodidade do intendente, sem dúvida mal informado, todo o pessoal de Campo Verde voltou à sua condição antiga. Aqueles que duvidavam de minha palavra devem ter encontrado nessa atitude uma razão suplementar para suas suspeitas. Quando acordei, quase um dia depois, quis, inquieta de ter muito rapidamente me afastado do chefe Zebé quando de nossa chegada à fazenda, encontrá-lo o mais rápido possível. Ao me deparar com o ar abatido de Joaquina e o fechado de Keita, compreendi que algo de grave tinha ocorrido.

— Respondam-me de uma vez!

Foi Helena quem me respondeu:

— Algo de muito triste aconteceu durante teu sono.

— O que foi? Diz-me... rápido!

— Sê forte! — Ela cruzou as mãos e fez menção de se sentar, depois reconsiderou. — Juro que para mim o chefe Zebé tinha sido bem instalado. No entanto a fadiga talvez, a idiota rotina que retoma seu lugar... Não sei direito o que pensar... Quando me preveniram, corri até a senzala... Acreditas se te digo que nunca tinha lá posto os pés em toda a minha vida? Todos, ao saberem que eu saía da casa-grande para ir à senzala, me seguiam com os olhos. Nunca vi tanto espanto, até mesmo medo, nos olhos dos que pertencem a este mundo. Eu ali fora porque era preciso, pelo chefe Zebé, por ti. O chefe Zebé estava sentado, no chão, com o cajado na mão. Ele falava sacudindo a cabeça e imprimindo a seu busto um ligeiro movimento de vaivém. Em torno dele, um círculo se formara. Aqueles que o compunham se afastaram ao reconhecer uma voz diferente, familiar para alguns, estranha a todos desse lugar. — Desculpem-me... deixem-me passar... desculpem-me... — Minhas palavras bizarramente muito urbanas nesse lugar, com meus... antigos escravos, provocaram surpresa, uma espécie de rumor. Creio que alguns riram, mas sem malícia, de nervoso. Aproximei-me dele. Ele não parecia me ver. Olhava como se visse através de mim. Seu olhar via outra coisa. Ele repetia em voz baixa: "Que farei quando for livre?" Deixei-o assim alguns minutos, sem intervir. Achei que falar com ele lhe devolveria a razão.

— Chefe Zebé! O senhor me reconhece? Sou a marquesa de Mubapu.— Ele me olhou. Seus olhos encheram-se de lágrimas. Depois, retomando seu movimento de pêndulo, recomeçou:

— Que farei quando for livre?

Virei-me para perguntar há quanto tempo ele estava assim, perdido em seus pensamentos. Ninguém ousou me responder por medo de me desagradar ou talvez por não terem o hábito de falar com a patroa. Súbito, uma mulher idosa, que embalava uma criança nos braços, sentada um pouco mais afastada, fora do círculo e de minha vista, disse bem alto:

— Não faça perguntas, patroa! O chefe vai morrer, ele tem medo pela primeira vez. Não! Não é da morte! Isso não! Ele pertence a Ogum, é um guerreiro. Tem medo de nos abandonar, de nos deixar órfãos. O que vai ser de nós... hein? Ele costumava dizer que a liberdade para aqueles que a perderam há muito ou para os que nunca a conheceram é mais perigosa que a luz do sol para os que nunca a viram! Hoje, patroa, que somos livres, ele vai nos faltar...

Comovida, impedi-me de responder muito rápido. O tempo, como numa ampulheta, transcorria inundando minha consciência. Precisava dele para encontrar argumentos. Lento, pesado, mas necessário à preparação de uma resposta que não saía de minha boca. Recuperando minha respiração, cruzei meus dedos e, num impulso, disse:

— O chefe Zebé, graças à sua coragem e inteligência, salvou a vida e também o que é quase tão precioso — finalmente compreendo agora —, a dignidade de muita gente de Santa Maria. Ele levou com ele, ao quilombo, atendendo a meu pedido, os melhores de Campo Verde para obter êxito numa missão que só ele podia chefiar. É verdade que ele é um grande guerreiro pois soube trazer a paz, como sabia fazer a guerra, tendo como únicas armas o coração e a fé. É a ele que devem sua liberdade. Farei, junto com a proprietária de Santa Maria, tudo para que a liberdade não seja apenas um sonho.

CAPÍTULO XV

O retorno ao Brasil

A noite ainda era uma criança em Mortagne. João Pedro, descontraído e satisfeito de ter ainda algumas horas a meu lado, escutava enquanto eu lhe contava minha existência passada, toda uma vida de mãe, de mulher, de fazendeira, de dama da Corte... Uma vida apaixonante, movimentada, mas sem marido, uma vida de solidão... *hélas*! No dia seguinte, precisávamos retomar, por etapas, o caminho rumo aos Trópicos. Mais uma vez seria necessário esperar pacientemente o encontro com aquele que nunca deixei de esperar. Não ousava perguntar-lhe quando e como ele voltaria a Paris, ao Rio. A pergunta me queimava os lábios. Talvez por ver com seu único olho melhor do que à luz do dia, tomoume nos braços e disse:

— Doravante estarei com a senhora mais ainda do que supõe. Talvez em Paris, antes de sua partida, se a senhora criar as condições necessárias, e depois no Rio e em qualquer lugar onde esteja no Brasil. Viva agora o presente à espera de surpresas e dê-me a felicidade de acreditar que sempre lhe serão agradáveis... sempre! A aurora ainda não se anunciou e o canto do galo só se fará ouvir dentro de umas duas horas... A senhora deveria continuar o relato da aventura do Quilombo de Puruaçu contando-me o que chama de segundo epílogo.

— Não caberia ao senhor contar esse segundo epílogo? Não me falaram bastante, como já mencionei, de um cavaleiro com um chapéu de abas largas que marcava cruelmente seus inimigos com uma cruz, feita por um punhal? A quem devemos o fracasso de Terra Seca, senão ao senhor? Pois, a meus olhos, o que constitui o segundo epílogo do drama de Puruaçu é o fim de Terra Seca.

— Sem dúvida ficará surpresa ao saber que mais do que ter se tornado minha vítima, ele conseguiu ser vítima de si mesmo. Tomei conhecimento da revolta de Santa Maria logo. Ela carregava em sua instantaneidade e amplitude uma assinatura: a da vingança. Ele queria não apenas matá-la, mas também destruir tudo o que a senhora representava. Era-lhe insuportável constatar que o imperador não era hostil a "suas loucas idéias abolicionistas", que a fé católica da princesa herdeira era bastante suscetível a seus discursos humanistas. Concebeu então uma armadilha que lhe deveria ser duplamente fatal. O que subestimou, como sempre, foi a capacidade de reação e determinação da senhora. Eu o conheço muito bem. Ele não podia admitir que especialmente uma mulher tivesse, através do bem, a força que ele sempre tentou obter pelo mal. Sobretudo ignorava a relação cúmplice que a senhora mantém com o destino. Foi o grito de um adolescente, um sinal da "sorte", que a impediu de entrar na casa-grande da qual jamais sairia viva.

Não lhe mentiram. É verdade, eu rondava as paragens de Puruaçu. O seu pessoal que viu um cavaleiro com chapéu de abas largas, no meio de uma tropa de fiéis, não se enganou. Mas rapidamente compreendi que não lhe seria de grande ajuda. Toda tentativa de sitiar ou atacar teria sido muito arriscada, perigosa, irresponsável. Não havia por que rivalizar com as tropas regulares e comprometer, por uma ação de pura bravura, sua vida e a das pessoas de Santa Maria e de Campo Verde. Nas grotas de Tobias, a três léguas de Puruaçu, ao abrigo das chuvas e do vento, refleti sobre os indícios que poderiam me levar ao ignóbil Terra Seca. Desde que eu o havia ferido em Pinheiro, ele devia ruminar sua vingança. Nutria quase uma admiração pelo plano maquiavélico que colocara em ação para arruinar sua reputação e eliminá-la fisicamente. Mas após um primeiro fracasso, seguido de um segundo, também retumbante, ele, a quem a vida sempre habituara à facilidade e ao sucesso, devia estar maldizendo os astros, o inferno e todos os feiticeiros da criação. No entanto, ele não havia perdido tudo... Ainda estava vivo — e bem vivo —, beneficiando-se de uma rede de apoio poderosa e bem estruturada e o que era indispensável para prosseguir com sua nojenta guerra: ele era rico.

Andando de um lado para o outro na entrada da gruta, tentava imaginar as diferentes hipóteses que ele devia estar maquinando. Para começar, perguntava-me se ele deixaria acalmar a emoção, continuando a esconder-se, esperando que os espíritos se ocupassem de outras preocupações e acontecimentos ou se, pelo contrário, aproveitaria o relaxamento das atenções e da vigilância de todos, normal depois de um episódio de tamanha dramaticidade. Ao olhar as nuvens pesadas da chuva que não parava de cair havia mais de dois dias, tive a certeza de que ele não baixaria a guarda. Pelo contrário, atacaria com a maior rapidez, aproveitando-se do efeito da surpresa e violência do qual se tornara especialista. Tive um arrepio! As crianças estariam suficientemente protegidas? Tinha mandado reforçar a proteção, mas seria o bastante? Ao refletir sobre seu comportamento e suas obsessões passadas, descartei rapidamente a possibilidade de que ele se ocuparia de nossos filhos e tive a certeza de que se ateria à senhora para mais uma vez torná-la sua presa. Expor-se no Rio e atacar adolescentes poderia, sobretudo na capital, provocar um choque de tamanha amplitude que o crime em nada serviria a seus interesses. Não, não e não! Pensando e repensando, cheguei à conclusão de que o ataque não teria lugar no Rio, mas em Campo Verde ou em Santa Maria.

— Jason! — Minha voz repetida pelo eco se fez terrível. Ela se repetiu ao infinito na gruta, em uma onda impressionante que invadiu a parte mais profunda das galerias da caverna. Ela parecia bater nas paredes que enviavam o nome como uma bola de jogo de péla nos momentos mais acirrados da partida. Eu escutava as paredes e o chão tremerem. Ele se aproximava, percebia pelo barulho de passos semelhantes aos dos gigantes que, segundo as lendas, habitam esses lugares obscuros e secretos. Devia já estar bem perto, quando um estranho fenômeno se produziu. Com um barulho surdo de mil bateres de asas, centenas de grandes morcegos saíram do fundo da gruta para revoar na parte da caverna mais próxima da entrada, justamente onde eu me encontrava. O espaço dessa primeira cavidade foi rapidamente tomado. Essas estranhas bestas voavam até a luz do dia, mas, por um reflexo surpreendente, não transpunham a fronteira invisível que separava a noite da caverna da claridade do exterior! Tive de ficar na chuva para escapar à sensação insuportável de ser atacado por um bando de animais que nos assustam ao passar de raspão por nossas cabeças, mas que jamais nos atingem, como por milagre. A chuva lá fora redobrava, mas eu a preferia à impressão de angústia que causam esses falsos pássaros, esses falsos ratos, esses verdadeiros vampiros. Foi então que escutei, multiplicado pelo eco, um grito de socorro.

Não pensei duas vezes. Esqueci minha aversão a essas criaturas, o medo de um ataque por parte desses monstros em miniatura, e com o chapéu na cabeça, envolvido em minha capa, pífias proteções, voltei sobre meus passos, penetrando, dessa vez, até a parte mais profunda do labirinto. Cambaleante na escuridão, incomodado pelo incessante balé, alcancei a segunda sala. No fundo, um homem que ainda não podia distinguir quem era fazia girar uma tocha.

— O que se passa? O que se passa? O que se passa?

Minha pergunta se multiplicava por cinco, por dez e depois desaparecia no antro, diminuindo ao longe até tornar-se inaudível.

— As onças, eu não as havia visto, elas me atacaram.

Jason lutava contra dois desses grandes felinos da América, que incomodados ou se sentindo ameaçados em seu refúgio haviam tomado a iniciativa de atacá-lo. Tirei minha espada e começou então um combate desigual. Somente a luminosidade da tocha da qual Jason se servia, como se fosse uma arma, permitia distinguir, com dificuldade, os movimentos das duas feras. Preferi ordenar-lhe que recuasse na direção do dia, sob minha proteção. Ele havia conseguido ferir uma das bestas mas, ao invés de diminuir sua combatividade, a ferida parecia ter redobrado sua agressividade.

— Atenção! Olhe às suas costas!

Só tive tempo de me colocar de lado para evitar uma terceira onça que nenhum de nós dois tinha visto, emboscada no escuro. No momento em que ela ia se recuperar para voltar a me enfrentar, enfiei-lhe no pêlo minha adaga e minha espada. Ouvi um longo estertor e depois o peso do animal caindo sobre seus flancos. As bestas, que o odor do sangue e o vôo dos morcegos incomodavam tanto quanto a nós, não desistiram. Foi preciso que nossos homens que se encontravam todos reunidos numa gruta ao lado interviessem para que conseguíssemos colocar em fuga os verdadeiros donos do lugar. Assim que me recompus, perguntei a Jason qual o motivo de nossos homens terem se instalado em outro lugar. Ele deu um sorriso misterioso.

— Patrão, é porque nessa gruta escondi seu tesouro de guerra. Agora sei que escolhi bem o lugar! — precisou.

Imagine, Marie Adélaïde! O cofre mais seguro que meu mais fiel janízaro encontrou foi uma caverna, uma daquelas de Tobias, e se alguma infelicidade me acontecer, a senhora sabe que abriga uma parte considerável de ouro, seu e de nossos filhos. De tal forma bem escondido e protegido que não sei quem ousará, mesmo dentre os mais corajosos de seus homens, entrar para retirar os lingotes e as pedras preciosas que lá estão escondidos. De vez em quando imagino que uma criança ou um salteador descobrirá o esconderijo. Eles terão aquele brilho, aquela surpresa nos olhos e o olhar que Perrault evoca com freqüência nos contos quando um herói descobre um tesouro.

Retomou seu relato:

— Jason! Por pouco não desapareces devorado pelas onças. Preciso que um dia me contes se elas estavam aqui por acaso ou por alguma razão que só tu conheces.

Eis um fim que Terra Seca teria merecido! Mas antes de atraí-lo até o local, era preciso localizá-lo e para tal acionar, às pressas, uma rede de informações. Não conseguimos descobrir onde ele se encontrava. Não havia outra alternativa a não ser atraí-lo com uma isca, a fim de fazê-lo sair de seu covil. Com esse objetivo, tive uma idéia: seu fiel Keita foi contatado e convencido a mantê-la escondida durante o tempo que fosse preciso. Uma vez seguro de que a senhora permaneceria afastada de Santa Maria, correu o boato, em seu círculo mais próximo, que a senhora tinha voltado para lá, desconsiderando todos os conselhos de prudência e de razão. Pela manhã, durante esses longos dias que precederam os primeiros sinais de que a "isca tinha sido mordida", uma falsa condessa passeava no jardim, supervisionando os trabalhos de restauração. Ela tocava mal o cravo e recebeu a visita da verdadeira marquesa de Mubapu a quem fora confiado o plano. A paciência dos meus homens foi posta à prova, pois antes de perceber o primeiro falso vendedor ambulante e finalmente os falsos mensageiros, passou-se mais tempo do que eu podia imaginar. Alguns de meus homens estavam confinados nas granjas reconstruídas às pressas, outros fingiam ser escravos consertando a estrada, no caminho de Vassouras.

Num domingo de manhã, eu mesmo escondido na capela, fui avisado que pequenos grupos de três a quatro cavaleiros chegaram a Vassouras. Era hora de pedir a cada um que ocupasse seu lugar num dispositivo complexo, mas que não devia deixar a Terra Seca outra alternativa que o combate singular.

Como quase sempre na vida, a um estratagema corresponde outro. Terra Seca me pregou uma peça que poderia ter estragado meus planos. O inimigo foi visto formando uma coluna a duas léguas, mas ele causou um mal-estar, uma confusão em minhas tropas que quase nos foi fatal. Aqueles que os avistaram primeiro garantiam que a coluna era composta por... "meus próprios homens". A prova é que eu estava à frente da coluna! O desgraçado havia tomado minha aparência. Ele trajava o mesmo chapéu, a mesma capa, seu olho esquerdo estava tapado com uma venda e até a cor da plumagem do cavalo se assemelhava à de minha jumenta preferida.

— Que verme! — Fiquei subitamente nervoso, colérico. Foi Keita quem me livrou da armadilha.

— Monsieur, nenhum desses homens, e muito menos ele, supõe que o senhor esteja aqui. Então vamos dizer ao nosso pessoal que Terra Seca se faz passar pelo senhor a fim de semear a confusão. Tranque-se na casa-grande e espere-o, perto de madame... enfim, o senhor compreendeu, da falsa madame. Todos aqui saberão que o senhor não tomará parte desse combate.

— Bravo! Manda trazer o paramento do padre.

Foi assim vestido que cheguei à casa-grande e... à sua sósia. A pobre estava com medo, acredite-me! Tremia como uma folha, assustada, descontrolada devido a tudo que se tramava. Teve ainda mais medo quando me instalei perto dela com minhas pistolas, minha espada e meu punhal. Ela via aquele padre armado transformar-se num estranho soldado caolho.

Quando o canto do bem-te-vi soou três vezes, todos souberam em Santa Maria que na escuridão de um final de dia de verão o inimigo se aproximava. Um profundo torpor invadiu cada canto da fazenda; tudo se congelou num silêncio sombrio. Mesmo o vento havia parado, aumentando ainda mais a estranha impressão que de todos se apoderara. Que combate enfrentaríamos? Estávamos seguros de que o adversário desconhecia nossa cilada? Os acontecimentos se precipitaram. Persuadido de encontrar a senhora sozinha com alguns empregados e guardas desarmados, Terra Seca galopou até a porta da casa-grande acompanhado apenas de uma dezena de homens. Os outros, tochas na mão, dirigiram-se para os prédios havia pouco reconstruídos para incendiá-los novamente. Aproveitando-se da cumplicidade da noite, meus homens saíram em silêncio de seus esconderijos. Tinham ordens de não gritar, mas ao contrário, de fazer o trabalho sujo de São Bartolomeu* ao inverso, na maior calma e silêncio possíveis.

Terra Seca sabia onde encontrar a senhora e, na quietude da casa, dirigiu-se com passo barulhento e rápido ao seu quarto. A vingança o mantinha tão ocupado, tão envolvido que não percebia que às suas costas a escolta havia diminuído sensivelmente. Quando fez saltar a porta com um pontapé, três dos dez espadachins que o acompanhavam tinham sido apunhalados. Ele entrou e encontrou, apavorada no escuro, uma mulher, com um bordado na mão, prestes a sair pela porta de serviço.

— Ah! Confessa que não esperavas me ver de volta tão cedo! — Ele estancara, tirara uma espada da bainha.

— Em alerta! Em alerta! — Dois de seus homens gritaram, avisando-o da armadilha perfidamente preparada.

Por um momento pareceu desconcertado, mas continuou caminhando em direção àquela que acreditava ser a senhora.

— Patrão, patrão, é uma cilada...

O capanga ainda não havia sido capaz de concluir sua mensagem quando foi trespassado por duas espadas. Meus homens, preparados para a emboscada, surgiam por trás das cortinas, de debaixo da cama, do grande armário e do aposento sanitário. A tênue luz representava para ele uma desvantagem extra. Compreendeu finalmente que havia sido enganado. Nenhum de seus homens continuava vivo e todas as saídas do quarto tinham sido bloqueadas pelos meus homens.

— O que está esperando? Ande, ande, mexa-se, venha para a luta. Ou acredita que vou me deixar abater? Por quem me toma?

— Pelo que és... um assassino... um covarde, um lixo... — disse eu com raiva.

— Ha! Ha! Ha! Eu deveria ter desconfiado — respondeu ele, rindo.

— Mas diz-me, para que te servirá esta vestimenta? A quem pensavas enganar assim disfarçado?

— O que isso pode te interessar...?

— Em guarda!

*A noite de São Bartolomeu: O rei da França, Carlos IX, e a rainha mãe Catarina de Médicis ordenaram a morte de cerca de 100.000 protestantes franceses.

O duelo dessa vez foi menos difícil do que eu imaginava. Ele me colocou uma ou duas vezes em dificuldade, mas minha sede de acabar com ele era forte demais para que resistisse por muito tempo. Do lado de fora, meus homens estavam em vantagem. A granja oeste estava em chamas, mas a ausência do vento evitou o pior. Um grupo de homens estava a postos em pouco tempo e o fogo foi dominado. Enquanto isso eu acertava as contas com o pior de todos nossos inimigos. Ele morreu sem uma palavra, nem de arrependimento, nem de desculpas.

Assim terminou o segundo epílogo. Vejo com alegria que Keita e todos os que poderiam ter me traído não o fizeram e confesso que fiquei surpreso. Mas a senhora, minha querida Marie Adélaïde, não tem nada a dizer? Nem mesmo um comentário, uma pergunta?

— Não, João Pedro, apenas que estou feliz e cansada! Que história!

Recostei a cabeça em seu ombro e em poucos minutos dormia.

* * *

Menos de um mês depois, eu tomava o caminho do Havre. Em Rouen, como sempre fazia, fui em peregrinação à catedral onde tivera lugar meu extraordinário casamento. Como das outras vezes, monsieur Dufour Filho instalou-me no apartamento onde eu passara a noite de núpcias. Ali me tranquei com minhas lembranças, em particular a de Ninon, que sempre me persegue, doce Ninon! Recordei-me do abade Chauvin, que celebrou nosso casamento e finalmente de meus tios e de meu pai, cujo castelo da família não fica muito distante de Rouen, perdido na verde Normandia.

Todavia, o ano de 1869 era diferente dos outros em que passei por Rouen e pelo Havre depois daquele célebre mês de julho de 1848. Ele havia me devolvido um marido, um amante. Oh, é verdade que era preciso respeitar nosso novo juramento, mas eu vivia as promessas trocadas que poderiam parecer inadmissíveis, intoleráveis a qualquer outra esposa, sem considerá-las como constrangimentos. Quem conheceu o sofrimento da ausência, o medo de saber que o amado desapareceu para sempre, suporta facilmente as regras que ele impõe.

No Havre reencontrei, com ternura e grande prazer, madame Hortense, a quem o imperador dera um título de nobreza fazendo de seu querido marido um barão do Império. A baronesa Pierret não compartilhou por muito tempo a felicidade nobiliárquica com o esposo pois num dia de chuva e de vento o barão teve uma crise apoplética num entreposto perto do porto e ao médico só restou constatar o falecimento.

A vivacidade, a bondade, o tino comercial de minha amiga não tinham perdido a força. Ela enxergava mal e andava com o apoio de uma bengala, mas ela, mais do que o filho, conduzia os negócios. Ela só falava de máquinas a vapor, locomotivas, sem o menor medo do ridículo, mas certa de ter, como dizia, "aproveitado o vento: um vento forte e sem vela!".

Paradoxo da idade, sua surdez tinha melhorado, a menos que ela tivesse aprendido, como eu suspeito, a ler os lábios das visitas. Era preciso, no mesmo salão de antigamente, sentar-se à sua frente e contar-lhe nos mínimos detalhes minha vida, a de João Pedro, de meus filhos e as horas voavam a tagarelar sobre os eventos da Corte e minhas desventuras francesas e brasileiras.

— A senhora é minha filha preferida, Madé! — repetia ela sem cessar. — A senhora escutou meus conselhos e percebo que não se arrependeu. Nós mulheres precisamos de um talento bem maior do que o dos homens para poder passar da condição de esposa à de mãe, sem falar do talento necessário para falar de "letras de câmbio" a um banqueiro! O que acha da idéia de visitá-la no Brasil? Não faça essa cara, condessa... Pensa que na minha idade irei além de Rouen, eu que nunca fui nem mesmo a Paris e que ainda não sei nadar? Conhece muito bem minha curta história. No entanto — palavra de honra! —, sinto-me bastante tentada a embarcar na "Nouvelle Havraise" e surpreendê-la em suas terras! Tenho medo de ficar mareada... Ah! A senhora ri! Mas a única vez que meu pai me obrigou a subir num barco, eu, sempre destemida, fiquei com medo! E não satisfeita de sentir medo, vomitei... É verdade... não estou inventando histórias!

Como sempre, havia na grande casa severa o mesmo gênero de empregadas: jovens e gentis, com os grandes nós de alsaciana prendendo, nas costas, os bonitos aventais impecavelmente engomados.

— Todos aqui agora me chamam de "senhora baronesa"... Nunca me acostumarei! Chego quase a sentir saudades dos tempos de "Senhora Hortense".

— Ah, minha querida amiga, lembra-se da época em que eu mesma perdi um título?... Foi a senhora quem me revelou que o título de meu marido não passava de um título falso. Mais uma vez eu, filha e sobrinha de condes, volto a ser condessa, mas convenhamos que esses títulos não nos fazem pessoas melhores nem mais finórias!

— Em boa hora! Em boa hora! Bem pensado. Afinal, a quem esses títulos impressionam? Ao prefeito, talvez, que sonha com um título e delicia-se com o meu quando me encontra... mas minha modista, meu notário, o pastor riem, quando não debocham, ao me chamar de "senhora marquesa", para me irritar.

O dia da partida não ficava mais condicionado à força dos ventos; a força das hélices substituía à perfeição a das velas. Além do mais, naquele mês de outubro, não faltava vento.

Pela última vez, vi o grande lenço branco de madame Hortense, sacudido por uma mão e um braço ainda firmes e que o vento fazia balançar como uma bandeira. Ela morreria em seu leito alguns meses mais tarde ao voltar do batismo de seu último navio: "A Condessa"!

A bordo, o conforto das embarcações aumentara muito. As cabines eram mais amplas, mais isoladas umas das outras. Havia uma atmosfera familiar, tanto o serviço era próximo daquele dos hotéis parisienses.

A viagem agradável transformou-se numa ocasião extraordinária para, com meus filhos, tecer longas digressões sobre meu passado e o futuro deles. Eles não se cansavam de comentar o encontro com o pai, a estada em Mortagne. No entanto, omitiam cuidadosamente o episódio doloroso da paixão de ambos por Claire de Montfort.

Pedro falava em mudar-se no futuro para Paris onde poderia seguir seus estudos de direito e usar meu nome junto ao nome de meu marido. Ele queria escrever, administrar, passar os verões em Mortagne e o inverno em Paris. Por vezes esquecia ser mais brasileiro que francês e isso me deixava triste.

Em contrapartida, seu irmão só falava de Santa Maria e da escola de cadetes do Rio. Queria meu aval para seguir a carreira militar.

— É conveniente que fales com teu pai. E por que não com o major Mello, que poderá te dar todos os conselhos necessários?

Via-me com um filho longe de mim, atraído pela vida parisiense, e o outro enviado a um *front* de batalha da Guerra do Paraguai, que se eternizava havia sete anos.

A chegada ao Rio, apesar do reencontro com minhas adoráveis cunhadas e minha nova casa em São Cristóvão, foi marcada pela tristeza de uma mãe ao ver seus filhos tendo atitudes de adultos quando ainda ontem... enfim, quase...

essa mãe os conduzia pela mão. A perspectiva de saber que partiriam me mergulhou numa nostalgia que a vida carioca e a retomada de meus negócios não foram suficientes para dissipar.

Desde minha chegada, retomei as esperas noturnas, mas as noites e as semanas se passaram, longas e monótonas, até que numa noite de intenso calor ouvi o parquê do quarto finalmente estalar. Eu estava irritada por ele chegar dessa maneira, furiosa por ainda ter de ficar à espera, como no passado, apesar de sua promessa de nunca mais me abandonar.

Ele tirou a roupa no escuro, levantou o mosquiteiro e, sem uma palavra, deitou-se ao lado de meu corpo contraído e tenso. Fingi dormir, mas sem dúvida ele havia compreendido minha triste irritação pois não tentou romper o silêncio. Começou a me cobrir de beijinhos os ombros e as costas. Mas eu estava decidida a não sucumbir. Ele pressionava cada vez mais, tornando-se mais e mais insistente. Seu corpo musculoso estava colado ao meu e eu sentia a força de seu desejo tomar forma e potência. Enervado com minha pretensa indiferença, pegou-me os pulsos com violência. Quis me queixar, mas ele fechou-me a boca com a língua e afastando-se por um segundo, antes de segurar-me ainda com mais força, desabafou:

— A senhora acha que podemos sempre fazer o que queremos?

A partir daí não opus mais resistência, abandonei-me a suas carícias, a seu ardor. O que sabia eu, com efeito, dos motivos de sua ausência? Por que eu sempre escutava meu pior conselheiro: o ciúme? Quem poderia querê-lo assim tão devastado?, eu me dizia, buscando reconforto. As barreiras todas saltaram, até que encontrei a embriaguez que ele sempre soube me proporcionar.

Quando calmos e enfim serenos nos encontramos ternamente enlaçados, deixei-o conhecer minhas inquietudes e preocupações de mãe.

— O que devo dizer a João, que só pensa — sem mesmo desejar passar pela escola de cadetes — em alistar-se no exército do conde D'Eu e seguir para o *front* de hostilidades no Sul, a semanas de cavalo daqui?

— Deve aceitar! Se ele assim o deseja é por saber que pertence a uma família de soldados tanto quanto a uma família de fazendeiros. Seu país está em perigo, a guerra não termina. Precisamos de sua juventude e determinação. Ele dará um excelente oficial. O que a senhora lhe disse?

— Para falar com o senhor... João Pedro! Que outra coisa podia dizer a não ser que falasse com o pai?

— Está combinado. Diga-lhe que venha encontrar-me, com o irmão, na casa do Catete amanhã à noite para a ceia e que não cheguem antes da meia-noite. Mas fale-me de Pedro.

— Ah! Parece que ele ainda pretende estudar... enfim... ele teve a honestidade de confessar que seu maior desejo é voltar à França, a Paris e a Mortagne.

— Enquanto seu irmão estiver na guerra, ele não deixará o Brasil.

— Como o senhor é severo!

— Como a senhora é estranha! Jamais a deixaria sozinha sem ao menos um filho a seu lado.

— Deixar-me sozinha? O que isso quer dizer, João Pedro?

— Isso significa que vou partir para o *front* com os voluntários. Não pretendo deixar Pedro partir só, sem nenhum conhecimento de combate e de armas além do obtido por meio das lições de seu professor de espada e de um vago duelo mais convencional com o pai e sem os exercícios mais sérios de uma escola de oficiais.

— O senhor também pretende partir? Mas eu mal o reencontrei e...

— Diga então ao imperador que seu marido não se apresentará como voluntário pela defesa da pátria! Esqueceu que há pouco passei a ser francês, por parte de meu pai, Curcourt, mas que sou acima de tudo brasileiro? O que teria feito meu pai em circunstância semelhante? Eu lavei os crimes de Maria Regina. Eu defendi e protegi a senhora como pude e tenho orgulho de ter assim me redimido a seus olhos como aos meus por tê-la amado tão mal no passado, tê-la tratado tão mal.

— Eu esqueci... Há muito esqueci e nem mesmo precisei perdoá-lo... Eu amo o senhor, João Pedro, desde o primeiro dia em que o vi e hoje mais do que nunca meu amor continua intacto. Ele sobreviveu a todas as vicissitudes. Eu seria a mais feliz das esposas e das mulheres se o senhor não estivesse tão decidido a partir para a guerra... mas como posso me opor a seus argumentos? Terei de aguardar, temer, esperar novamente. Prometa-me ao menos que não me deixará sem notícias!

— Não me peça o impossível! São quase dois mil e quinhentos quilômetros até a fronteira! Prometo tentar realizar alguns milagres, mas não espere receber nem de mim nem de seu filho cartas como as que recebe da França, de sua amiga Chantal.

No dia dois de dezembro, em comemoração ao aniversário do imperador, foi realizada na Quinta da Boa Vista uma cerimônia de "beija-mão" que

D. Pedro II só abandonou ao final dos anos 1870. Por essa tradição, nascida da herança portuguesa, os súditos de Sua Majestade deveriam comparecer, em ocasiões solenes, em sinal de fidelidade, para beijar-lhe a mão. O imperador nunca foi um grande adepto desse privilégio monárquico, mas o haviam estabelecido, desde sua infância, a fim de assegurar o respeito e a fidelidade que lhe devia uma elite muito díspar e turbulenta que ambicionava, na época, governar. A tradição foi mantida até o dia em que, ao voltar de uma viagem da Europa, ele não mais quis que formassem uma fila para depositar um beijo seco ou molhado, sincero ou hipócrita, sobre uma luva de seda branca, sempre suja ao final da cerimônia. O imperador, que sabíamos amar tão pouco a pompa quanto o rei Luís Felipe da França, conhecido em sua época como "o rei burguês", poderia aparentar ser, em comparação, um apaixonado pela etiqueta. A princesa de Joinville, irmã de D. Pedro II exilada na Inglaterra, como eu já contei, exaltava-se quando lhe falavam da simplicidade de seu irmão:

— D. Pedro II não sabe que age mal ao dar à sua Corte um aspecto tão provinciano. Ele esquece que o protocolo e a etiqueta são indispensáveis à glória. Uma corte sem fausto enfraquece o trono.

Esses raros momentos de "modesto fausto" davam lugar, no Palácio de São Cristóvão ou no Palácio da Cidade, a uma verdadeira confusão. Todos queriam ser vistos durante essas míseras duas horas em que Suas Majestades abriam os salões da Quinta da Boa Vista aos cortesãos. Os embaixadores e os generais tiravam dos armários, orgulhosos como Artaban,* os uniformes de gala cheirando a mofo. As damas mostravam seus belos adornos encomendados, pelas mais ricas, a Worth em Paris e pelas demais "na Cidade de Nancy", na rua do Ouvidor. Havia algum tempo a revista francesa *Modes et Travaux* era encontrada no Rio e nela essas damas escolhiam os "modelos" que as costureirinhas, por vezes habilidosas, utilizavam para reproduzir os vestidos de madame Baroche ou os da princesa Metternich.

A princesa de Joinville tinha razão: por ocasião dessas festas endomingadas, a falta de traquejo social, de prática de nossos barões, de suas esposas e de nossos prelados ficava bastante evidente. O protocolo não era respeitado à altura, às conversas faltavam os ditos espirituosos e, o pior, as mulheres, com exceção

*Artaban — o quarto rei mago. (*N. da T.*)

de duas ou três, não tinham o menor brilho. Por vezes um adereço suntuoso nos lembrava que o dinheiro e as pedras preciosas não são, no Brasil, coisas raras, mas essas jóias exageradamente luxuosas pareciam descabidas em comparação com os modestos camafeus e pingentes que nossa imperatriz, D. Tereza Cristina, usava. Imaginem a tristeza que representava para os cortesãos uma festa que começava às cinco horas da tarde para terminar o mais tardar duas horas depois, às sete! Os que chegavam atrasados — e eram numerosos! — não podiam contar com uma prorrogação das festividades! Pois tal um relógio cuco suíço, o imperador, na hora exata, curvava ligeiramente seu grande corpo e se retirava de braços dados com a princesa Isabel ou a imperatriz, saudando, quase embaraçado, todos à sua passagem. Esse dois de dezembro não foi, *hélas*, uma exceção! D. Pedro II encurtou o "beija-mão", frustrando uma boa parte dos convidados, aceitou as flores oferecidas pelas netas, cantou quando tocaram o hino imperial e depois, percorrendo com o olhar a assistência, procurou um rosto amigo. Ele me viu e, com um leve sinal de cabeça, demonstrou o desejo de falar comigo. Encaminhei-me em sua direção, o que, como sempre ocorria, fazia babar os invejosos e falar os tagarelas.

— Madame — disse-me ele —, a imperatriz está aborrecida, pois desde seu retorno da França só a viu uma única vez! Isso sem falar de seu servidor, que não recebeu um único sinal de vida da condessa de Santa Maria.

— *Sire*, como Vossa Majestade é injusto comigo. Mandei que lhe entregassem livros e cartas. Por acaso não foram entregues a Vossa Majestade?

— Claro que sim, mas eu pensei que meu bilhete de agradecimento tivesse lhe chegado à mão e a senhora o interpretasse como uma ordem. Junto encaminhei a resposta favorável a uma audiência que a senhora... não havia solicitado!

— Juro pela vida de meus filhos que essa carta nunca me foi entregue.

— Peço-lhe que me conceda um instante por gentileza, madame.

Virando-se à direita, chamou:

— Comandante! Comandante!

Vi então, num uniforme impecável, o major Mello girar sobre os calcanhares. Seu olhar cruzou o meu. Entreabriu a boca, mostrou os olhos bem abertos e, após uma breve hesitação, respondeu:

— Às suas ordens, Majestade.

— O senhor se lembra da condessa de Santa Maria, que ajudou a libertar em Puruaçu...

— Com toda certeza, *Sire*.

— Poderia fazer uma investigação discreta a respeito de uma carta que lhe enviei e que foi extraviada?

— Às suas ordens, Majestade.

— Madame, venha me ver ainda esta semana; é uma ordem.

Fiz uma ligeira reverência e o bispo de Mariana, imponente em sua roupa púrpura, avançou apressado em direção ao imperador. Abanei-me, sorri amável para o major e aproveitei a ocasião para falar do desejo de meu filho Pedro de unir-se ao exército no Sul. O major me olhou de forma estranha.

— O que o senhor tem, major? Parece surpreso.

— Perdoe-me, condessa! Demorei a reconhecê-la...

— Senhor major, não sei como interpretar suas palavras. São um cumprimento ou uma crítica?

— Com toda certeza um cumprimento...

Ele pareceu embaraçado, corou e balbuciou:

— Estou à disposição de seu filho para prestar-lhe todas as informações que lhe possam ser úteis.

— Obrigada, major. Eu sabia que podia contar com o senhor! O pai dele decidiu reunir e armar voluntários para também partir para a luta, tão longe, contra um inimigo tão forte que nos desafia há muitos anos.

— Madame, no momento Lopez perdeu suas forças essenciais. Ele ainda luta e a guerra não terminou, mas tomou um outro rumo.

— Ah, é? E qual, se a pergunta não for muito indiscreta?

— Não, condessa... nunca considerarei nenhuma pergunta sua indiscreta. Lopez no momento conduz uma guerrilha feroz e forçosamente difícil de conter.

— Ah! — murmurei. Eu me abanava com mais força, mais nervosa.

— Madame, peça a seu filho que passe no palácio para me encontrar.

O imperador terminara a conversa com o prelado e tomou, correndo o risco de irritar até mesmo a imperatriz, a iniciativa de retomar nossa conversa, à qual deu um tom mais literário. O major afastou-se alguns passos, deixando-nos a sós como dois velhos amigos.

— *Sire*, gostaria de convidar Suas Majestades e Sua Alteza Imperial, a princesa herdeira, a me darem a especial honra de comparecer a um sarau que oferecerei em breve em minha nova casa de São Cristóvão. Suas Majestades poderão assim participar como vizinhos.

Fiz uma reverência. O imperador pareceu um tanto constrangido. Hesitou...

— A senhora sabe que saio cada vez menos, mas... o que não faríamos para dar prazer a uma grande e fiel amiga? Condessa, no momento, preciso voltar a meu gabinete; para mim a festa está terminada.

O imperador beijou-me a mão apertando-a ligeiramente, como sempre fazia. Eu me levantava de minha grande reverência quando ele voltou-se na minha direção.

— Madame, não esqueça que a senhora deverá assumir suas funções no palácio a partir desta semana.

Fiquei surpresa. Ele acrescentou:

— Não volte a extraviar as cartas de seu senhor. — Ele sorria enigmático e se foi saudando, desajeitado, os numerosos súditos que, à sua passagem, tentavam agradá-lo.

Ao deixar o palácio vinte minutos depois, após ter confiado minhas angústias de mãe à princesa Isabel, e até o momento de subir em meu landau, olhava, quase maquinalmente, em direção ao escritório do imperador. Vi claramente sua bela e grande cabeça loura e branca que me olhava sorrindo. Inclinei ligeiramente a cabeça.

— Quem a senhora está saudando, querida condessa?

Quem era o petulante que me interpelava dessa maneira tão cavalheiresca? Tive apenas tempo de recuperar o sangue-frio e percebi, do outro lado de minha carruagem, o rosto zombeteiro de meu inimigo, o português Costa Monteiro. Ele e seus comparsas faziam triste figura desde a morte de Terra Seca. Seu partido havia perdido muitos simpatizantes, mas mesmo assim não desistia.

— Quem o senhor queria que eu saudasse, de maneira tão gentil e cortês, senão ao senhor, cavalheiro? Avante, cocheiro! — disse, virando lentamente a cabeça com desdém e desprezo.

Pouco me importava que esse indelicado tivesse ou não visto meu gesto de respeitosa cumplicidade na direção de D. Pedro II, mas constatava por esses sinais que não poderia jamais baixar a guarda.

Nessa mesma noite, quando tocava ao piano as melodias de Schubert, saboreando a felicidade de ter ao lado meus dois filhos disputando em silêncio uma partida de tric-trac, um criado veio cochichar algo ao ouvido de Joaquina que, tranqüila, bordava um trabalho de costura inglês que ela adorava. Eu a observei enquanto continuava a cantar. Meus olhos passaram rapidamente da partitura para Joaquina. Ela não se levantou imediatamente, preferindo continuar seu trabalho, para mostrar que a mensagem podia esperar até o fim da melodia. Quem sabe? Afinal o criado podia ter vindo banalmente anunciar que minha sogra devolvera os livros que me pedira emprestado. Ao terminar a última nota de minha partitura, Joaquina deixou seu trabalho, aplaudiu e se levantou para vir até o piano.

— Madame, na sala de fumar, está um oficial que gostaria de vê-la para lhe entregar uma carta da parte do imperador.

— Por que o fez esperar?

— Para que ele usufruísse como nós de sua belíssima voz, madame!

— Como me exasperas! Não, fica aqui... vou encontrá-lo. Pode retomar a costura.

— Certo, madame.

Saí do aposento para ir ao encontro desse oficial que acabavam de me anunciar.

— Ah, que surpresa, major!

— Meus cumprimentos, condessa.

— Decididamente, o imperador lhe dá todo tipo de função! No momento ei-lo como mensageiro, após ter ocupado o de ajudante-de-ordens no palácio e o de "salvador" em Puruaçu.

— Madame, sabe que tento fazer o meu melhor junto ao imperador.

— Como o senhor se zanga com facilidade, meu querido major! Nunca lhe disseram que os franceses têm o hábito de implicar? Não leve a mal meus inocentes comentários.

— Eis aqui, condessa, a correspondência que o imperador me pediu para lhe entregar.

— Obrigada por ter vindo, a esta hora tão tardia, trazer-me esta carta. É um aborrecimento do qual Sua Majestade poderia talvez tê-lo poupado.

— É que o imperador me pediu, expressamente, que esperasse pela resposta, madame.

— Ah! Pois bem... Sabe, major... por que, se isso não o incomoda, durante o tempo que levarei para ler e redigir minha resposta, o senhor não conversa com meu filho sobre o exército, a Guerra do Paraguai, a vida de soldado... enfim, sobre tudo o que lhe parecer útil dizer a um jovem idealista que se toma por adulto e no entanto ainda cheira a leite?

— Com prazer, condessa...

Eu toquei a sineta.

— Faz vir meus filhos e Joaquina.

— Mamãe, a senhora nos chamou?

— Senhores, por vezes há tarefas mais importantes que o tric-trac e a voz de uma mãe cantando doces melodias. Gostaria de apresentá-los ao major Mello, ajudante-de-campo do imperador e meu salvador em Puruaçu.

— Precisarei — disse, voltando-me para Joaquina — retirar-me para o escritório a fim de ler esta carta e preparar uma resposta, o mais rápido possível, para que o major a leve a Sua Majestade.

Joaquina havia compreendido o que devia fazer e já tinha se eclipsado.

— Major, senhores, desejo-lhes uma ótima conversa, até mais tarde.

Capítulo XVI

O sarau

Amiga condessa,

Posso lhe confessar que não conhecia o livro dos irmãos Goncourt que a senhora tão amavelmente me trouxe de Paris? Admito ter ficado surpreso com a virtuosidade desse novo exercício a quatro mãos. A senhora me diz que são de uma inteligência e de uma vivacidade que só se iguala à maldade deles. Que pena! Como se a História tivesse sempre de reter a sombra e ignorar a luz!

Sabe que a senhora me fez rir quando li suas considerações a respeito das infelicidades conjugais do barão Dudevant? Que homem miserável! Pretender a Legião de Honra sob o único pretexto de que Georges Sand, sua mulher, fuma charuto e passa a maior parte de seu tempo com Chopin... Que leviandade! Não sei se meu "tio" Napoleão I se divertiria, sob a cúpula dos Invalides, ao escutar a enumeração de tais inépcias! Pois não esqueça meu parentesco com o imperador dos franceses. Quer seja do meu agrado ou não, "L'Auglan" era meu primo-irmão; Marie Louise, imperatriz dos franceses, minha tia, pois era irmã de minha querida mãe, Dona Leopoldina. Embora me sinta distante de nossa fraternidade de imperadores, sou parente de Napoleão III sobre quem me informa que as pedras nos rins o fazem sofrer atrozmente. Eu o lastimo. Sabe, ele herdou dos Beauharnais essa afabilidade e gentileza que fazem parte do temperamento de minha madrasta Dona Amélia, sua prima.

Na verdade, meus sentimentos no que diz respeito aos Bonaparte são contraditórios, pois não posso esquecer que aquele que Victor Hugo chama de "Napoleão, o Pequeno" mantém minha irmã, a princesa de Joinville, o príncipe seu marido, meu cunhado, a rainha e meus sobrinhos no exílio!

Essa estranha e complicada história familiar me causa por vezes vertigem! Somos todos aparentados e, no entanto, encontramos meios de nos destronarmos, fazermos a guerra ao longo de séculos, para tristeza e infelicidade de nossos povos. Meu avô mesmo não foi expulso de Portugal pelos exércitos de Junot, em obediência a um Napoleão que mais tarde virou o herói de meu pai? Esses franceses da Missão de 1816, todos bonapartistas, em especial Debret, tiveram em seu espírito moderno e sensível uma influência determinante. Debret voltou para França, mas os Taunay se mantiveram aqui. Foram eles que me educaram. As referências a "Bonaparte" não faltavam em minhas aulas e no entanto eu não os reprovo! Por vezes a senhora me faz, com malícia, observar que o Império do Brasil se parece em vários pontos com o da França! Não fico ruborizado e sobretudo não o nego, minha cara condessa! Guardadas as devidas proporções, evidentemente! E rio ao lhe escrever. Meu império em paz nunca se igualou em superfície com o seu a não ser quando Moscou queimava, na pior de suas guerras e às vésperas de desmoronar.

Para mudar de assunto, embora permanecendo em família, a aquarela que a princesa Mathilde me enviou a seus cuidados e a quem já agradeci me causou uma profunda impressão. Joinville era melhor artista... de longe.

Sabe que precisei reescrever a carta que nunca lhe foi entregue? Pois a senhora me fará a graça de não pensar que eu tardei a agradecer à senhora sua carta e lhe desejar um excelente retorno.

Cumprimentos de
D. Pedro de Alcântara

P.S. 1: É verdade que João Pedro reapareceu por ocasião de um baile que a senhora oferecia em Paris? Tomo a liberdade de lhe perguntar porque não vi menção alguma a esse fato em sua carta do Rio, nem em nenhuma das que a senhora me enviou da França. Penso que é preciso, se isso é verdade, alegrar-se com essa "ressurreição"! Quando ele me solicitará uma audiência?

P.S. 2: Odiei o detestável rondó sobre o brasileiro e quase lamentei que a senhora me tivesse ofertado a partitura e o libreto da pluma de Messieurs Meilhac et Halévy. Por quem nos tomam essas pessoas para nos insultar dessa forma com a cumplicidade de Monsieur Offenbach?

A essa carta estava anexado um decreto imperial com a menção "cópia". Um cartão de visita preso ao decreto e escrito com a letra de D. Pedro estava assim redigido:

Madame,

De volta a meu gabinete, antes de qualquer coisa, pedi cópia do decreto que encontrará anexo a esse bilhete. Confirmei ao major Mello, portador de minha correspondência, que deve proceder às investigações sobre a minha correspondência precedente e que lamento não tenha lhe sido entregue! Em que mãos, talvez hostis, se encontrará no momento?

Com cumprimentos respeitosos,
D. Pedro II

Decreto Imperial Nº 6545
De acordo com a proposta do camareiro-mor da Corte, fica decretado que Dona Marie Adélaïde de Miry, condessa de Santa Maria, será nomeada, a partir de 10 de dezembro de 1869, primeira-dama de honra de Sua Majestade a Imperatriz.
Assinado no Palácio de São Cristóvão (Rio de Janeiro)
em 25 de novembro de 1869
D. Pedro II

Era essa então a injunção sobre a qual me falara o imperador! Como recusar? E sob que pretexto? Sua Majestade conhecia tudo de minha vida de fazendeira. Então por que me obrigar, sem nem mesmo ter me consultado, a assumir a função, certamente a de maior prestígio na Corte para uma mulher? Durante longos minutos, as idéias mais contraditórias me vieram à mente. Eu andava, com a carta na mão, de um lado a outro de meu escritório, infeliz. Sentei-me pensativa à minha mesa de trabalho, peguei a pluma, abri o tinteiro... Girava entre os dedos a longa pluma de ganso, confeccionada como nos tempos antigos.

D. Pedro julgava essa nomeação como a recompensa mais prestigiosa que poderia me dar? Seria essa sua maneira de demonstrar que meu sucesso na cultura e comercialização do café era a tal ponto notável que convinha renunciar a essa atividade? Ou estaria fatigado, quem sabe inquieto com minhas desventuras? Não, não e não! O imperador não podia ter... depois de todos esses anos, um sentimento que não fosse de amizade. E se, simplesmente, seguindo a boa tradição, meu soberano quisesse apenas, temendo o tédio, ter perto dele uma presença calorosa, deferente e todavia cúmplice? Talvez uma conversa agradável e simplesmente um interlocutor conhecido e apreciado havia muito?

O major aguardava, conversando com meus filhos, mas eu não devia fazê-lo esperar por muito mais. Estava ficando tarde. O imperador, sem dúvida, aguardava minha resposta com a ávida curiosidade de um homem que nesse instante, apesar de responsável por todo o povo, não pensava em outra coisa a não ser no conteúdo de minha modesta missiva.

"*Rio, mesmo dia*

Sire,

Vossa Majestade está seguro de que serei digna de sua confiança na tarefa com a qual tanto me honra? Se Vossa Majestade assim o decidiu é porque deve estar certo das qualidades que julga sou possuidora, mas que duvido tenha a natureza efetivamente me dotado.

Uma vez que o imperador assim me ordena, serei a humilde servidora de Sua Majestade, a imperatriz Dona Tereza Cristina, que conhece meu devotamento e minha dedicação à sua pessoa e à Coroa. Tentarei não decepcionar muito Vossas Majestades.

Sua humilde serva, a vossos pés,
Marie Adélaïde de Miry
Condessa de Santa Maria

Cobri a carta de pó de calcário, soprei-o sobre o papel e olhei perplexa os milhares de partículas formarem uma nuvem sob a luz da lamparina, observando, intrigada, seu desaparecimento quase instantâneo.

— Senhores, permitam-me interrompê-los, mas é tempo de devolver o major ao imperador.

Assim que coloquei meu sinete, voltei ao salão, onde surpreendi meus filhos em uma conversação animada e cordial com Monsieur Mello. Fiquei encantada e sem saber o porquê... emocionada.

— Eis, major, a resposta que Sua Majestade aguarda.

Ele havia se levantado, pronto a receber as ordens.

— Condessa, irei entregá-la pessoalmente. — Segurou a carta, bateu os saltos e beijou minha mão. Notei que a sua tremia um pouco, mas me proibi de ver nisso qualquer coisa de anormal.

— João e Pedro! Façam a gentileza de acompanhar o senhor major até o patamar; já mandei prevenir os cavalariços. Boa noite, monsieur, e obrigada por sua amabilidade.

— Estou às suas ordens, condessa.

Não fiz nenhuma observação ou comentário, mas decidi lembrar-me de suas palavras. Talvez um dia desses eu as levasse ao pé da letra.

Quando os meninos voltaram, de suas bocas só saíam elogios e louvores ao major Mello.

— Mamãe — disse João —, a senhora não acha que ele se parece com o general de Dollberg?

— Desculpe! — Fiquei surpresa, mas me recuperei rapidamente. — Não achas que deve ser por causa do uniforme? Ou talvez o porte e o corte dos cabelos... Os militares todos têm em comum a postura!

— Não havia pensado nisso, mamãe.

— É um verdadeiro soldado — comentou, por sua vez, Pedro. — Ele é direto, conciso, metódico. Como é diferente de nossos velhos mestres!

— Ah! Como assim? Mas o que ele lhes ensinou de tão apaixonante?

— Nós o questionamos sobre a guerra e também sobre a vida de oficial.

— E o que lhes pareceram esses propósitos?

— Minha querida mamãe, estou convencido, mais ainda que depois de nosso jantar com nosso pai, de meu desejo de abraçar a carreira militar.

— Que assim seja! E meu outro filho? O que tens a me dizer?

— Minha querida mamãe, a senhora sabe muito bem que papai não quer que eu seja oficial...

— Por que dizes isso, meu filho? Tu havias me dito que querias partir para a França.

— Mas isso papai não quer! Por isso pensei em acompanhar João e nosso pai à guerra.

Fiz um gesto nervoso. Minhas mãos estavam de repente fechadas, sem que eu tivesse sobre elas qualquer controle.

— Não acreditam que um soldado, além de seu pai, seria suficiente? Não aprovo esse comportamento. Deixar sozinha sua mãe é certamente uma lógica normal, mas é preciso que um de vocês assuma as responsabilidades que lhe cabe na gestão de nossas fazendas e de nosso negócio. Soube dar andamento ao que seu pai havia notavelmente empreendido, mas hoje que estão em idade de me ajudar e, espero, bem cedo me substituir, é preciso que compreendam que não podemos abandonar aos intendentes e aos procuradores, por mais leais e competentes que sejam, o poder e o governo de nossos bens!

Sentia-me de súbito emocionada, inquieta.

— Que assim seja, mamãe! Mas sempre lamentarei não ter podido fazer uma opção, como meu irmão. Ele pôde convencê-la. Será por ter sido o primeiro a declarar sua decisão?

— Por que essa pergunta? Gostarias que fosse por uma outra razão? Acreditas que eu teria preferido ver-te longe? Acredito que teu irmão seja talhado para a carreira das armas. Ele herdou isso de teu pai, de teu avô e de teu tio-avô Axel.

Pela primeira vez na vida, ele interrompeu meus argumentos, indelicado e ingrato:

— Ah, madame, a propósito de Axel... nosso irmão! A senhora que não pára de velar por seu bem-estar, por que não lhe pede ajuda?

— Proíbo-te de falar comigo dessa maneira! Esse tom de zombaria me choca e me deixa desolada...

Fiquei silenciosa, ferida por meu próprio filho, mas continuei firme e decidida:

— A propósito, me deste uma ótima idéia: falarei com Axel. Mas saibas que está decidido que teu lugar é a meu lado. Mais agora, a esta hora da noite, do que antes da visita do major Mello. O que achas que é a vida, meu filho? Que nela nada há de desagradável, que se trata de uma longa viagem deliciosa em meio à ociosidade? Tu te enganas. Uma vida não tem sentido sem os deveres e as obrigações que nos são impostos! O imperador, senhores meus filhos, me convocou a servir de primeira-dama de honra da imperatriz, a partir da próxima semana. Acreditam que eu experimentei a sombra de uma hesitação? Acham que eu podia recusar?... Não respondam por mim, meus belos jovens frívolos. Não se tratava de discutir uma ordem. Estarei com a imperatriz a partir da próxima quarta-feira. Pedro partirá com o pai para a guerra para defender nossa pátria, e tu, estás me ouvindo? Tu, que pela primeira vez em tua vida (e espero seja a última!) ousou responder à tua mãe. Pois bem: tu aprenderás, o mais rápido possível, a reinar sobre o que alguns chamam "O Império do Café". Quanto à sugestão que me fizeste, ela não caiu em ouvidos de mercador. Crê-me! Mas deixes a meu critério saber o papel que teu irmão Axel ocupará ao lado do pai e da madrasta. Agora saiam. Vão se deitar.

— Mas ma...

— Eu disse para irem se deitar.

Abandonaram o salão sem nada mais ousar dizer ou contestar, sem nem mesmo pedir desculpas. Na soleira da porta, num movimento juntos, quase perfeito do qual só os gêmeos possuem o segredo, viraram-se e em coro me desejaram boa-noite.

Meus filhos me deixaram só, como eu desejava, mas desamparada. Uma tristeza infinita tomou posse de minha alma, no momento que se seguiu às suas saudações. Fiquei imóvel, os braços pendendo, exaurida, no meio do salão. Odiava toda a humanidade, a João Pedro que, nessa circunstância, deveria estar a meu lado para me apoiar e colocar esses jovens impertinentes, esses meninos mimados em seu lugar. Tive raiva de meus dois filhos: o comportamento de João tinha sido particularmente inadmissível. Eu não queria, pela primeira vez em suas vidas de jovens adultos, dirigir-lhes reprimendas. Seria injusto? Seria, ao contrário, mais sábio?

Fiquei por muito tempo a ruminar minhas censuras e minha tristeza. As idéias mais sombrias vinham assaltar-me o espírito. O que fora a minha vida senão uma longa série de armadilhas, de abandonos e de lutas incessantes? Deveria deixar-me levar por esse destino? E aonde ele me conduziria? À minha descida às espirais do desespero? Nada nem ninguém a meus olhos tinha encanto. Primeiro João Pedro, que se casara comigo para fazer cumprir a vingança da demoníaca Maria Regina. Eu me esquecia de que, entretanto, ele me amara desde o primeiro dia, contrariando os planos detestáveis da tia, mas em meio à agonia, ao desgosto no qual havia de súbito afundado, só me lembrava dos momentos penosos, terríveis que assinalavam minha existência. Chorei em silêncio, rememorando a morte de minha mãe, queimada viva em seu *robe de chambre* de seda, por ter se aproximado demais do fogo da lareira de seu pequeno salão em Mortagne. Todos os dramas de minha vida desfilavam em minha cabeça, assim como as recriminações e as feridas da alma e do coração: o comportamento indigno de meu irmão Charles-Louis, a morte de minha filha Marie Adélaïde, de meu tio Axel, de Ninon, de Zebé e mesmo aquela, sem sentido, de meu admirador Julien. Os ataques ignóbeis de Terra Seca, a hostilidade e a vontade de me aniquilar de Maria Regina. Senti uma vertigem, quis me deitar. Não me recordo do resto.

Quando despertei, estava em minha cama, na mais absoluta escuridão. Durante alguns instantes não soube onde poderia estar. Foram as suaves carícias e o perfume de João Pedro que me fizeram tomar o caminho que leva à consciência. Lamentei que novamente emergissem em minha memória todos os fantasmas que haviam se apossado de mim depois da discussão com meus filhos e que o desmaio momentaneamente tivera êxito em expulsar.

— O que se passou? — João Pedro tentava, sem muito sucesso, dominar seu nervosismo.

— Eu... eu discuti com os meninos.

— Não pode ficar em tal estado! Não vale a pena! Mais tarde a senhora me conta...

— O senhor teve a curiosidade de ler a carta e o decreto que o imperador teve a grande amabilidade de mandar me trazer?

— Acreditaria se eu lhe dissesse que os vi mas não os li?

— Acredito... No entanto o senhor deveria tê-lo feito! O imperador fala do senhor como o faria um amante enciumado e para não me ter, quem sabe, longe dele, decidiu me nomear primeira-dama de honra de Dona Tereza Cristina! Senti-me mais presa numa armadilha do que honrada, pode acreditar! Mas o que fazer quando a decisão foi tomada e usando de que subterfúgios poderia eu tentar alterá-la? João foi odioso! Isso me feriu... Ele me fez saber que seu desejo era de segui-los para a guerra, no Sul, já que eu não queria que ele voltasse para a França.

— Mas ele não lhe disse que eu me opusera a esta decisão?

— Sim, e o senhor agiu bem! Mas ele se sente em desvantagem... Ele...

— Não se canse... Tente não pensar em tudo isso, pelo menos até amanhã.

— Que decepção! Como ele não teve a bondade de uma alma caridosa oferecendo-se para me ajudar na condução de nossos negócios sabendo que o senhor e Pedro estão de partida para a guerra? Sabendo que de agora em diante serei prisioneira na Corte? A única coisa que me disse, com um tom malicioso, é que bastava eu pedir ajuda a seu filho Axel! Que pequeno miserável! Meu filho me recriminar por cuidar de seu irmão! Pois ele ousou...

— Talvez seja muito generoso da parte da senhora.

— Ah, não, João Pedro! Até o senhor? Axel me caiu do céu, mas o senhor? O senhor devia saber de sua existência! O senhor acha que, uma vez refeita do choque, poderia tratá-lo de maneira diferente, como se ele não fosse meu filho? Axel é neto de meu tio, seu pai... e, além disso, é um menino cativante, inteligente, prestativo e muito devotado. Alguma vez condenei-o por esse menino que nossos filhos, estúpidos, chamam de "filho do pecado"? Axel é mais afeiçoado a mim do que a qualquer outra pessoa! Sua mãe levou todos à loucura! Seu riso ainda me persegue! E o que dizer daquele fascínio que exercia sobre o senhor? Quanto a seu filho, Joaquina conseguiu tirá-lo das mãos dela antes que ela o matasse. Já lhe contei a incrível cena de quando encontrei, em meu quarto em Santa Maria, aquela infeliz queimando o diário que contava minha primeira paixão? Ela estava com ódio, enlouquecida, desesperada no fundo! Acusava-me de ter afastado o senhor dela, de ser a responsável por seu sumiço. Eu poderia detestar o filho dela, mas quando o vi pela primeira vez, na sacristia da capela, a cabeça entre as mãos, aprendendo geografia e os verbos irregulares, eu o adotei imediatamente. Sabe ao menos como ele é parecido com o senhor? Certamente podemos perceber ao vê-lo que o senhor colocou "o pé na cozinha", mas não mais que o pai ou o avô do barão de Cotegipe. Sempre me surpreendo sabendo que ele não toma partido da Abolição, quando conhecemos tão bem quanto ele a origem de sua bela pele dourada. Não quero que meus filhos me decepcionem tão cedo, João Pedro, é preciso fazer com que João compreenda que seu lugar é a meu lado. Quanto a seu filho Axel, não importa o que os irmãos, meus filhos, pensem nem tampouco que os rumores se espalhem como veneno, farei dele meu herdeiro assim como espero que ele seja o herdeiro do pai!

— Perdoe, se puder, minha inconseqüência. Não se esqueça de que, em nosso mundo de fazendeiros, os bastardos formam legiões! As senzalas do Vale e do Rio estão lotadas deles! Sei que isso não é desculpa, mas na época eu, meus primos e amigos não prestávamos a menor atenção a isso. Oh! Sei que a mãe dele era de uma beleza e de uma sensualidade incríveis. Mas como imaginar, na época, que meu amor pela senhora poderia se comparar à atração e à afeição que podia lhe dedicar?

— O senhor me insulta ao insultá-la, João Pedro! Teria preferido que me dissesse que seu comportamento fazia parte de toda uma conspiração contra mim ou que o senhor a amava como um sultão de Istambul ama ao mesmo tempo a primeira e a terceira esposa. Que desgosto! Que decepção! Aquela mulher, seu riso insuportável me perseguiu durante anos e ainda me persegue e no entanto, quando soube que aquele menino era filho dela, deixei de pensar naquela risada. Entretanto, Joaquina não deixou de me dizer que Axel era filho do senhor caso eu não tivesse compreendido. Então, meu amigo, não me venha com menosprezo ou escapatórias! Ele é a partir de hoje nosso filho, por mais que isso desagrade a nossos dois filhos mimados em demasia, por mais que desagrade ao senhor, ao patrão que se exime das responsabilidades culpando os hábitos de um tempo descontraído e sem grandes preocupações! Se meus filhos tomaram esse rumo, tão freqüente entre nossos pares e aparentemente até mesmo no senhor, eu o combaterei, mesmo que tenha de obrigá-los a não mais falar em minha presença seja de Axel seja da concepção que têm da casta dos amores ancilares. O senhor me julga a tal ponto recatada e idiota que queira combater, como se fosse uma Joana d'Arc dos Trópicos, essas práticas tão antigas quanto vergonhosas? Posso condená-las, estigmatizá-las, mas meu país de origem é habitado por vários bastardos, quase tantos quanto o seu! Mas não me peça que me comporte com indiferença em relação aos inocentes que são sangue do seu sangue!

— Acalme-se, não fique nesse estado! Eu a compreendo perfeitamente e lhe peço perdão por ter sucumbido à influência dos tempos de então. Farei "a guerra" contra meus filhos e lhe prometo ser um pai para Axel...

— Começo a duvidar seriamente da qualidade de minha educação... pela segunda vez. A primeira foi aquela absurda história do duelo entre nossos filhos, e agora a reação decepcionante que tiveram hoje.

João Pedro me interrompeu:

— Marie, Madé... Não mergulhe nesse sofrimento! Eu lhe imploro! A senhora cuidou da educação de João e de Pedro dando o seu melhor, mas eles são seres humanos, em conseqüência imperfeitos e quem sabe a senhora tenha razão... decepcionantes. Mas o que a senhora pode fazer? Em que isso a torna culpada? Afinal, culpada de quê? Seu irmão e eu não éramos, na juventude, modelos de virtude! Nossa educação, é verdade, não foi das mais ortodoxas, mas não tínhamos tanto quanto a senhora uma boa base? A educação conta muito no desenvolvimento de uma personalidade... mas e se a alma sofre?... paciência!

Aquela noite nos despedimos sem outras manifestações a não ser a afeição que une um casal apaixonado, mas fatigado, cansado.

* * *

Desde que amanheceu a casa estava em plena agitação! Às sete horas da noite, quando escurecesse, todos os lampiões, lanternas e pequenas lamparinas a óleo iluminariam o jardim. Todas as aléias seriam, desde a estrada que conduz à casa, cercadas de pequenas lamparinas de vidro vermelho, verde e amarelo que dariam, quando a noite caísse, um ar feérico ao local. A lua cheia já tinha confirmado a presença e seria minha aliada para garantir à festa mistério e magia.

Na escadaria da varanda, situada à frente da casa, em cada degrau, criados com o libré azul da França dos Santa Maria, emperucados, segurando uma tocha, acolhiam os convidados. Na entrada, eu e meus filhos recebíamos a todos. O grande lustre permaneceria apagado; em contrapartida, os apliques e os grandes castiçais de prata com velas brancas confeririam ao lugar uma atmosfera agradável e menos solene, em contraste com as centenas de pontos luminosos dos jardins e o fogo das tochas.

Todos os salões e a varanda que davam para o jardim seriam iluminados no mesmo estilo, propício à escuta do belo programa de música que seria executado do lado de fora. Havia mandado instalar um estrado sob um dossel azul-céu e espalhar em volta bonitas poltronas e cadeiras de cana-da-índia pintadas de branco; sobre as pequenas mesas, vasos repletos de flores perfumadas e taças cheias de trufas de chocolate. Nos quatro cantos do jardim, bonitos bufês, arrumados como em Saint Cloud por ocasião das festas de verão na casa da imperatriz, espetaculares: pirâmides de *choux*, grandes baldes de prata para gelar o champanhe, *trompe-l'œil* pintados seriam iluminados atrás de cada bufê, dando a idéia, perfeitamente realista, de alamedas arborizadas levando ao campo, ao mar e à montanha. Grupamentos de criados usando luvas brancas à moda francesa e librés azuis com galões serviriam como se fossem várias quadrilhas perfeitas comandadas pelos mordomos treinados por madame Pharoux e por mim.

Tudo transcorreu segundo uma organização digna de uma primeira-dama de honra da mais exigente Corte européia. A impressão geral foi excelente: elegância, fluidez, rapidez do serviço, sofisticação da cozinha, refinamento da iluminação e decoração, beleza das vozes e programas musicais. Enfim, esse sarau foi para todos sinônimo de sucesso.

Um arauto anunciava do alto da escadaria os títulos e nomes de cada convidado. Depois João e Pedro os acompanhavam até a varanda localizada na parte de trás do palacete. Nessa noite do início de janeiro, em que todos tinham sido afugentados do Rio pelo calor, em Petrópolis ou nas casas-grandes do Vale do Paraíba, todos os convidados compareceram.

— Vou tentar convencer o imperador — havia me dito timidamente dona Tereza Cristina.

Eu havia apostado com João Pedro que o casal imperial não viria. Meu querido esposo estava persuadido do contrário. Eram oito e meia da noite, quando um movimento se fez no portão de acesso, a cerca de duzentos metros da casa.

Essa maneira de construir um portão afastado da porta de entrada não faz parte da tradição portuguesa segundo a qual toda casa dá para a rua. Será porque eu não gosto muito de olhar pela janela? Será porque respeitei as plantas de meu pobre Julien, o jovem e excelente arquiteto que se matou por amor a mim, muito tempo atrás...?

O fato é que para chegar à escadaria os veículos devem passar sob um pórtico com nossos brasões e subir por uma alameda em arco. Os convidados são deixados na porta e a partir daí a alameda conduz a um lugar espaçoso onde se podem instalar os cocheiros e as carruagens. Durante as recepções, os valetes andam de lá para cá para avisar quando uma parelha é solicitada. A carruagem vazia sai do jardim por um outro pórtico e volta a passar sob aquele da entrada para buscar os senhores ao pé da escadaria coberta.

Esse sistema revolucionou os hábitos que reinavam no Rio por ocasião de diversas festas e dos grandes bailes. Fico bastante orgulhosa por ter contribuído com meus métodos a diminuir a confusão que, tradicionalmente, reinava nesse tipo de evento na capital.

— Suas Majestades — anunciou o arauto.

Fez-se silêncio e quase imediatamente a orquestra tocou, num ritmo menos marcial que de hábito, o hino do Império.

— Que honra para minha família e para minha casa! Majestades, estou...

O imperador me interrompeu levantando-me:

— Querida condessa, da janela do palácio, a imperatriz viu as mil luzes que fazem de sua casa um lugar encantado e não pudemos, assim como os outros, resistir a seu convite.

— Poderia me dar a honra de mostrar os salões e jardins a Vossas Majestades e apresentá-los aos convidados?

— Estamos à sua disposição, minha querida amiga — disse, sorrindo, dona Tereza Cristina.

Todos se afastaram para deixar passar o casal e seu cortejo, dentre os quais o major Mello e a condessa do Barral, que mais tarde me substituiria junto à imperatriz.

— Que maravilha, querida Marie Adélaïde! — repetia Dona Tereza Cristina. — Isso me lembra as festas de minha infância em Casserte.

Súbito um tambor semelhante a um tambor-mor foi ouvido para pedir silêncio. O mestre de música da Capela Imperial, a quem eu pedira ajuda para organizar o sarau, após ter saudado os soberanos e os convidados, anunciou o programa da noite. Logo após essa interrupção, o marquês de Itaboraí se aproximou do pequeno grupo formado pelo imperador, pela imperatriz, por meus filhos e por mim. Ele estava acompanhado de uma jovem muito bonita.

— Posso apresentar a Vossas Majestades e a nossa querida condessa essa encantadora senhorita?

A jovem fez uma reverência perfeita, beijou a mão enluvada da imperatriz e cumprimentou-nos charmosamente.

— Mas, falando em charme, meu querido marquês, o senhor esqueceu de nos dizer quem é essa jovem.

— Meu nome é Joana Clara Batista Ferreira e estou à vossa disposição para servi-la, Majestade.

— Ah! — disse o imperador, surpreso, olhando-me de viés.

Esse nome não me era estranho, mas só bem mais tarde na noite ele reverberou em minha memória trazendo-me lembranças espantosas. Naquele instante não o identifiquei. A única coisa que notei foi que João só tinha olhos para ela. Rindo internamente, eu me dizia que se essa jovem não fosse convocada a partir como cantineira para o *front*, eu poderia contar mais facilmente com a presença de meu filho a meu lado.

CAPÍTULO XVII

A triste paz

— O que podemos contra a paixão? Nada...! Não posso te proibir de te apaixonares! Isso é absolutamente verdadeiro, mas em contrapartida posso te aconselhar a tomar cuidado e te advertir das possíveis conseqüências dessa paixão. Oh! Se posso! E não vou me privar disso! Quanto a te dar minha autorização para o casamento... Tens um pai e é a ele que deves te dirigir, só a ele e não a mim. Mesmo se eu tivesse poder de decisão, nada faria sem antes conversar com ele!

— Madame, não poderei viver se não me casar com ela.

— Tens tão pouco juízo? Podes acreditar que todos esses intermináveis anos, sem saber se teu pai estava vivo ou não, me impediram de te amar e a teu irmão, de protegê-los e de sobreviver? Mas com quem pensas estar falando? Vou ser muito clara contigo: quando o marquês de Itaboraí apresentou Joana Clara ao imperador, observei um brilho de surpresa em seu olhar. Mas vou ser muito franca, não reconheci seu nome — que no entanto me soava vagamente familiar — como sendo o da filha de nosso pior inimigo!

— Mas o que tem ela a ver, madame, com toda essa história do passado? Por que deveríamos ser vítimas de uma versão brasileira da luta entre os Capuleto e os Montéquio?

— Pare de divagar, meu filho! Há pouco tempo o pai dela, Terra Seca, queria acabar com minha vida e, se pudesse, com a tua também. Por três vezes esse homem tentou me matar. Não uma nem duas, mas três! Sabes quem impediu o criminoso de conseguir seu objetivo?

— Sim, madame, eu sei...

— Bem, monsieur meu filho, permita-me repetir, mesmo correndo o risco de aborrecê-lo! Tratava-se do teu pai num duelo leal, assistido por mais de dez testemunhas, contra um velhaco desleal! E crê-me, foi preciso mais de um golpe de espada para matar aquele monstro! O senhor jamais saberá o consolo que representou para mim saber que ele não mais voltaria a causar danos. Chorei aliviada por saber que ele não mais mataria, não mais violaria, não mais destruiria... Por quem o senhor se toma? Por Rodrigue, o herói de Corneille? Essa jovem já lhe disse "Vá! Eu não te odeio"? Em meu espírito esse estilo não passa de litotes! Quem lhe garante que essa Chimène amada, cujo pai foi morto pelo teu, não busca a vingança?

— Madame, nunca uma coisa tão horrível lhe...

Eu o interrompi, colérica:

— O que o senhor sabe? A história se repete estranhamente em nossa família. Por tolice quis protegê-los, por tempo demais, a ti e a teu irmão! Eu deveria ter contado, desde que eram crianças, as verdadeiras razões que levaram teu pai a me seduzir e a me desposar.

— Isso foi há tanto tempo!

— Não faça esse ar exasperado de alguém que tudo sabe! Pois se soubesses, ficarias arrependido por se dirigir a mim nesse tom inadmissível. Eu era um pouco mais jovem que o senhor quando encontrei teu pai. Ele já era um homem feito e um fazendeiro. Assim como te sentistes ao ver Joana, no momento em que o vi, fiquei perdidamente apaixonada... Não tentes me interromper... (Eu passava a todo instante, perdida em minha cólera e tristeza, do tratamento de "tu" a "senhor", tentando manter a distância que a gravidade da situação impunha, sem no entanto conseguir sucesso!) Seu pai casou-se comigo para se vingar... O senhor entendeu? Ele só se aproximou de minha família, de meu irmão, de mim com a surda intenção de nos causar mal. Quem sabe se os amuletos que ele escondeu, sob o colchão de meu tio Axel, não foram a real causa de sua morte? Posso afirmar, em contrapartida, que ele fez uso das fraquezas de meu irmão para nos arruinar. Ora, ele não podia imaginar duas coisas: a primeira é que poderia se apaixonar perdidamente por mim (a vítima que ele estava encarregado de destruir). A segunda, ainda mais terrível e monstruosa, é que aquela que o havia criado odiando Axel e sua família não era senão uma mulher malévola que havia assassinado, por ciúmes, sua mãe! Já devem ter-te dito mas te repito mais uma vez, teu pai não suportou ter sido usado por Maria Regina, aquela bruxa que o criou na mentira para manipulá-lo conforme seu desejo. Em grande parte ela atingiu seu objetivo. Só que no dia de meu vigésimo aniversário, ao abrir a carta que meu tio Axel de Curcourt me havia deixado ao morrer com a promessa de não abri-la antes dessa data precisa, eu e teu pai ficamos sabendo que éramos primos-irmãos! Assim o destino quis, por meio de desvios dos quais só ele possui o segredo, nos pregar uma peça. Maria Regina foi desmascarada, mas teu pai, tomado pelo horror de ter (como eu poderia tê-lo dissuadido?) matado o próprio pai, maltratado a mulher e o cunhado, isolou-se no sofrimento durante anos até reaparecer muitos anos mais tarde, tendo se vingado. Mas a que preço! Com o corpo e o rosto arruinados, destruídos, a ponto de ter-me feito jurar nunca ficar na sua presença a não ser na escuridão!

Eu respirava com dificuldade, os olhos cheios d'água. Entretanto, prossegui:

— Quem sabe se Deus não nos envia agora uma provação extra? Não posso julgar as verdadeiras intenções dessa jovem. Também não posso julgar as dos tios, primos e parentes! Mas como, depois de tudo que acabo de te lembrar ou de te contar, não alimentar dúvidas ou pelo menos ter prudência? Não te proibirei de vê-la, mas nunca longe da minha presença ou de alguém de minha confiança! Quanto a uma decisão, seja qual for, estamos cientes de que tu e eu devemos esperar o retorno de teu pai. Por ora, não quero mais ouvir falar de casamento. Se vocês se amam, se Joana Clara é sincera e está profundamente ligada a ti, não será um ou dois meses, seis meses, um ano que abalarão seus sentimentos! Já não aprendemos em nossa família que não devemos precipitar os acontecimentos? É preciso dar tempo ao tempo. Se a afeição resistir a todas as suspeitas, à usura dos encontros regulares, então poderão pensar em noivado e quem sabe... por que não... em casamento? O que quero, se estiver a meu alcance, é evitar que mergulhes na infelicidade, sem dela conseguir escapar... Eu não suportaria. Agora, retira-te. Manda chamar Keita e Joaquina... Tenho o que fazer... Nos encontramos na hora do jantar.

Estendi-lhe minha mão para que a beijasse, depois voltei-me ao ouvir a porta se fechar e levantei as mãos para esconder meu rosto. Tinha sido invadida pelo desespero. Keita bateu na porta e, não ouvindo resposta, entrou, sem aguardar. Encontrou-me sentada no chão, virada para a parede, mordendo a mão e tentando assim evitar que minha dor explodisse em uivos.

Minha vida! O que era a minha vida senão um pesado tributo ao amor? Por amor eu havia rompido um compromisso com o melhor dos homens! Sempre por amor, havia deixado meu país e atravessado oceanos em direção a um universo desconhecido. Ainda por amor permaneci fiel a um homem que me havia enganado, humilhado! Para tudo isso só havia uma única desculpa, a única que poderia se opor a todas do passado e que ainda hoje pode justificar todas minhas atitudes: esse amor, apesar das afrontas, das mentiras, por vezes dos acertos, sempre foi retribuído! Meu filho! Meu pobre, meu querido filho! Teria ele a mesma sorte? É possível, quando se é a filha única do barão de Terra Seca, desposar o filho daquele que matou seu pai?

Joaquina soube pronunciar as palavras que conseguiram aplacar meu desespero sem, no entanto, fazê-lo desaparecer. Todos os dias, havia semanas, eu pedia, no palácio e na caserna, notícias do *front*, notícias de meu marido e de meu filho. O major Mello, que se sentia culpado, segundo confessara, por permanecer ao lado do imperador enquanto seus irmãos de armas lutavam e morriam a milhares de quilômetros por obscuras razões que a duração do conflito tornara ainda mais incompreensíveis, abaixava a cabeça e dizia num tom de voz triste: "Nada a informar, condessa." Havia quase seis anos, no frio do inverno da tripla fronteira, no calor intenso infestado de mosquitos do verão, na lama dos pântanos, na água dos rios, nos pampas com sua vegetação rasa ou alta, dezenas de milhares de homens, pouco preparados, com poucas armas, com freqüência "Voluntários da Pátria", perdiam um braço ou partiam sem soltar um grito, exterminados pela disenteria ou pela malária.

Naquela noite, não jantei com João. Pedi que lhe avisassem que não me sentia muito bem e que precisava de uma boa noite de repouso para enfrentar a semana no palácio. Será que ele recuperara o bom senso? Pela manhã, quando eu subia na carruagem para dirigir-me à Quinta da Boa Vista, ele chegou para me pedir perdão. Eu o estreitei nos braços emocionada, muito emocionada.

— Cuide-se bem, madame — disse simplesmente.

— Se prometeres cuidar bem de ti.

— Eu prometo.

O tempo passou, a angústia tornou meu rosto encovado, deixou-me com olheiras, escureceu a cor da seda de meus vestidos. O dia terrível e insuportável chegou. O major Mello, sem saber como proceder, informou a imperatriz.

Estávamos fazendo nossos trabalhos manuais quando um ajudante-de-campo do imperador trouxe, sem passar por mim, uma pequena bandeja de prata sobre a qual repousava uma carta. Após lê-la, dona Tereza Cristina levantou-se, preocupada. Imediatamente imitei seu gesto.

— Condessa, continue a ocupar-se de seu bordado por enquanto. Sua Majestade me chama. Voltarei logo a seguir — disse-me.

Bati palmas, os criados abriram a porta do salão de costura e a imperatriz, parecendo ainda mais miúda do que de hábito, mais silenciosa e discreta que de costume, desapareceu como se sugada pela grande casa. Não pude obedecer à minha soberana. Não voltei a me sentar. Abandonei meu trabalho e fui até as janelas abertas. Via, no jardim, as princesas, os jardineiros retirando as folhas de palmeiras que a ventania da noite arrancara das grandes árvores imperiais. A guarda inofensiva não temia o rigor do imperador e aproveitando a hora do almoço, oficiais e suboficiais deixavam de lado a pose e o porte. Fazia calor, mas a chuva da noite refrescara um pouco o ar por algumas horas. Talvez fosse o prenúncio de uma daquelas últimas chuvas de verão que não terminam nunca. Já não estávamos em abril? Ao olhar as montanhas, pensava que naquele ano as águas de março ainda não tinham sido o prelúdio da clemência do sol. No entanto, em março, o imperador teve de deixar os jardins de Petrópolis para enfrentar o calor de São Cristóvão. Não queria ficar longe do Rio, agora que se anunciava por todo lado a proximidade do fim da guerra. Solano Lopez, "o tirano", como o *Jornal do Commercio* não cansava de chamá-lo, estava encurralado. Sua captura era questão de dias! Foi com essa nota de esperança que vi a imperatriz entrar no salão de costura. Estava acompanhada da condessa de Barral, do major Mello e de duas outras pessoas das quais não consigo me lembrar.

— Major, senhoras, poderiam me deixar a sós com minha primeira-dama de honra?

Num silêncio que me congelou o sangue, o major se inclinou, as damas fizeram uma reverência e afastando-se de costas, gesto pela primeira vez perfeito, dirigiram-se para a saída.

— Minha querida Marie Adélaïde, sente-se perto de mim.

A imperatriz tinha chorado, o que tornou-se visível ao me sentar bem perto dela. Estranhamente, acreditei que ela quisesse me fazer uma confidência, talvez sobre as relações da princesa Leopoldina com seu marido.

— Sou sua amiga, querida, muito amiga. Por esse motivo, D. Pedro, que muito a admira, me pediu que a preparasse.

Dona Tereza Cristina tomou minhas mãos entre as suas. Fiquei a olhá-la, implorante, muda.

— Por mais que acreditemos em Deus, por mais que já tenhamos sido atingidas pela perda de entes queridos, ainda assim nos cabe sofrer outras perdas... Marie, seu marido morreu como um herói! O senhor major lhe dirá o que os soldados viram... Marie... seu esposo morreu para salvar o filho. Pedro está vivo! Segundo o major me disse, ele se recupera bem dos ferimentos. Repouse sua cabeça em meu ombro, minha querida. Eu bem sei, eu que sempre amei o imperador, o vazio e a incredulidade que devem tê-la invadido. *Hélas*, aquele a quem por tanto tempo a senhora esperou não mais voltará. Ele morreu para salvar o filho das mãos do inimigo. Ele se sacrificou... É admirável!

Joguei-me no chão aos pés da soberana e mergulhei a cabeça na seda de suas saias. Ela me acariciou a testa, os cabelos. Eu não chorei, talvez porque dona Tereza Cristina de súbito começou a cantar uma canção napolitana. Ela cantava baixo, com sua bela voz, no patoá de Nápoles, uma doce canção de ninar que sua ama-de-leite devia entoar para aplacar os sofrimentos da jovem princesa feia de uma família numerosa.

O tempo passou e sem nos movermos rezamos e por vezes conversamos. Eu no chão; ela sentada a acariciar, como uma boa mãe italiana, a cabeça prestes a explodir de uma pobre viúva, a quem a morte havia muito rápido tomado aquilo que ela havia posto em compasso de espera durante alguns poucos anos, num difícil e emocionante jogo de esconde-esconde entre a esperança de um retorno e o desespero da ausência. Hoje, nesse aposento que a noite dos Trópicos tornava quase escuro, a esperança havia partido.

— Oh! Marie — disse, quase aborrecida, a imperatriz. — O que a senhora me diz! A esperança ainda está viva! Seu filho poderia ter morrido! Não é mais natural que os pais morram antes dos filhos? Eu sei, eu sei que a senhora não teve a oportunidade de gozar da felicidade conjugal, mas a senhora sabe, no fundo de seu coração... e, além do mais, o que poderia fazer? João Pedro não teve outra escolha! Regojize-se, Marie. Vamos agradecer à Virgem Maria por ter salvado seu filho! A dor da perda de seu marido não será aplacada pelo milagre que lhe devolve um filho condenado. Mas se a esposa chora o luto de um marido, que a mãe se regozije por saber que o filho está vivo.

Dona Tereza Cristina levantou-se, tomou-me pela mão e atravessamos assim os salões e as antecâmaras até chegarmos a seu pequeno oratório.

— Que Deus seja louvado por ter, em Sua imensa bondade, salvado seu filho e que Ele conceda a paz a João Pedro. Que pelo seu sacrifício, seus pecados e faltas lhe sejam perdoados. Que ele entre assim glorioso entre aqueles que no céu estão sentados ao lado de nosso Pai. Rezemos...

Até bem tarde da noite, sem que ninguém tentasse nos interromper, duas mulheres recitavam as orações do Santo Rosário. Dona Tereza Cristina e eu mergulhamos nas preces. João, no mesmo momento, recebeu a visita do major Mello que, com a ligeira ascendência que exercia sobre meu filho desde uma noite de dezembro do ano passado, lhe anunciou a novidade.

Em que terá pensado? Ficou tão sentido quanto deveria? Ou pensaria que assim o caminho do casamento lhe seria facilitado?

Compreendi ao voltar, por volta da meia-noite, que uma crise de desespero o havia mergulhado na melancolia mais profunda. Ele parecia perdido, agitado. Por que naquela noite voltei a pensar no médico que tentara salvar Julien, na rua do Rosário, havia tantos anos? Não sei. Pedi a Keita que o procurasse e caso ainda estivesse vivo, o trouxesse até minha presença a qualquer preço.

Eram três horas da madrugada quando vi o doutor Alberto de Souza entrar no quarto de João! À parte os cabelos brancos, não havia mudado. O olhar continuava determinado, os gestos eram os mesmos. Pediu-me que deixasse o aposento para que ficasse a sós com meu filho, usando as mesmas fórmulas — ou quase as mesmas — usadas no passado para me pedir que deixasse a casa de Julien. Por volta das 16h30, mais de uma hora depois de sua chegada, finalmente saiu do quarto.

— É preciso deixá-lo dormir. Voltarei amanhã por volta das onze da manhã. Peça a essa jovem que venha à tarde.

— Que jovem, doutor?

— A filha do barão de Terra Seca. Se a senhora quiser se certificar dos sentimentos que nutre em relação a seu filho, aconselho-a enfaticamente que peça que venha aqui amanhã depois que eu voltar a examiná-lo e puder lhe explicar detalhadamente seu estado. Hoje ele passará bem.

— Eu agradeço muito, doutor. Queira me perdoar por não ter pensado no senhor durante todos esses anos! Eu me sinto...

— Boa noite, condessa.

Ele não beijou a mão que lhe estendi e Keita seguiu-o até a porta de entrada.

— Keita, acompanhe o doutor até sua casa!

A condessa de Barral no dia seguinte passou a ocupar meu lugar ao lado da imperatriz. Ela me informou sobre sua decisão com um bilhete carinhoso e, creio, sincero. Quando eu já não esperava por isso, Axel perguntou se poderia permanecer a meu lado durante o período em que eu aguardava o retorno de Pedro. Parecia mais preocupado com meu futuro do que com a morte de um pai com quem teve muito pouco convívio. Ele se mostrou, desde os primeiros dias, incrivelmente mais hábil do que João na administração dos negócios. Desde as sete horas da manhã estava no escritório, discutindo e negociando sem inibição, em meu nome, em nome de seu falecido pai, ajudando Schmitt e por vezes o superando. O longo aprendizado junto à marquesa de Mubapu o transformara em alguém extremamente útil para mim e, desde o primeiro mês, indispensável. Ele tinha a mente clara e desempenhava às maravilhas os negócios em curso. Escutava os conselhos, obedecia às ordens e obtinha êxito, apesar de alguns desentendimentos com meu procurador. Sua presença durante o almoço, no final da tarde e à noite, me acalmava. Ele sempre mantinha uma conversa agradável, por vezes involuntariamente engraçada, sensível e cheia de gentileza.

O dr. Souza voltou em torno das onze horas, como prometera. A casa havia sido invadida pelo luto, pelo negro, pela convenção. Meu salão estava lotado, reunindo todas as viúvas e solteironas do Rio de Janeiro. Fiquei surpresa com a quantidade de rendas negras, de tristes sedas fúnebres, cansadas de terem sido lustradas nos genuflexórios. Minha própria família subitamente se tornou enorme — a tal ponto ramificada que foi preciso a sabedoria de minha querida sogra, envelhecida mas ainda firme nas pernas e de uma vivacidade de espírito e de uma bondade que as provações de várias experiências não haviam extinguido.

— Dona Geraldina, cunhada de minha prima-irmã Lia.

— Mas atrás dela, aquela mulher de bigodes!

— Onde está meu lornhão?... Ah... Vejamos... É a madrinha de João Pedro!

Oh! E mergulhando em lágrimas eu me desculpava:

— Perdoem-me, tenho os olhos tão cansados que não reconheço mais ninguém.

Eu tinha mandado cobrir, no salão, o grande retrato de meu marido com um crepe negro. As cortinas estavam fechadas e duas grandes *corbeilles*, uma de lírios brancos e a outra de orquídeas da mesma cor, faziam o papel de sentinelas uma de cada lado da moldura do quadro, iluminado somente pelos dois candelabros.

Os criados acolhiam as visitas na escadaria e as acompanhavam até o salão Após um momento de recolhimento, eu mesma coloquei um crucifixo trazido de meu quarto, o primeiro Cristo que tive no Brasil, na casa de meus sogros sobre uma mesa coberta de veludo roxo. Um registro de condolências tinha sido deixado na porta do salão onde eu recebia. Algumas almas caridosas sugeriram que eu acolhesse as visitas ao pé do retrato, na penumbra do grande salão, mas me recusei.

Quando Joaquina, exausta, pálida, veio me anunciar a chegada do médico, precisei me afastar dos chorosos que, com a voz trêmula, refaziam a cada instante o retrato de um homem que eu não conseguia identificar como sendo o do meu marido.

— Joaquina, faz com que o médico suba até a antecâmara de meu quarto. Irei o mais rápido possível.

De acordo com o luto latino, particularmente no sul da Europa bem como no Brasil, o morto torna-se propriedade de todos: dos parentes em primeiro lugar, mas também de vizinhos, fornecedores, antigos empregados. Depois, no final do dia, é a vez das autoridades. No Rio, barões, senadores, ministros, diplomatas brasileiros e estrangeiros sempre participam do velório de cidadãos proeminentes. Discute-se sobre o defunto nos salões, nas antecâmaras e varandas, em voz baixa, para em seguida rapidamente falarem de negócios de Estado e daí, sem transição, para os negócios pura e simplesmente! O serviço dos empregados da casa deve ser discreto e atencioso. Os bufês preparados com comida de quaresma, leve, mas entretanto excelente, vêem desfilar, na grande sala de jantar, os famintos mastigando lentamente, como deve ser feito, os purês de bacalhau com alho e azeite, os *chauds-froids* de galinha e as lagostas *en gelée*. Alguns, esquecendo ou confundindo as circunstâncias, regalam-se ousando emitir comentários como:

— Deliciosa essa lagosta, querido amigo!

— Bem o senhor sabe, eu admirava demais o barão para hoje dar qualquer importância à comida!

— É verdade, é bem verdade, mas que purê de bacalhau saboroso!

— Doutor, perdoe-me... Por volta das cinco horas da tarde, Joana Clara virá visitar João.

O médico não se levantou. Perguntou se podia ir ao encontro do paciente, acrescentando apenas:

— Madame, quando eu tiver terminado a consulta, pedirei que a chamem. Enquanto espera, aconselho-a a ir ao encontro de seus parentes. Não é aconselhável que saibam que seu filho foi tão afetado pelos acontecimentos.

Mais de duas horas se passaram, sem que ninguém viesse me prevenir que o médico pedia que eu subisse. Eu estava nervosa, mal controlando a angústia. Todos ao meu redor deviam atribuir minha agitação ao luto e eu não podia demonstrar que estavam enganados. No entanto, a inquietude que me causava o estado de João quase relegara a segundo plano a dor causada pela perda de meu amor. Os temores e a dor de meu filho voltavam a me transformar numa mãe atenciosa e sofredora.

Enfim um criado, esquivando-se entre as excelências e as damas em luto eterno, veio me dizer baixinho que estavam me aguardando. Cada um de meus gestos, de minhas saídas, parecia tornar-se objeto de observações e comentários. Ao testemunhar certos olhares e perceber o tom das raras reflexões, eu compreendia que não respeitava as regras do luto carioca em sua mais pura ortodoxia, mas isso me era indiferente. Desejava me trancar no quarto de João, me isolar por bastante tempo com a marquesa de Mubapu, que havia sido prevenida às pressas. Ai de mim! Quem sabe quando ela chegaria de Vassouras? Eu esperava que a primeira fase do luto terminasse na noite do terceiro dia do anúncio da morte de João Pedro. Mas minha sogra falava, no momento, de cinco dias. Helena poderia dividir comigo meu fardo sem que fôssemos obrigadas a encarar essa profusão desarmônica de pessoas, bem intencionadas é verdade, mas extenuante depois de um certo tempo. Talvez o melhor meio de suportar o sofrimento seja dividi-lo até que ele se dilua num mar de profundas banalidades, de sentimentos de compaixão verdadeiros e de fórmulas mais ou menos sinceras. Isso nos obriga a nos mantermos o mais controladas possível.

— Madame, eu mesmo prepararei os remédios que ele deve tomar... Posso lhe pedir que converse com ele sobre a visita de Joana Clara?

— Devo participar do encontro?

— Pensei ter-me feito compreender, condessa! É preciso deixá-los a sós.

— Mas que mal o atinge?

— Serei sincero, mesmo correndo o risco de ser grosseiro. Ele sofre por ter uma mãe excepcional... Ele sofre por tê-la visto esperar por longos anos o amado, aquele desconhecido, que para um jovem como ele, mais frágil do que a senhora supõe, também é um herói inigualável... Ele tem tanto medo de decepcioná-los que se antecipa a seus temores. Ao se opor inabilmente à senhora ele sofre, mas tenta assim se afirmar. Madame, encontre em si mesma os recursos humanos necessários para ajudá-lo a superar esse período difícil.

— O senhor entende, doutor, o que pede a uma mulher que acaba de perder o marido e que não sabe se o que lhe dizem a respeito da saúde do filho soldado corresponde à realidade?

— Entrementes, madame, não posso lhe dizer nada diferente... A senhora me chamou para curar seu filho João. Eu tento fazer o melhor para aliviar a dor do rapaz.

Cheguei a me sentir quase insultada, mas esse médico obstinado sem dúvida alguma tinha razão. Eu já vivera grande parte da minha vida, mas a de João merecia que minha dor se apagasse e se fizesse menos ruidosa para perceber na falta de habilidade de meu filho, um apelo, um grito de socorro.

À tarde, antes que o balé dos barões e de outros homens influentes começasse a substituir o das damas de negro, o mordomo me anunciou que o bispo da Bahia e o monsenhor da Costa, arcebispo do Rio, queriam me apresentar suas condolências e me abençoar. Eles queriam saudar o bom e discreto padre José Boavista, confessor da imperatriz, que havia dois dias rezava novenas e rosários pela salvação da alma sofredora de João Pedro, na parte mais isolada do grande salão, rodeado pelas mais pias da assistência.

Eu havia me inclinado, dócil, e beijado os anéis de ametista, escutando as mensagens de esperança dos dois prelados. Nós três havíamos nos recolhido diante da imagem coberta de negro de meu esposo. Ia levar meus convidados ao salão quando Joaquina, embaraçada, fazendo reverências repetidas, tentou atrair minha atenção.

— Senhores, posso lhes pedir que me dêem licença por alguns instantes? Minha querida sogra, posso confiar à senhora Suas Eminências?

Sem mais explicações, retirei-me e segui Joaquina que me levava em direção a meu escritório, um dos raros lugares não invadidos pela compaixão. Ao fechar a porta do escritório, percebi de repente como me era difícil o luto "sem o corpo presente", como se diz no Brasil. Quem sabe essa atmosfera asfixiante, mas mundana demais para meu gosto, não se devia à ausência do cadáver de meu marido? O que teriam feito todos esses bons cristãos, se no lugar de um retrato coberto de crepe de seda negra e sobre uma cruz de madeira um Cristo crucificado, sofrendo das sete chagas, houvesse um cadáver com o rosto cheio de cicatrizes e caolho, um corpo onde estariam misturados os novos ferimentos às queimaduras, estigmas das dores de outra época?

— O que houve, Joaquina?

— A pequena Joana Clara pergunta se madame pode recebê-la após visitar João.

— Mas ninguém me preveniu de sua chegada.

— É um mistério! Eu a encontrei na escada, perguntando a um criado onde ficava o quarto de seu filho.

— Ah!... Bem... Quando ela sair do quarto de meu filho... Como posso aceitar que esse encontro tenha lugar em seu quarto?

— Madame, João mal consegue se levantar!

— Tens razão e além do mais o dr. Souza me recomendou que não me opusesse.

— Madame pode agora ir ao encontro dos padres vermelhos, eu pedirei que a avisem.

— Pede que um criado permaneça na porta do quarto, eu te imploro.

— A senhora acha necessário?

— É uma ordem! Diz-lhe que te avise quando ela sair... É melhor que eu a receba em meu quarto e não na antecâmara.

— Rápido, rápido, madame, as eminências devem estar impacientes.

Por uma vez na vida Joaquina estava enganada. Os bispos haviam passado para a sala de jantar e, instalados numa mesa da varanda do jardim, degustavam em nome de Deus uma canja de galinha cuja receita a cozinheira mantinha em segredo. Eles pareciam tão concentrados, tão religiosamente absorvidos, que voltei para o salão sem incomodá-los.

O desfile continuava e decidi que no quarto dia, aguardando o retorno de meu filho, anunciaria ser aquele o último dia. Eu ainda não sabia que Pedro teria a força e a consciência do ato heróico de seu pai, e voltaria não de barco, mas por terra, à frente de um cortejo funerário que das províncias do Sul subiu até São Paulo, para finalmente chegar à capital numa manhã de chuva. Os sinos das igrejas, a pedido do imperador, repicaram no ar com presteza.

Lembro-me do cuidado com que Pedro havia organizado, ele mesmo, essa pompa fúnebre. A missa do enterro teve lugar na presença da princesa herdeira e da imperatriz na capela imperial do Paço da Cidade (do Palácio da Cidade).

As pessoas se empurravam para ver os voluntários sobreviventes, recrutados por João Pedro, render, sob as ordens de meu filho, as honras militares. A Guarda Nacional e um destacamento da Guarda dos Dragões da Independência, sob o comando do coronel Mello, promovido havia dois dias, renderam a homenagem prestada pelo imperador. Por um instante me surpreendi com sua ausência, mas Pedro me disse, após a cerimônia, tê-lo visto numa janela do Palácio, observar, as mãos cruzadas, o cortejo prosseguir em direção à igreja. Não houve missa de sétimo dia, o que chocou muitos. Em contrapartida, no trigésimo dia após as exéquias, na igreja da Candelária, um *Te Deum*, como nunca tinha visto no Brasil, evocou a glória e a coragem do falecido, o poder e a capacidade notável dos quais os Miry-Curcourt-Santa Maria eram capazes. Pela primeira vez eu impunha, mesmo discretamente, aquele a quem meus inimigos só se referiam com palavras de insulto: o bastardo ou o mulato Axel.

Eram oito horas da noite, o concerto dos carrilhões dos relógios, pêndulos e relógios de bolso o atestavam. Vi entrar, sem que fosse anunciada nem pelo mordomo nem pela fiel Joaquina, a muito bela Joana Clara. Ela trajava um vestido sóbrio cinza-pérola. Pela primeira vez a via com os cabelos presos num coque, o que lhe caía muito bem. Uma gola branca, severa e comportada, era realçada por um modesto colar de uma volta de pérolas. Para quem conhecia essas pequenas bolas de nácar era, no entanto, fácil admirar-lhes a pureza e a qualidade.

Fez, à minha frente, uma reverência como boa aluna das freiras e saudou com naturalidade as outras senhoras. Quando terminou o percurso obrigatório de cumprimentos que a juventude, mesmo bem-nascida, deve à maturidade, dirigi-me a ela:

— Querida Joana, fico-lhe grata por ter vindo apresentar suas condolências. Gostaria que me acompanhasse por alguns instantes.

— Com o maior prazer, madame — disse, fazendo uma pequena genuflexão de senhorita de convento e, saudando com o olhar a assembléia curiosa e petrificada, seguiu-me até meu quarto.

No vasto aposento em que vivo, onde o cravo fica em frente ao pianoforte, onde o *recamier* é cercado por três poltronas no estilo Primeiro Império francês, eu a convidei a sentar-se. Ela escolheu uma pequena cadeira perto da minha mesa de trabalho. Contornei-a a passos lentos e sentei-me na pequena poltrona confortável que não é nem muito alta, nem muito baixa para, uma vez sentada, poder escrever confortavelmente.

— Como encontrou João?

— Graças a Deus, melhor, madame.

Tive vontade de lhe perguntar quando ela havia tido a oportunidade de vê-lo num estado pior do que aquele em que o encontrara havia algumas horas, mas, depois de ter prestado atenção às recomendações do dr. Souza, julguei prudente não fazer a pergunta.

— Fico mais tranqüila sabendo que também o encontrou em melhor estado.

— Madame, permita-me expressar meus pensamentos cristãos num momento cruel e difícil como o que a senhora enfrenta.

A expressão usada por Joana... "pensamentos cristãos" me deixou perplexa. Seria por dirigir-se à viúva daquele que matara seu pai que havia formulado de tal maneira, sem dúvida depois de muita reflexão, sua frase de condolência?

Senti-me melindrada por aquela retórica bem articulada. Não esperava dela nenhuma efusão, mas aquela referência feita à religião cristã me desagradou. Sempre desconfiei dos falsos devotos e dos tartufos. Para melhor compreender o tipo de pessoa com quem meu filho se envolvera, respondi:

— Joana, agradeço seus "pensamentos" principalmente por serem "cristãos", embora deva confessar que não compreendo o sentido exato desses pensamentos. Mas creia-me que os imagino excelentes, já que fazem referência a Cristo.

Calei-me. No momento em que ela retomou a respiração para continuar a conversa, fiz um gesto com a mão.

— João trouxe a meu conhecimento os "sentimentos" que nutre pela senhorita e que, espero, sejam tão cristãos quanto os seus em relação a mim. Pelo menos, creio poder classificá-los como sentimentos de paixão! Se conheço os sentimentos de meu filho, gostaria de conhecer os seus. Acabo de ficar viúva, mas ainda sou mãe e doravante a felicidade de meus filhos é mais importante que qualquer outra coisa. Antes de me responder, deve refletir bastante e pesar suas palavras! Guardo uma lembrança insuportável de seu pai e a senhorita deve saber que ele tentou me desonrar, me arruinar e me matar!

— Sei o bastante, madame, mas, apesar de tudo, ele é e sempre será meu pai. Quanto ao que fui forçada a sofrer por ele, por causa dele, prefiro guardar comigo, em particular hoje, pois evocar aqui a minha dor, falar da de minha mãe, que ele levou à loucura, não teria outro efeito senão diminuir a sua. Toda comparação seria em vão. Por que me confessaria à senhora esta noite quando tantos dramas nos separam?

— Minha filha, você fala com sensatez. No entanto, existe um ente querido que nos aproxima: meu filho João!

— Quando conheci seu filho, madame, eu o achei charmoso, elegante. Entretanto ele falava demais e isso fez com que eu não o levasse a sério. Depois percebi que ele nutria por mim sentimentos... como dizer... muito fortes. Compreendi que aquele lado tagarela, quase barulhento de sua personalidade, escondia temor, sensibilidade... e amor, muito amor. Ele precisou de muita coragem quando lhe contei — antes que "as boas almas", como João as chama, o fizessem — sobre minha filiação...

— A senhorita me fala dele, dos sentimentos dele, das reações dele, mas fale-me dos seus.

— Madame, nós somos duas crianças que a vida mimou. Ela nos deu "o berço" e uma maravilhosa educação, mas ela também nos feriu, nos pisoteou... Precisamos um do outro... Meu único prazer hoje é estar com ele. Ele me contou de sua vontade de viajar, de viver algum tempo na França... Isso é tudo que desejo. Me distanciar do Rio, esquecer se puder... meu pai! No entanto ele me amava... mas tão mal! João deve encontrar seu caminho, ele o encontrará, estou certa, mas... longe daqui, longe da senhora.

Meus olhos transbordavam de lágrimas.

— Não suspeita que esse projeto de partida assemelhe-se a uma fuga?

— Eu quero fugir e negar esse desejo seria mentir, mas vejo nessa aventura uma possibilidade de encontrar, por meio do amor de João, longe de nosso passado, a felicidade, o júbilo de uma vida a dois. Não tema perder seu filho, madame, não sou uma ladra. A senhora nos visitará na França e nós voltaremos, posso lhe prometer.

— Por que falar como se tudo já tivesse sido decidido, Joana?

— Porque nossa decisão é irrevogável e ninguém, madame, poderá fazer com que mudemos de idéia, mesmo que tenhamos de fugir!

— Minha filha, antigamente eu também era determinada, quase tanto quanto a senhorita é hoje, mas o destino me tirou minha mãe, meu tio (o avô de João)... e depois, inesperadamente, a revolução de 1848 chegou...

— Madame, o destino decidiu por João e por mim... Estou grávida.

Capítulo XVIII

E a felicidade voltou com o verão

Relendo, há alguns dias, meu diário, percebi não ter numerado as páginas. Diverti-me marcando-as, na parte inferior, com um número. Esse exercício provocou em mim espanto misturado à inquietude quando cheguei à página 945. É verdade que as folhas de minhas cadernetas não são muito grandes! Bem, mas minha letra não é miúda! Mas já ter ultrapassado as novecentas páginas, quando ainda teria tantas coisas a relatar, me leva a desejar pôr um ponto final no meu relato.

Mas esse ponto não será colocado antes que eu evoque o que foram para mim e para os meus os primeiros anos do decênio de 1870.

Meu neto João Pedro nasceu em Mortagne em outubro de 1870, um daqueles terríveis meses, verdadeira repetição dos anos dolorosos de 1848. A guerra franco-prussiana de 1870-1871 foi ainda mais trágica que os meses de fevereiro e junho de 1848, em primeiro lugar porque a derrota militar para a Alemanha unificada em Sedan, contra a França, foi vivida em Paris e em todo o país como um choque e sobretudo como a pior das humilhações. Nenhuma ferida nacional, desde o desfile das tropas russas, inglesas e prussianas sob o Arco do Triunfo dos Champs Elysées em 1814 havia ferido tanto o orgulho nacional. Depois da derrota, a guerra civil devastava Paris. Assim, a proclamação da III República, em 4 de setembro de 1870, parecia ser para a futura Comuna de Paris o prelúdio natural à ascensão ao poder dos trabalhadores, dos "proletários", segundo a expressão de monsieur Marx, o primeiro dos autores socialistas alemães da época. Thiers pôde finalmente colocar em prática o plano que Luís Felipe rejeitara em 1848: deixar Paris entregue aos insurrectos, dobrar o governo em Versalhes, reunir uma parcela das tropas desmobilizadas pela paz e, sob o olhar benevolente dos ocupantes alemães, sitiar Paris, privá-la de víveres e depois dominar um a um os bairros, as ruas, os monumentos. A capital da República perdeu nessa batalha dezenas de milhares de homens e de mulheres fuzilados, deportados para a Algéria ou para a Nova Caledônia. Foi a esse preço que Thiers, o salvador da burguesia, mas que odiava essa população de pobres e operários, que denominava "a multidão vil", apresentou-se à presidência da república, ao sufrágio das câmaras reunidas num congresso em Versalhes. Contudo, ele foi vencido e a oportunidade que lhe foi oferecida de brilhar ainda por muito tempo no zênite da glória lhe foi tomada por um soldado valente e estúpido, oriundo do Império, o marechal de Mac-Mahon, que sonhava em se livrar de seu novo título de Presidente da República para entregar de volta aos monarquistas uma coroa bem complicada de se colocar na cabeça ultraconservadora do conde de Chambord, herdeiro legítimo dos Bourbons!

Durante esse período, meu filho e a jovem esposa, ajudados por meus empregados que eu encarregara de zelar por eles, em nome da fidelidade devida a meu marido, começaram seu aprendizado sobre a velha Europa e seus sismos políticos. Não sei se por espírito de contradição, mas o jovem casal vivia as novas desordens com bastante interesse e nenhum medo. Durante a Comuna, as Tulherias foram incendiadas bem como os castelos de Saint Cloud e dos Orleans em Neuilly. Três anos mais tarde deparei-me com uma carcaça impressionante e enegrecida, sem o charme das "ruínas" de Atenas. Ao passar pelo jardim do Palais, chorei ao lembrar-me das recordações que me ligavam ao lugar. Segurando pela mão meu neto, não tive vontade de lhe explicar que "*mamy*" havia passado por trás desses muros derrubados e escurecidos os mais extraordinários momentos de sua vida.

Para minha alegre surpresa, constatei que a fuga de dois seres feridos para um outro mundo fora um sucesso. Eles se entendiam às mil maravilhas, embora não demonstrassem suas emoções, mas os sentia cúmplices e encantados por estarem juntos. Esses dois filhos do ódio haviam, bem longe de sua terra, aprendido a pensar suas feridas. João vivia como um perfeito cavalheiro, lendo, trabalhando, empenhado na administração de nossos bens, mas fugindo das luzes dos salões.

No Rio, a partida dos dois teve o efeito de uma bomba! Não se falou de outra coisa durante semanas e meses. Pedi à imperatriz que me dispensasse do serviço por um período que dura até hoje, muitos anos tendo se passado desde a morte de João Pedro. Meu outro filho, Pedro, brilhante soldado, foi objeto da solicitude e do apoio do coronel Mello. Entrou como sargento na guarda do imperador e passa a maior parte de seu tempo livre a meu lado, junto com meus fiéis Keita e Joaquina.

Assim que a família imperial toma o trem para Petrópolis, eu a acompanho como boa cortesã. Instalo-me num agradável chalé que alugo. Não aceito absolutamente convite algum, exceto os da marquesa de Mubapu e os de Suas Majestades. Prefiro ficar em casa lendo, tocando piano, bordando ou verificando os enormes livros de contabilidade que Axel me leva toda semana. Estranhamente — e tenho imenso prazer em confessá-lo —, Axel, que não é meu filho, demonstra por mim uma ternura, uma gentileza que me comove. Ele é o único dos três filhos de João Pedro apaixonado pelos negócios. Eu o aconselho, apóio-o e graças a Deus ele parece, exatamente como Machado de Assis e o barão de Cotegipe, pouco sensível aos ataques dos idiotas e invejosos.

Mas, na minha vida, entrou uma felicidade que eu não julgava mais possível: sem que eu tivesse plena consciência, a companhia do coronel Mello, antigo ajudante-de-campo de Sua Majestade, tornou-se indispensável.

Quando, no final do dia, Joaquina não me anunciava: "Madame, o coronel pergunta se a senhora pode recebê-lo", eu ficava nervosa. Eu a chamava a cada dois minutos para perguntar se tínhamos notícias do coronel. Até o dia em que, ao passar para me fazer uma visita bem mais tarde do que de hábito, surpreendi-me acolhendo-o assim: — Mas afinal, coronel, qual o motivo do atraso? Eu estava inquieta!... — Calei-me, subitamente assustada com o tom e a audácia de meu comentário. Fiquei ruborizada, gaguejei. Ele pegou-me as mãos rindo e calmamente respondeu:

— Estou atrasado porque o imperador não queria me deixar partir. Ele me pedia notícias da senhora. Queria saber tudo sobre a senhora, sobre a sua vida. Acredito que ele tenha inveja de mim por eu ter esse acesso diário à sua intimidade.

— Ah! O imperador... Eu vou escrever-lhe para pedir que me desculpe por não mais aparecer no palácio, à exceção das circunstâncias que exigem minha presença... O senhor acha que eu deveria lhe dizer o quanto o senhor me ajudou e me ajuda ainda a superar os momentos difíceis?

— Querida amiga, conte-lhe a respeito quando tiver oportunidade de encontrá-lo, mas escrever seria confessar... uma culpa que desconheço.

— Eu culpada? Mas, coronel, culpada de quê? De estar em paz quando o senhor está por perto?... O senhor me faz dizer... tolices!

— Marie Adélaïde... O outro motivo que levou o imperador a me reter foi a proposta de me atribuir o título de meu pai, o falecido marquês de São Bartolomeu.

— Ah, que bela prova de reconhecimento!

— Marie Adélaïde... aceitaria ser a marquesa de São Bartolomeu?

— Ah! O senhor... que surpr... Não sei o que dizer... O senhor pode abrir a janela. Vou sentar... Coronel, o senhor...

Terminado em Paris, sábado, 23 de novembro de 2002, às 0h50.

Este livro foi composto na tipologia Minion,
em corpo 11/15, e impresso em papel
off-white 80g/m² no Sistema Cameron da
Divisão Gráfica da Distribuidora Record.